Tim Boltz

Nasenduscher

Roman

GOLDMANN

Verlagsgruppe Random House FSC-DEU-0100
Das FSC®-zertifizierte Papier *Holmen Book Cream* für dieses Buch
liefert Holmen Paper, Hallstavik, Schweden.

1. Auflage
Originalausgabe Juni 2012
Copyright © 2012 by Wilhelm Goldmann Verlag, München,
in der Verlagsgruppe Random House GmbH
Umschlaggestaltung: UNO Werbeagentur München
Umschlagfoto: © FinePic
Redaktion: Gerhard Seidl
BH · Herstellung: Str
Satz: Uhl + Massopust, Aalen
Druck und Bindung: GGP Media GmbH, Pößneck
Printed in Germany
ISBN 978-3-442-47770-8

www.goldmann-verlag.de

Für alle rotäugigen und nasentriefenden
Leidensgenossen und Leidensgenossinnen

Inhalt

Teil 3: Der blinde Passagier

Teil 4: Heureka

Teil 5: I am what I am

Prolog

Meine Nase sieht aus, als wäre in der Mitte meines Gesichts ein hawaiianischer Lavastrom erkaltet. Um beide Nasenlöcher herum haben sich in den letzten vier Stunden meines Halbschlafs trockene Hautplatten gebildet, die der krustigen Oberflächenstruktur eines in Lehm gebadeten Elefanten ähneln. Ich bin mir sicher, dass ich damit eine zehnteilige Kabel-1-Doku-Reihe füllen könnte: *Der XXL-Elefantenhautmensch – Mutanten des Alltags.*

Man könnte glatt denken, die Lepra sei nach zweihundertjähriger Abstinenz gerade wieder durch die Frankfurter Stadttore hereinmarschiert und hätte sich in meinem Gesicht häuslich niedergelassen. Dazu zieren juckende Quaddeln in Form von Weihnachtsschmuck meinen Körper. Sie wandern von der Brust über den Bauch bis hinunter zu den Innenschenkeln und somit erschreckend nah an meine Schneeglöckchen heran. Bei ihrem Marsch über meinen Körper glänzen die Quaddeln dabei wie ein Sechserpack Christbaumkugeln. Und als ob das noch nicht genug wäre, gibt meine Lunge bei jedem Atemzug auch noch ächzende Töne wie bei einem qualvollen Erstickungstod von sich. Schwerfällig und mit dem stampfenden Stakkatorhythmus einer usbekischen Eisenbahn schaufelt sie sich nur äußerst mühsam Kleinstmengen von Sauerstoff in die Lungenflügel.

Mein Blick wandert zum Radiowecker, der neben dem Becher mit den Zahnbürsten steht.

04:03 Uhr! Du lieber Himmel!

Ich stehe nackt im Bad, scanne weiter meinen Körper im Spiegel, kratze an meinem Christbaumschmuck im Takt von »Jingle Bells« und überlege mir, wie die Inschrift meines Grabsteins wohl lauten wird.

»Hier ruht Robert Süßemilch, er war eigentlich immer ein ganz gesunder Kerl, bis ihm die Lepra spekulatiusgroß aus der Nase schoss und ihn dahinraffte. Plötzlich und unerwartet nahmen wir Abschied von ihm, er wurde nur siebenunddreißig Jahre alt. Aber wir werden immer an ihn denken ... besonders an Weihnachten.«

Doch nicht nur die Quaddeln bereiten mir ernsthafte Sorgen. Durch die mangelnde Sauerstoffzufuhr finde ich vor allen Dingen kaum noch Schlaf. Und wenn ich doch mal entschlummere, klingt das dann wohl ziemlich grauenhaft. Meine Freundin Jana hat mich zumindest vor gut zehn Minuten unsanft geweckt, indem sie mir einen Ellenbogen in die Seite rammte. Ich würde schnarchen, meinte sie.

Ha! Wen wundert's?

Meine Nase ist ja auch so dicht, dass jeder Rohrreiniger noch etwas bei mir lernen könnte. Schon vor Tagen begann es damit, dass sich alles immer mehr zusetzte. Erst nur an den Schleimhäuten, dann hinunter bis zum Kehlkopf, bis ich schließlich nur noch durch den Mund atmen konnte. Ich schaue erneut mein trauriges Spiegelbild an und erkenne mich kaum wieder. Beide Augen schimmern rot wie zwei Boskopäpfel. Ich wirke wie ein Vampir auf trockenem Entzug.

Kein Zweifel. Ich fühle mich genauso schlecht, wie ich aussehe. Und ich sehe wirklich grauenhaft aus!

Aber was zur Hölle kann das sein?

Schweinegrippe?

Nasenneurodermitis?

Ohne groß nachzudenken, wühle ich in Janas Hausapotheken-Sortiment und greife bei einer rot-weißen Tube beherzt zu. Den Namen der Salbe kann ich nicht mehr richtig entziffern, da sie bereits zur Hälfte aufgebraucht und sorgsam aufgerollt wurde. Die Worte »lindert Juckreiz« sind jedoch noch gut zu entziffern.

Na bitte.

Was will ich mehr?

Drauf damit.

Wahrscheinlich wird es nur eine vorübergehende Hautirritation sein. Also Salbe großzügig einmassieren, und morgen früh wird's sicher schon besser aussehen.

TEIL 1
Nur eine Hautirritation

1
Der Werwolf am Frühstückstisch

Du siehst ja furchtbar aus.«

Jana schlägt sich schockiert beide Hände vor das Gesicht, als sie sich mir beim Frühstück gegenübersetzt. Eine überzogene Reaktion, wie ich finde.

»Nun übertreib nicht«, antworte ich daher leicht genervt und löffle weiter von meinem Müsli.

»Ich übertreibe nicht. Du siehst echt scheiße aus. Hast du dich mal im Spiegel angesehen?«

Jana hat manchmal einen Drang dazu, Sachen zu dramatisieren. So wie jetzt. Sie verhält sich gerade so, als wäre sie gestern Abend mit mir ins Bett gegangen und mit einem komplett anderen Mann wieder aufgewacht. Allerdings muss ich zugeben, dass die Salbe in den restlichen Nachtstunden nicht ganz ihre volle Wirkung entfalten konnte. Um ehrlich zu sein: null Wirkung.

»Ja, habe ich«, knurre ich, »ungefähr die halbe Nacht. Ich geh die Tage mal zum Arzt.«

»Darf ich mal anfassen?«

Ich zucke vor ihrer ausgestreckten Hand zurück. »Bin ich ein Hund?«

»Nein … wobei, so sicher bin ich mir da gerade gar nicht. Haben wir vielleicht gerade Vollmond?« Jana kann sich ein süffisantes Lächeln nicht verkneifen. »Stell dich nicht so an, komm her.«

Sie stellt ihre Kaffeetasse ab und fährt mir mit ihren Fingerspitzen über meine verkrustete Nase. Oder besser, über den Punkt in meinem Gesicht, wo normalerweise eine Nase angewachsen sein sollte. Dazu gibt sie jaulendes Wolfsgeheul von sich.

»Witzig, Jana, sehr witzig. Das nächste Mal mache ich auch ein paar Witzchen, wenn du wieder Unterleibsziehen und Kopfschmerzen während deiner Tage hast.«

»Blödmann, das ist was ganz anderes«, antwortet Jana und widmet sich wieder ihrem Kaffee.

»Ich habe übrigens deine Salbe gegen Hautreizung aufgebraucht. Musst dir 'ne neue kaufen.«

»Ich habe gar keine Salbe gegen Hautreizung.«

»Doch. So eine rot-weiße Tube. War schon halb leer.«

Ich löffle mein Müsli weiter, dann wird der kurze Moment der Stille durch ein lautes Prusten von Jana beendet, die sich beinahe an ihrem Morgenkaffee verschluckt.

»Rot-weiß, sagst du?«

»Ja, warum?«

»Hieß die zufälligerweise *Canesten*?«

»Keine Ahnung. Sie war ja schon halb aufgerollt. Da stand was mit Juckreiz drauf. Nutzt die nichts?«

»O doch. Jedenfalls, wenn du eine Vagina hättest.«

»Wie bitte?« Ich lasse den Löffel klirrend in die Müslischale fallen. Jana hingegen kriegt sich immer noch nicht richtig ein.

»Das ist eine Creme zur äußeren Anwendung bei Vaginalpilz.«

»Was? Wieso? Warum ist die in unserem Bad?«

»Na, weil ich so was mal hatte. Du erinnerst dich noch an unseren Urlaub in Tunesien? Als ich mir auf irgend so einer Toilette im Hinterland einen Pilz eingefangen habe? Und da habe ich mir doch im Anschluss täglich ...«

»Ja, ja, ist gut«, falle ich Jana ins Wort. Es gibt Themen, die man als Mann relativ schnell aus seinem Kurz- und Langzeitgedächtnis verbannt. Janas tunesischer Intimpilz gehört definitiv dazu. Und auch jetzt möchte ich mich nicht mehr so genau daran erinnern.

»Du hast dir meine Vaginalsalbe auf die Nase geschmiert? Komm mal her. Ich will es noch mal anfassen und rubbeln. Vielleicht stimuliert dich das ja, und ich treffe sogar deinen G-Punkt.«

»Jana! Ich sagte gerade, dass du es gut sein lassen sollst.«

Doch Jana lässt sich von meinem Einwand in keiner Weise irritieren und streicht mir über die Hautkruste. Bei jeder Berührung rümpft sie angewidert die Nase und zischt »Iiiih« oder »Igitt«. Was sie aber nicht davon abhält, diese Bewegung ein ums andere Mal zu wiederholen.

»Das ist ja unglaublich eklig. Hast du das schon öfter gehabt?«

Ich schüttele den Kopf.

»Nö, noch nie. Keine Ahnung, was das ist.«

»Na, das kann ich dir auch so sagen.«

»Ach, jetzt auch noch Hobbyärztin oder was?«

»Gar nicht notwendig. Du hast Heuschnupfen.«

»Was?«

»Heuschnupfen. Ja.«

»Blödsinn.«

Jana lässt von meinem Gesichtsklumpen, der früher mal Nase hieß, ab und geht hinüber zum Fenster. Sie öffnet es und deutet nach draußen auf die Allee der mächtigen Bäume, die sich vor unserer Küche die komplette Straße entlang in die Höhe strecken.

»Schau doch mal raus! Birken. Das sind alles Birken. Du reagierst wahrscheinlich auf Frühblüher.«

»Ich bin siebenunddreißig Jahre alt und habe noch nie auf irgendwas reagiert. Ich bin als kleines Kind auf dem Dorf aufgewachsen. Dort bin ich jeden Tag im Wald und auf der Wiese rumgerannt, und nie hat mir die Nase gejuckt.«

»Bei manchen kommt das halt später.«

»Quatsch. Das Einzige, was später kommt, bist du, und zwar zur Arbeit, wenn wir jetzt noch lange hier rumplappern.«

Jana springt auf und schaut auf die Uhr. In der Tat ist sie etwas spät dran.

»Ja, da hast du recht. In der Bank spielen alle verrückt, seit wir wissen, dass die Beförderungen bevorstehen. Deswegen brauche ich dich heute Abend auch topfit. Ich brauch heute den besten Robert Süßemilch, den du aus dir herauszaubern kannst.«

»Warum?«

»Das ist jetzt nicht dein Ernst, oder? Wir sind doch heute Abend um sieben bei meinem Chef zum Essen eingeladen. Sag mir jetzt nicht, dass du das vergessen hast. Ich sag dir das schon seit drei Wochen. Wenn du das jetzt einfach verg...«

»War nur ein Witz, Jana. Beruhig dich. Wie könnte ich das vergessen? Du nervst mich ja täglich damit.«

»Ja, zu Recht. Das ist enorm wichtig für mich, weil...«

»...das für dich die Chance ist, die Beförderung zu bekommen, auf die du schon so lange wartest. Und für uns damit endlich die Eigentumswohnung in greifbare Nähe rückt, die wir reserviert haben. Du brauchst es nicht runterbeten. Ich kenne diese Messe bereits in- und auswendig.«

»Dann ist es ja gut. Und blamier mich bloß nicht.«

»Ich?« Brüskiert schüttele ich den Kopf, während ich meine Müslischüssel in die Spülmaschine stelle. »Warum sollte ich dich blamieren?«

»Weil du manchmal so komisch bist.«

»Komisch? Wer?«

»Du.«

»Ich?«

»Ja, so sarkastisch. Das verstehen die Eilhoffs aber nicht. Die sind beide stockkonservativ und streng katholisch.«

»Aha.«

»Also keine blöden Sprüche.«

»Okay.«

»Und keine anzüglichen Bemerkungen über den Papst.«

»Nicht mal eine kleine?«

»Robert!«

»Okay, okay. Ich werde nichts sagen.«

»Hoffentlich.«

Jana verschwindet für fünf Minuten im Bad. Kurz bevor ich das Haus verlassen will, kommt sie perfekt gestylt heraus. Ich habe keinen Schimmer, wie sie das immer schafft.

»Und hol dir in der Apotheke was gegen deinen Heuschnupfen.«

»Ich habe keinen Heuschnupfen.«

»Hol dir trotzdem was. Was soll es deiner Meinung nach denn sonst sein?«

Hm, gute Frage, was könnte das sonst sein? Ich zucke mit den Schultern.

»Vielleicht eine Hautirritation. So was wie Pickel.«

Hastig bindet sie sich die Haare zusammen und schießt an mir vorbei. Dabei zischt sie mir etwas zwischen Haargummi und Zähnen zu: »Du meinst also, dass du jetzt erst in die Pubertät kommst?!«

»Haha, sehr witzig, Jana. Nein, ich meine das ernst. Vielleicht ist das eine Art Stressreaktion.«

»Eine Stressreaktion?«

»Ja.«

»Bei dir?«

»Ja.«

»Auf was?«

»Wie, auf was?«

»Auf was gerade *du* so reagieren sollst? Du hast keinen Stress in deinem Leben. Du hast Semesterferien und bist nicht gerade das, was man einen Workaholic nennen würde.«

Ich gebe es ja zu. Natürlich arbeitet Jana momentan härter als ich.

Momentan.

Und sie verdient momentan auch den Großteil unseres Einkommens.

Momentan.

Na ja, eigentlich alles.

Momentan noch.

Aber da mein Studium nun beinahe beendet ist, wird sich dies bald ändern.

Bald.

»Aber ich habe meine Diplomarbeit abgegeben und muss

nun auf die Auswertung warten. Das ist auch Stress. Irgendwie.«

»Irgendwie«, äfft mich Jana nach, jedoch lächelt sie dabei so wunderbar, dass ich ihr nicht böse sein kann. »Hier«, sie drückt mir einen Einkaufszettel in die Hand, »wenn du rausgehst, wäre es nett, wenn du mir die Sachen in der Drogerie holen könntest.«

»Aber ich bin krank, ich habe Pickel.«

»Du bist nicht krank, und du hast auch keine Pickel, du hast Heuschnupfen. Schau mal, ob du alles findest, was draufsteht. Wenn nicht, frage jemanden.«

»Brauch ich nicht. Schaffe ich schon alleine. Bin ja kein Kleinkind. Und ich habe keinen Heuschnupfen, sondern eine Hautirritation.«

»Dann hol doch die Höhensonne aus dem Keller, die ich mir von meiner Mutter wegen der Hautprobleme im Winter geliehen hatte.«

Ich erinnere mich mit Grauen daran, dass Jana Mitte Dezember plötzlich so trockene Stellen im Gesicht und am Oberkörper hatte. Die gingen zwar mit der Höhensonne tatsächlich weg, aber sie erinnerte mich dabei mit der blauen Schutzbrille auf der Nase und der roten Lampe fünf Zentimeter vor dem Gesicht an eine Science-Fiction-Nutte aus einem Hollywood-Streifen.

»Das könnte dir wohl so passen. Aber wenn ich schwul aussehen will, wende ich mich lieber an Hubsi.«

»Wie du meinst. Ich muss los, Schatz.«

Jana gibt mir einen Kuss.

»Warte, ich komme gleich mit runter«, sage ich, schnappe mir den Einkaufszettel sowie meine Jacke und gehe hinter ihr die Treppen hinab. Vor der Haustür verabschieden wir uns, und ich gehe die birkengesäumte Straße in entgegengesetzter Richtung entlang.

Heuschnupfen.

Ich.

Pah.

Dass ich nicht lache. Ich schüttele den Kopf und reibe mir die brennenden Augen, bevor ich die Straßenseite wechsle.

Die Einkaufsliste

Janas Liste umfasst vier Positionen: eine Haartönung in Virginie Goldbraun 5.3 von L'Oréal, Tampons Super Plus, Gesichtswasser und einen Hornhauthobel. Ich habe zwar keine Ahnung, was das sein soll, dennoch sollte alles zu schaffen sein. Ich betrete die Rossmann Filiale Janas Vertrauens in dem irrwitzigen Glauben, tatsächlich alles eigenständig finden zu können. Genetisch ist es aber nahezu unmöglich, die Utensilien einer Fraueneinkaufsliste vollständig abzuarbeiten. Hilfe suchend schaue ich mich um.

An der Kasse steht eine Schlange von ungefähr sechs Personen. Allesamt Frauen. Frau Jakobi sitzt an der Kasse und zieht die einzelnen Waren über den Scanner. Immer wieder piept es. Ich kenne Frau Jakobi, seit ich klein bin, da sie die Nachbarin meiner Eltern ist. Eine nette und zuvorkommende Dame Ende fünfzig. Dennoch möchte ich mit meiner Liste nicht zu ihr. Stattdessen laufe ich durch die Drogeriegänge, wobei ich immer wieder niese. Die Tampons finde ich Gott sei Dank noch aus eigener Kraft. Ein Mann schätzt es nicht besonders, in einem Geschäft voller Frauen nach Tampons fragen zu müssen. Dies rangiert auf der Beliebtheitsskala von geschlechtsreifen Mitteleuropäern irgendwo zwischen »Wo sind die Kondome?« und der

Anschlussfrage »*Gibt's die auch kleiner?*«. Und man stellt solche Fragen schon gar nicht, wenn die Nachbarin der eigenen Eltern die Adressatin der Fragen ist.

Es ist erstaunlich, was man über seine Freundin erfährt, wenn man mal die Produkte ihres Einkaufszettels schwarz auf weiß vor sich sieht. Dass Jana trotz ihrer schmalen Figur Tampons der Stärke Super Plus benötigt, wirft eine verwirrende Vaginal-Frage auf. Auch der Grauabdeckungseffekt der Haartönung lässt mich verblüfft vor dem Regal verharren. Nicht, dass es mich stören würde, aber ich dachte nicht, dass Jana überhaupt altern würde und sich dieser Produkte bemächtigen müsste. Da hilft auch der Packungszusatz »Seidiges Haargefühl« und »unübertroffener Glanz« nicht mehr, um meine Scheinwelt zu retten. Zumindest finde ich beides und lege es in den Warenkorb.

Ebenso verblüffend kommt sogleich mein nächster Fund daher: das Gesichtswasser. In breitestem Schriftfond informiert mich das Wässerchen über die anscheinende Unreinheit der Haut meiner Freundin.

HAUTKLAR. Tägliches Anti-Pickel-Gesichtswasser mit Salizylsäure und Zink. Auf zu Pickeln neigender Haut getestet.

Danke für die Info! Auch dass Jana ihr Gesicht täglich mit Bestandteilen aus einem Chemiebaukasten behandeln muss, um ihre zu Pickeln neigende Haut zu retten, desillusioniert mich etwas. Aber was hilft's? Also, rein ins Körbchen und weiter. Es fehlt ja noch der Hornhauthobel, und ich habe nicht den blassesten Schimmer, was dies sein könnte. Und aufgrund der bereits entdeckten Artikel will ich es eigentlich auch gar nicht mehr wissen. Es klingt jedenfalls nicht so, als ob es mir die Illusion von Janas gottgegebener Schönheit zurückgeben könnte.

Zunächst versuche ich mein Glück im Nagellackgang. Ohne Erfolg. Es folgen Versuche in den Gängen Fotoshop und Baby-Utensilien – mit dem gleichen Ergebnis. Mir bleibt also wohl nichts anderes übrig, als unverrichteter Dinge ohne den Hobel nach Hause zurückzukehren. Denn Frau Jakobi ist – wie bereits erwähnt – keine adäquate Alternative. Doch gerade als ich mich mit Tampons, Haartönung und Gesichtswasser zur Kasse bewegen möchte, kreuzt eine weitere Mitarbeiterin mit Kopftuch meinen Weg, die gerade das Wattestäbchenregal mit Gebinden zu je zweihundert Stück der hygienisch sanften Artikel auffüllt. Na, wer sagt's denn!

»Entschuldigen Sie, ich hätte eine Frage. Ich suche etwas.«

Die Dame dreht sich zu mir um und schaut mich unsicher an. Auf ihrem Namensschild steht Fr. Gülseren. Sie wirkt leicht nervös, nickt aber höflich und deutet in mein Gesicht.

»Für Nase?«

»Nase?« Ich fasse mir an die krustige Spitze. »Ach so, nein. Das ist nur eine Hautirri... ach, egal. Jedenfalls suche ich etwas anderes.«

»Name?«

Name? Warum will sie meinen Namen wissen. Aber gut. Man möchte keine völkischen Gepflogenheiten verletzen.

»Äh ... Robert.«

»Nein, nix Herr Roberts. Name von Produkt. Bin nur Regal-Aushilfe, aber vielleicht ich kann helfen.«

»Ah, verstehe. Das ist sehr nett von Ihnen.« Ich trete etwas näher zu ihr und betone jede Silbe, damit sie es besser verstehen kann. »Horn-haut-ho-bel.«

»Was?«

»Hornhauthobel.«

»Was?«

»Hornhauthobel.«

»Nein!«

»Doch.«

»Nein. Nein.«

»Doch. Doch.«

Wir könnten das Spiel sicher noch ein Weilchen fortsetzen, aber ich bevorzuge den Abbruch. Auch Frau Gülseren scheint es bereits unangenehm genug zu sein. Sie schüttelt verlegen den Kopf.

»Nix. Nein. So was nix haben hier in Drogerie.«

»Doch, doch, das muss es hier aber geben. Meine Freundin hat es schließlich schon mal hier gekauft.«

»Nein.«

»Doch.«

»Nein.«

»Doch.«

»Wirklich?«

»Ja.«

Es folgen türkisch-deutsche Wortfetzen, die Frau Gülserens Unverständnis gegenüber der westlichen Welt zum Ausdruck bringen. Dennoch liegt ihr mein Kundenwunsch am Herzen, und sie nickt.

»Gut, ich frage Kollegin. Moment, Herr Roberts.«

»Sehr freundlich. Ich heiße übrigens nicht Herr Roberts ...« Doch meine Wortfetzen verebben im Raum, denn sie hat sich bereits um das Regal herumbewegt.

Die Kasse befindet sich direkt hinter dem Regal, und Frau Gülseren räuspert sich, bevor sie für alle gut hörbar nachfragt. Mit ein wenig Glück erklärt Frau Jakobi der netten Kollegin, wo ich den Hornhauthobel finden kann, und sieht mich nicht mal dabei.

»Frau Jakobi, da ist Mann und will Produkt. Aber ich kenne nicht.«

»Was sucht er denn genau, Leyla?«

»Vorhauthobel. Er sucht Vorhauthobel. Welcher Gang?«

»Was«, fragt Frau Jakobi.

»Was?«, frage auch ich laut hörbar hinter dem Regal. Verständlicherweise scheint Frau Jakobi wegen dieser neuen Rossmann-Sortimentserweiterung sichtlich überrascht.

»Wie bitte? Was sucht der Kunde?«

»Vorhauthobel. Ich ihm gesagt, dass wir nix haben, aber er sagt, Freundin hat schon mal hier gekauft Vorhauthobel.«

»Himmel, nein!« Ich schieße um das Regal herum, um zu retten, was nicht mehr zu retten ist, und stolpere dabei in die sichtlich amüsierte Kassenschlange. »Hornhauthobel«, rufe ich lauthals. »Das ist ein Missverständnis. Ich suche einen Hornhauthobel.«

Frau Jakobi verharrt einen Moment mit offenem Mund, bevor sie mit einem lauten Prusten loslacht. Auch die anderen Damen an der Kasse stimmen mit ein und bilden eine Art Lachspalier, an dem Frau Gülseren und ich peinlich berührt vorbeisalutieren müssen. Frau Jakobi bekommt sich derweil kaum mehr ein und deutet irgendwo nach hinten.

»Im dritten Gang neben den Pflastern, Leyla. Ach, Robert, wenn ich das beim nächsten Kaffeeklatsch erzähle. Deine Mutter wird sich totlachen.«

Ich denke nicht, dass meine Mutter es sonderlich erfreuen dürfte, dass ihr Sohn im Drogeriemarkt nach einem Vorhauthobel verlangt. Gerne würde ich sie daher anflehen: *Bitte nicht!*, doch Frau Gülseren und ich sind bereits aus dem Lachkreis ausgeschieden, um ins Pflasterregal abzubiegen. Sie deutet ohne weitere Worte in das Regal. Und tatsächlich, da hängt er, der *Fusswohl Hornhauthobel mit Ersatzklingen* für 4,99 Euro.

Frau Gülseren sagt derweil nichts mehr. Ich möchte mich dafür entschuldigen, dass ich sie da reingezogen habe.

»Tut mir leid, ich kannte das Ding auch nicht. Aber wenigstens wissen Sie jetzt, dass ich nicht pervers bin.«

Sie nickt und schenkt mir sogar ein winziges Lächeln. Dann wendet sie sich mit hochrotem Kopf wieder den Wattestäbchen zu.

3
Der Sie-Gustav

Mit juckender Nase, dafür aber im feinsten Zwirn, den ich im Kleiderschrank finden konnte, stehe ich um exakt fünf Minuten vor neunzehn Uhr mit Jana vor dem schmiedeeisernen Eingangstor ihres Chefs.

»Hatschi.«

»Gesundheit.«

»Danke.«

»Doch Heuschnupfen?«

»Nein.«

Ein prüfender Blick meinerseits wandert zu Janas offenen Schuhen. Hm, ihre Füße sehen gar nicht so aus, als würden sie vor Hornhaut strotzen. Vielleicht ist der Hornhauthobel ja nur ein Geschenk für jemanden gewesen.

Den Vorfall aus der Drogerie mitsamt den neu aufgeworfenen Fragen habe ich ihr jedenfalls verschwiegen. Sie war nach der Arbeit sowieso kaum ansprechbar. Ich sah sie nur ins Bad stürmen und zwei Stunden später wieder herauskommen. Das ist neuer Rekord. Seither hat sie mich acht Mal gefragt, ob das Kleid am Po nicht zu sehr einschnüren würde. Ich verneinte jedes Mal. Jetzt steht sie neben mir und nestelt nervös an dem Geschenkpapier in ihren Händen, das etwas Quadratisches verhüllt. O Gott? Der Hornhauthobel?

Das Anwesen, das sich vor uns ausbreitet, besteht aus einem mehrteiligen Ensemble verschiedener Häuser. Eine schicke Villa mit eingewachsenem Baumbestand und nebenliegendem Gästehaus sowie einer Art Jagdhütte. Zumindest ziert ein Geweih die Eingangstür des kleinsten der drei Häuser. Alles ist fein säuberlich mit frisch geharkten Kieswegen verbunden und so spießig, dass mir neben dem unangenehmen Gefühl in der Nase auch noch beinahe schlecht wird. Insgesamt scheint hier die Bankenkrise nicht ganz so tiefe Narben hinterlassen zu haben.

»Eilhoff?«, ertönt eine papierdünne, aber nette Frauenstimme am Eingangstor.

»Jana Klopp hier, guten Abend, Frau Eilhoff.«

»Ja-ha«, hallt es melodisch aus dem Lautsprecher, der in einer goldenen Löwenkopfapplikatur untergebracht wurde. Ein Summen, und das Tor schwingt auf. Vor uns breitet sich die Neverland-Ranch der Eilhoffs aus. Wir folgen dem Weg, der sich wie ein gekiester Bandwurm bis zum Haupthaus hinaufschlängelt. In Höhe des Jagdhauses schubse ich Jana kurz an und deute zur Jagdhütte hinüber.

»Wahrscheinlich wird zur Nachspeise eine kleine Treibjagd zu unserer Belustigung veranstaltet.«

»Pscht«, faucht Jana. »Du hast mir versprochen, dich zu benehmen. Das ist ein super wichtiger Termin für mich, Robert.«

»Wie du schon hundert Mal erwähnt hast.«

»Und keine blöden Grimassen wegen des Essens.«

»Ist ja gut. Was gibt's überhaupt? Oder müssen wir uns unseren Fasan dort hinten im Kastanienhain noch selbst schießen?«

»Nein, die Eilhoffs sind Vegetarier. Und du hast versprochen, dass du das essen wirst.«

»Hatschi!« Ich schüttle mich. »Ach, Mist, stimmt ja. Ich drück mir alles rein, was aus der Küche kommt oder ... vom Rasen gepflückt wird.«

»Und nichts Anzügliches sagen. Die Eilhoffs sind da wirklich total konservativ. Dass ich dich mitnehmen darf, obwohl wir nicht verheiratet sind, ist schon ein großes Zugeständnis von Herrn Eilhoff.«

»Amen.«

»Robert!«

»Sorry.«

Jana zieht mich den Rest der bekiesten Einfahrt entlang, in der nun rings um uns herum die eingelassenen Bodenlichter des Gehweglabyrinths aufflackern. Ich gebe zu, dass mich dieser Illuminationseffekt beeindruckt. Auch wenn die plötzliche Helligkeit eher an eine FBI-Verhöratmosphäre erinnert.

»Sag mal, müssen die diese Beleuchtung jedes Mal bei der Luftüberwachung anmelden? Nicht, dass sich plötzlich ein Airbus im Landeanflug nähert.«

»Schon der Hammer, oder?« Endlich lacht auch Jana wieder. »Es wird in der Bank gemunkelt, dass Gustav Eilhoff im letzten Jahr einen Bonus von 1,2 Millionen Euro bekommen hat.«

»Na und? Wir haben im letzten Jahr durch die Bonuspunkte in unserem REWE-Markt auch eine Salatschleuder und ein dreiteiliges Pfannenset erhalten. Vergiss das nicht.«

Noch bevor Jana über meinen Witz zu Ende lachen kann, öffnet Frau Eilhoff, deren Outfit eine nahezu perfekte Hommage an Audrey Hepburn ist, die Eingangstür. Das Wort *Eingangswald* würde es wohl besser treffen, denn hier wurde mit größter Hingabe zum Detail ein kleiner Eichenhain ins Türportal genagelt. Und da wundere ich mich, dass ich schlecht atmen kann? Das liegt nicht an irgendwelchen Pollen, sondern an dem Schwund der mitteleuropäischen Mischwälder, die in solch aufgemotzten Türportalen enden. Photosynthetisch gesehen helfen diese Schnitzereien meiner Lunge jedenfalls nicht mehr.

»Frau Klopp ...« Die Hausherrin steuert sogleich auf Jana zu und schüttelt ihr die Hand. Dabei fällt mir auf, dass auch reiche Menschen Besitzer von schlechten Zähnen sein können. Ein Schneidezahn tanzt in virtuoser Weise aus dem weißen Ballett und zieht somit zwangsläufig ständig den Blick auf sich. »Sie sehen fantastisch aus. Und dieser adrette junge Mann ist also Ihr Freund.«

»Ja, Frau Eilhoff. Darf ich Ihnen meinen Lebensgefährten Robert Süßemilch vorstellen?«

Das ist mein Stichwort. Ich trete vor und bringe mein Sätzlein an. Wie einst zu Hause an Weihnachten spule ich den von Jana vorgeschriebenen und von mir fleißig gelernten Text gekonnt ab.

»Frau Eilhoff, es ist mir eine große Freude, heute Ihr Gast sein zu dürfen. Jana hat mir schon viel von Ihnen erzählt, und ich bin hocherfreut, Ihre Bekanntschaft zu machen.«

Fast lasse ich meinem Sätzlein noch einen Knicks folgen, verkneife mir diesen dann aber doch und deute dafür einen Handkuss an. Dabei fällt mein Blick auf ihre Füße. Hm, nicht mehr ganz so taufrisch, aber ob der Hobel das richtige Geschenk ist?

»Oh, und charmant ist er auch noch. Aber was haben Sie denn mit Ihrer Nase gemacht? Die sieht ja …«

»Eine Hautirritation«, erwidere ich schnell, »nichts Schlimmes.«

»Aha. Na, wenn Sie es sagen. Ich hätte eher auf Heuschnupfen getippt.«

Nein, Robert, du schaust jetzt weder Jana an, noch rückst du Frau Eilhoff mit einem gezielten Schlag die Zahnreihe gerade. Stattdessen werden erneut Hände geschüttelt, Mundwinkel bis zum Krampf nach oben gezogen, und das ominöse Geschenk wechselt den Besitzer.

Wir betreten eine Art Vorhalle, und Herr Eilhoff eilt uns im noch perfekteren Clark-Gable-Look entgegen. Ich komme mir mit meinem 99-Euro-Anzugsschnäppchen von C&A irgendwie underdressed vor.

»Meine liebe Jana, es ist schön, Sie mal außerhalb der Bank begrüßen zu dürfen. Und wenn ich mir ein Kompliment erlauben darf: Sie sehen reizend aus.«

Sie, Jana? Das kann ich ja auf den Tod nicht leiden. Entweder Duzen oder Siezen. Aber nicht so eine gequirlte Höflichkeitsetikettenscheiße. Wir sind hier doch nicht bei Kerner in der Talkshow. Aber so geht's wohl zu in der feinen Gesellschaft.

»Danke, Herr Eilhoff. Und nochmals vielen Dank für die Einladung.«

»Nein, nein, ich danke Ihnen. Und Sie sind Robert Süßemilch, nicht wahr?«

»Jawohl, der bin ich. Guten Abend, Herr Eilhoff.«

Aus Unsicherheit, ob ich auch *Sie-Gustav* oder *Du-Eilhoff* sagen soll, und dem militärischen Auftreten des Hausherrn folgt meinerseits eine spontane Übersprunghandlung: Ich schlage beim Händeschütteln wie ein Offizier die Hacken laut klackend aneinander und nehme Haltung an. Dies gefällt Jana zwar offensichtlich ganz und gar nicht, der *Sie-Gustav* scheint jedoch davon angetan.

»Donnerwetter, Frau Klopp. Ihr Freund hat aber Schmiss. Gefällt mir.«

»Ja, so ist er, mein Robert.«

»Aber sagen Sie, Robert, was haben Sie denn mit Ihrer Nase veranstaltet?«

Noch bevor ich etwas entgegnen kann, übernimmt die Zahnfee in Form von Frau Eilhoff die Antwort.

»Das ist eine Hautirritation, Gustav.«

»Tatsächlich? Wissen Sie, Robert, als kleiner Bub hatte ich mal einen schlimmen Heuschnupfen, da sah ich ungefähr genauso aus.«

»Tatsächlich?«

»Ja.«

»Hatschi.«

»Gesundheit«, hallt es dreistimmig wider.

»Danke.«

Wir folgen den Eilhoffs durch die Empfangshalle, und ich spüre das erste schmerzhafte Kneifen von Jana in meinen Arm. Ich signalisiere ein unschuldiges *Sorry* und flüstere ihr zu, dass das mit dem Aneinanderschlagen der Hacken nur ein Reflex gewesen sei. Wir kreuzen einige Gänge und schreiten in den Salon, wo ein weiterer Sauerstoffspender zu einer vier Meter langen Holztafel verarbeitet wurde. Auf der Tischplatte selbst funkelt darüber hinaus mehr Edelmetall als in einer botswanischen Silbermine. Doch das ist noch lange nicht das Schlimmste. Denn wenn mich meine Augen nicht täuschen, entdecke ich an der Wand ein Foto von Papst Benedikt. Jetzt will mich hier aber jemand provozieren. Wie soll ich denn da in Ruhe meinen Rohkostsalat essen, wenn der Heilige Vater mir dabei über die Kleie schaut? Ich ahne, dass das ein langer und anstrengender Abend wird. Aber wenn es für die Karriere meiner Freundin förderlich ist... bitte.

Nach einer kleinen Führung durch den öffentlich zugänglichen Bereich der Villa, einem kleinen Aperitif, einem Tischgebet und den ersten beiden Gängen, die aus einem kreolischen Papayaschaumsüppchen und einer Art Buchsbaumzweig mit roten Früchten bestand, sitzen wir an der Holztafel und warten auf den nächsten Gang. Die Hoffnung auf tierische Proteine habe ich ebenso aufgegeben wie die Treibjagd zum Nachtisch. Außerdem brennt mir Benedettos Blick wie Feuer im Nacken. Er scheint meine kritische Haltung ihm gegenüber zu spüren. Janas Gespräch mit Herrn Eilhoff läuft indes bestens. Sie hat sich mit ihm auf ein geschäftliches Thema eingelassen, und ich sitze wie Karl Napf daneben und verstehe vor lauter *Debitoren* und *Swap-Zinsgeschäften* kein einziges Wort. Endlich kommt Frau Eilhoff zurück zu unserer Essgemeinschaft und tischt uns mit großer Geste den nächsten Versuch eines Nahrungsangebots auf.

»Ayurvedisches Gazpacho mit gezupftem Blattsalat und Himbeerjuice.«

»Ahhhh«, stimme ich in den allgemeinen Chor ein und übersetze es für mich in ein ehrliches *Na ja. Der McDonald's drive-thru hat ja bis vier Uhr geöffnet.*

Frau Eilhoff nimmt mir gegenüber Platz, und ich kann mich auf eine seltsame Art in die Gefühlswelt des Ehemanns von Angela Merkel einfühlen. Wie er diene auch ich nur dem Rahmenprogramm der Hauptpersonen und muss mich mit den Ehefrauen der wichtigen Typen rumschlagen.

»Schmeckt es Ihnen, Herr Süßemilch?«

»Vorzüglich, Frau Eilhoff. Haben Sie diese Juice selbst...«

Erschrocken bleibt mir der Rest des Satzes im Halse stecken. Ich spüre etwas sanft an meiner Innenwade auf- und abgleiten. Frau Eilhoffs Hornhauthobel-Fuß? Als ich sie ansehe, lächelt sie mich vielsagend an.

»Was wollten Sie sagen?«

»Ich... äh... meinte, ob Sie... na ja... Haben Sie die Juice selbst zubereitet?«

Frau Eilhoff nimmt etwas Gazpacho auf den Löffel und zieht die kalte Suppe aufreizend langsam an ihrem Zahnobelisken vorbei in den Mund. Rohkost scheint der Libido jedenfalls nicht zu schaden.

»Sie meinen, ob ich die Himbeeren selbst, mit meinen nackten Händen ausgepresst habe, um auch den letzten Tropfen Saft aus ihnen herauszuholen?«

O mein Gott. Was passiert hier gerade? Und was zur Hölle soll ich machen?

»Ge... ge... genau. D... d... das meinte ich.«

»Nein, Herr Süßemilch, das habe ich nicht. Ich bin da eher pragmatisch eingestellt. Ich lasse mir meine Juice lieber von einem Profi machen. Jemandem, der jeden Handgriff beherrscht und weiß, wie ich es gerne mag.«

Hallo?! Jana! Sie-Gustav! Hört hier mal jemand zu, was dieser steile Zahn so von sich gibt? Doch weder Jana noch Herr Eilhoff scheinen Notiz von den ausschweifenden Beschreibungen zu nehmen. Nun wechselt Frau Eilhoff die Beinseite und widmet sich meinem rechten Schienbein.

»Und wie mögen Sie es am liebsten?«

»Wie bitte?«

»Wie Sie Ihre Juice am liebsten mögen?«

»Ich?«

»Ja, Sie, Herr Süßemilch. Ich schätze, Sie mögen sie eher etwas schärfer und würziger, nicht wahr?«

Frau Eilhoff setzt gezielt ihre Fußnägel ein, die sich nun unter dem Tisch in meine rechte Wade bohren. Es schmerzt, und es treten erste Schweißperlen auf meine Stirn, doch ich halte es aus. Für Jana. Für ihre Karriere. Für unseren Traum einer Hundert-Quadratmeter-Wohnung. Aber weiter sollte sie nicht mehr gehen. Dann garantiere ich für nichts mehr. Das muss Angela Merkels Mann sicher nicht über sich ergehen lassen. Oder doch?

»I... I... Ich?«, stottere ich einen hilflosen Satzbeginn über die Tischplatte. »Nein, ich mag am liebsten... eine... eine ganz normale Juice. Die von zu Hause. Die schmeckt mir am besten. Ich mache meine Juice immer nur zu Hause.«

Mit dieser Antwort scheint die Hausherrin jedoch ganz und gar nicht einverstanden. Ihre Nägel bohren sich noch tiefer in meine Wade. Ich kann nicht mehr anders. Ich muss dem Ganzen Einhalt gebieten. Auch wenn Janas Karriere hier an diesem Tisch abrupt ihr Ende findet.

»Ich bitte Sie, Frau Eilhoff«, bricht es aus mir heraus, und ich rücke meinen Stuhl entschieden zurück. »Unterlassen Sie das. Ich bin für derlei Dinge nicht zu haben.«

Jana fällt vor Schreck der Löffel aus der Hand und landet mit einem lauten Scheppern auf dem silbernen Unterteller. Und auch der Hausherr scheint nichts von dem perfiden Doppelleben seiner Frau zu ahnen. Ganz im Gegenteil. Er scheint ernsthaft überrascht und wechselt einen Blick mit seiner Frau. Diese schaut zunächst ihn, dann mich an.

»Jetzt tun Sie nicht so, Sie haben mich die ganze Zeit unter dem Tisch mit Ihrem Fuß befummelt. Ich bin doch kein Callboy, ich bin ...«

Der restliche Bauteil des Satzes wird für alle Zeit auf seine Vollendung warten müssen, denn mit einem einzigen Sprung landet eine anthrazitfarbene Katze auf meinem Schoß und krallt sich sogleich in meinem Schritt fest.

»Romeo! Runter da«, herrscht Gustav Eilhoffs Stimme durch den Salon.

Romeo gehorcht wie ein abgerichteter Jagdhund aufs Wort und zieht sich wieder unter den Tisch zurück. Mein Blick wandert zu Jana, die ihre Augen schließt und ein kaum wahrnehmbares Kopfschütteln folgen lässt. Ich kenne jedoch die Bedeutung dieses Kopfschüttelns, und es hat bis zum heutigen Tage noch nie etwas Gutes bedeutet. Es folgt eine bedrückende Pause, in der mir Janas Hinweis in den Ohren klingt, dass im Hause Eilhoff eine konservative Hand regiert. Ich halte die Luft an und bin bereit für das Jüngste Gericht. Doch stattdessen passiert das Unglaubliche. Frau Eilhoff beginnt zu fiepen, dann zu piepsen.

»Hihihi ...«

Ihr Lachen steigert sich und klingt bald wie das Glucksen einer brütenden Henne.

»Und Sie dachten, dass ich ...«

Ich traue dem Braten noch nicht ganz. Nur zögerlich wage ich, etwas zu sagen.

»Ja. Sie müssen entschuldigen ...«

»Unter dem Tisch?«

»Es tut mir leid. Ich dachte ... und dann die Katze ... es war ein Missverständnis.«

Auch Herr Eilhoff scheint nun Gnade vor Recht ergehen zu lassen und steigt mit in das Gelächter seiner Frau ein. Schließlich lache auch ich peinlich berührt mit. Halb aus Scham, halb aus Erleichterung.

Nur eine Person am Tisch scheint das Ganze nicht witzig zu finden: Jana. Sie lächelt hölzern und mit geschlossenen Lippen, tut so, als ob sie mich küsste, und haucht mir ins Ohr: »Ich bringe dich um.« Dann wendet sie sich wieder der Tischgesellschaft zu. »Robert liebt es zu scherzen. Sie müssen entschuldigen.«

Doch Herr Eilhoff winkt beschwichtigend ab, als er sich vor lauter Lachen eine Träne aus dem Auge wischt. »Aber nein, meine Liebe. Das wird noch lange Zeit für Erheiterung im Golfklub sorgen, wenn wir das unseren Freunden erzählen. Ich danke Ihnen, Robert, das war das amüsanteste Abendessen seit langer Zeit.«

Jana greift nach meiner Hand, die auf meinem Schenkel ruht. Gott sei Dank, sie hat mir wohl verziehen. Warum auch nicht? Ihr Chef ist bester Laune, und der Beförderung steht somit nichts mehr im Wege. Doch schon im nächsten Moment spüre ich erneut einen stechenden Schmerz. Diesmal sind weder Frau Eilhoffs Fußnägel noch Romeos Krallen Grund für den Schmerz. Und plötzlich bin ich mir nicht mehr ganz sicher, ob Jana ihrer ausgesprochenen Drohung vielleicht tatsächlich handfeste Beweise folgen lassen wird.

»Wissen Sie, für unseren Romeo tun wir alles«, erklärt Frau Eilhoff. »Er ist der tollste Birmakater Deutschlands. Das haben wir sogar schwarz auf weiß.«

Die Dame des Hauses deutet stolz auf die Schrankwand,

in der neben einem weiteren Bild des Heiligen Vaters eine gerahmte Urkunde steht. Ich erkenne nur schemenhaft den genauen Text. Jedoch sind die Begriffe *1. Platz*, *Gold* und *Deutschland* fett gedruckt und somit gut lesbar.

»Meine Frau und ich verzichten seit Jahren auf Urlaub, der nicht mit dem Pkw vollzogen werden kann. Sogar die Einladung meines alten Schulfreunds Paul, der uns nach Buenos Aires eingeladen hat, mussten wir ablehnen. Aus Quarantänegründen darf man dort nämlich keine Tiere einführen. Und der lange Flug würde Romeo bestimmt nicht guttun. Ansonsten müssten wir Romeo in ein Tierheim geben, und denen vertrauen wir einfach nicht.«

»Richtig«, pflichtet Frau Eilhoff bei. »Wir wissen ja gar nicht, ob Romeo die anderen Tiere und Betreuer mögen würde. Er ist da sehr sensibel und wählerisch.«

»Das habe ich gemerkt«, versuche ich, einen weiteren Scherz anzubringen, und imitiere mit meiner Hand eine Kralle.

»Ja, Herr Süßemilch, Sie scheint er offenbar sofort ins Herz geschlossen zu haben.«

»Robert liebt Tiere über alles, Frau Eilhoff. Er ist ein richtiger Tierfreak, nicht wahr, Robert?«

Jana weiß, dass ich Katzen ebenso wenig leiden kann wie nervige Kinder oder Hundescheiße im Profil meiner Joggingschuhe. Aber ich weiß auch, dass Janas Karrierechance vom Wohlwollen des *Sie-Gustavs* abhängig ist. Also gilt für mich nur noch: Volle Kraft voraus!

»Ich kann einfach nicht ohne sie. Am liebsten würde ich mir auch eine Katze zulegen, aber ich möchte auch nicht nach ein paar Tagen merken, dass wir charakterlich nicht zueinanderpassen.«

»Hörst du das, Gustav, Herr Süßemilch ist so ein voraus-schauender Mensch. Genau wie wir damals möchte er, dass das Tier den Herrn aussucht und nicht umgedreht.«

»Absolut, meine Liebe. Es ist schön, Gleichgesinnte zu finden, Robert. Für die meisten sind gerade Katzen nur störrische Geschöpfe. Dabei sind sie einfach nur intelligen-ter als Hunde. Man kann sie zu nichts zwingen. Schauen Sie nur unseren Romeo an, ein Birma-Blue-Point-Kater. Eine tolle Rasse. Diese Katzen haben einen eigenen Kopf und bringen einem keine Zeitungen oder Hausschuhe wie ein dummer Hund.«

Jana scheint sich wieder gefangen zu haben. Sie nickt. »Wer will das schon?«, sagt sie.

Ich, denke ich, schweige aber. Stattdessen verspüre ich neben dem Jucken der Nase ein Kratzen im Hals. Ob die Tischplatte aus Birke besteht? Quatsch, ich habe ja keinen Heuschnupfen. Oder?

»Wir haben Romeo damals von einem Züchter geholt und ihn zunächst drei Wochen bei uns leben lassen. Erst dann haben wir uns alle drei dazu entschieden, den Weg gemeinsam weiterzugehen.«

Herr Eilhoff hat tatsächlich *wir drei* gesagt. Es ist mir ein Rätsel, wie solch ein Mann an die Spitze eines Bankimpe-riums vordringen konnte. Dennoch. Gut so. Diese Kuh be-ziehungsweise Katze scheinen wir jedenfalls wieder vom Eis geholt zu haben. Nach einer kurzen Pause stellt Frau Eilhoff ihr Glas zurück auf den Tisch und klatscht vergnügt in die Hände.

»Natürlich. Das ist doch die Lösung ...«

Herr Eilhoff schaut überrascht zu seiner Frau. »Was ist die Lösung, meine Liebe? Und für was?«

»Für Herrn Süßemilch und uns. Wir werden Romeo zur Pflege zu Herrn Süßemilch und Frau Klopp geben. Dann kann er sich an das Leben mit einem Haustier gewöhnen, und wir können doch noch Paul und Renate in Buenos Aires besuchen. Was hältst du davon?«

Herr Eilhoff mustert mich. Und ich hoffe insgeheim, dass er mich für ungeeignet hält. Dann atmet er tief ein und lehnt sich in seinem Stuhl zurück. Als er wieder ausatmet, spitzt er seine Lippen und lächelt.

»Warum eigentlich nicht?«

Hilflos stammle ich: »Das kann ich nicht annehmen«, doch es klingt jämmerlich.

»Aber natürlich. Romeo mag Sie. Und wir wären beruhigt, ihn in so fürsorglichen Händen zu wissen.«

»Aber, aber…«

Ich stottere weiter herum und suche händeringend nach einer unumstößlichen Begründung, warum ich dieses Tier nicht bei mir aufnehmen kann. Doch alles, was ich finde, ist der Absatz von Jana, der sich in meinen Mittelfuß bohrt.

»Also, was sagen Sie?«

»Ja, was soll ich sagen, außer… danke.«

4 Trautes Heim, Glück allein

Romeo und seine Reisekiste haben auf meinem Schoß Platz gefunden. Seit wir von den Eilhoffs aufgebrochen sind, hat sich ein Schweigen über unser Auto gelegt, das selten undurchdringlicher schien als heute. Dazu hat sich bei mir eine nicht zu übersehende allergische Reaktion auf Katzenhaare eingestellt. Da ich den restlichen Abend meine tiefe Katzenliebe zur Schau stellen musste, die auf meinem Schoß in einem vierzigminütigen Streichelmarathon für Romeo und sein prämiertes Fell gipfelte, sind meine Augen zu zwei stattlichen Wasserballons herangewachsen. Zumindest fiel so die Wahl des Fahrers nicht sonderlich schwer, da ich weder Fahrbahn noch irgendwas anderes erkennen kann. Jana hingegen schüttelt nur unentwegt den Kopf.

»Und ich sage dir extra noch, dass du dich benehmen sollst. War das wirklich zu viel verlangt?«

»Aber es ist doch alles in bester Ordnung.«

Jana bremst kurz ab, sodass mir die Reisebox fast von den Knien rutscht, und deutet mit ausgestrecktem Zeigefinger auf meinen Schoß.

»Das nennst du in bester Ordnung? Robert, ich will diese Beförderung. Auch für uns. Dann können wir uns endlich die Wohnung leisten.« Wütend trommelt Jana auf dem

Lenkrad herum, als sie wieder Gas gibt. »Wenn du nicht diese peinliche Sexszene veranstaltet hättest, wäre das alles nicht passiert, und wir könnten wahrscheinlich schon in sechs Wochen umziehen.«

»Nur weil dieses Vieh mich bei lebendigem Leibe häuten wollte. Du hast doch damit angefangen: *Ach, Herr Eilhoff, Robert ist ein richtiger Tierfreak.*«

Erneut bremst sie abrupt.

»Ach, jetzt bin ich dran schuld, dass wir die nächsten zwei Wochen mit diesem haarigen Etwas unsere Wohnung teilen müssen. Du hast dich doch zum WWF-Botschafter gemacht, nicht ich: *Ich kann einfach nicht ohne Tiere, Herr Eilhoff. Am liebsten würde ich mir selbst einen Kater zulegen.*«

»Natürlich bist du dran schuld. Es ist dein bescheuerter Chef. Es war dein bescheuertes Abendessen. Und somit ist es auch deine bescheuerte Katze.«

»Kater. Es ist ein Kater.«

»Meinetwegen.«

Der Wagen setzt sich wieder in Bewegung. Erst vor unserem Haus schneidet Jana noch einmal das Thema an. Dieses Mal jedoch deutlich ruhiger.

»Okay. Dann beruhigen wir uns. Wir werden es schon überleben. So wild ist es nun auch nicht.«

Doch jetzt bin ich in Fahrt. Was nicht zuletzt daran liegt, dass ich gerade mein Augenlicht für ihre Karriere geopfert habe und dies nicht einmal dankend Erwähnung findet.

»So wild ist das auch nicht?«, wiederhole ich und deute auf mein zugeschwollenes Augenpaar. »Hast du mir in letzter Zeit mal in die Augen geschaut? Irgendwie scheine ich nicht allzu gut auf Katzenhaare zu reagieren, Jana. Ich sehe aus, als würde ich an Augeninkontinenz leiden. Ich habe das für dich getan, obwohl ich eine Katzenallergie habe.«

Und schon ist Jana auch wieder in Rage.

»Ach, Katzenallergie ist also kein Problem. Aber wegen des Heuschnupfens machst du so einen Terz.«

»Das ist was anderes«, behaupte ich, ohne zu wissen, was daran wirklich anders sein soll.

»Dann räumen wir eben das Gästezimmer aus und lassen ihn da drin rumrennen, und in zwei Wochen ist der Spuk wieder vorbei. Ich kümmere mich schon um Romeo. Du wirst nichts damit zu tun haben. Okay?«

Wir steigen aus und nehmen den Stubentiger samt Käfig aus dem Wagen. Doch noch vor der Haustür wird mir schlagartig das nächste Problem bewusst.

»Jana, wir können Romeo nicht mit in unsere Wohnung nehmen.«

»Ich habe doch gesagt, wir lassen Romeo nur im Gästezimmer laufen. Du brauchst dich um nichts zu kümmern.«

»Nein, das meine ich nicht.« Und deute auf das hell erleuchtete Fenster in der Parterrewohnung. »Herr Jablinski.«

Herr Jablinski ist ein sechsundachtzigjähriger, verbitterter Mann mit deutschestem Gedankengut. Seit siebzehn Jahren ist er blind und bewohnt mit seiner geliebten Schäferhundlady Dina die Wohnung direkt unter uns. Für ihn und nur für ihn wird haustiertechnisch eine Ausnahme gemacht, was nicht zuletzt daran liegt, dass er der beste Freund unserer Vermieterin, Frau Schirmer, ist. Die adrette Dame ist einst gemeinsam mit ihm in die örtliche Gauschule gegangen und uns darüber hinaus schlecht gesonnen, da sie die Wohnung nur allzu gerne für ihre eigene Enkelin hätte. Herr Jablinski ist sozusagen ihr Auge und

Ohr im Haus, da sie etwas außerhalb wohnt. Wobei es sich im Fall von Herrn Jablinski auf sein Ohr beschränkt. Wie gesagt, er ist blind. Aber er hat das Gehör eines Präriewolfs.

»Scheiße, du hast recht. Der alte Jablinski würde uns mit Handkuss bei Frau Schirmer verpfeifen. Die wartet ja nur drauf, dass sie uns endlich aus dem Haus hat.«

»Hm, na ja. Vielleicht haben wir Glück, und er bekommt nichts mit. Ist schließlich nur für zwei Wochen. Und wir haben lediglich eine Katze in der Wohnung und keinen Köter, der uns die Nachbarschaft zusammenbellt.«

»Einen Kater.«

»Ja, zur Hölle. Dann eben einen Kater.«

»Dann lass uns mal hoffen, dass er uns die nächste Zeit nicht über den Weg läuft.«

»Wird er schon nicht. Da fällt mir ein, ich habe ihn schon seit Tagen nicht mehr gesehen. Warte mal. Vielleicht ...«

Ich steige über die Hecke und schleiche mich an das Fenster heran. Langsam hebe ich den Kopf und schaue wie in Zeitlupe in Herrn Jablinskis Wohnzimmer. Ich bewege mich katzenhaft und vorsichtig, bis mir auffällt, dass das eigentlich völlig überflüssig ist, schließlich würde er mich selbst dann nicht sehen können, wenn ich beinahe nackt in eine Federboa gehüllt vor seinem Fenster einen Cancan tanzen würde.

»Was machst du da, Robert?«

»Ich will nur sehen, ob er überhaupt noch lebt.«

Im Wohnzimmer dröhnt das Radio. Die rustikale Schrankwand Marke Radetzkymarsch wirkt aufgeräumt wie immer. Nichts scheint auf ein vorzeitiges Dahinscheiden von Herrn Jablinski hinzudeuten. Das Kribbeln in meiner Nase wird plötzlich stärker.

»Hatschi.«

Ohne Vorwarnung schießt wie auf Befehl ein Hundekopf vor dem Fenster in die Höhe, und ich schrecke einen Schritt zurück. Sofort schlägt Dina an und bellt wie von Sinnen. Schnell laufe ich zurück zu Jana und höre noch Herrn Jablinskis Stimme, der Dina auffordert, Platz zu machen.

»Der Jablinski lebt noch.«

5 Ein deutsches Haus

Ich habe keine Kinder. Und ich möchte auch noch keine. Aber wenn ich einen dieser Quälgeister hätte und er würde unendliche Schmerzen leiden, würde es sich wohl genau so anhören wie das Geheul des triebigen Romeos.

»Der Scheißkater ist rollig, Jana.«

»Kater werden nicht rollig. Nur Katzen werden rollig.«

»Du mit deiner Besserwisserei. Ist mir doch völlig egal, wie es biologisch richtig heißt. Jedenfalls schreit der Kater wie bescheuert rum. Für mich ist er nun mal rollig.«

»Meinetwegen.«

Jana und ich liegen im Bett und sollten eigentlich schon lange schlafen. Eigentlich. Denn nicht, dass ich aufgrund meiner langsam verfaulenden Nase und weiterer allergiebedingter Probleme bereits seit Tagen nicht mehr normal schlafen konnte ...

Neeeein.

Nun singt Romeo auch noch seine nächtlichen Trauerarien. Und zwar direkt in unserem Gästezimmer. Nicht, dass auch dies schon mehr als genug wäre.

Neeeein.

Ich kann Herrn Jablinskis Stimme förmlich hören, wie sie durchs Telefon zu Frau Schirmer krächzt: »Dieses Jugendpack, das da in wilder Ehe über mir wohnt, hat sich ein Haustier angeschafft, das den Mond anheult. Das Vieh scheint weder abgerichtet, noch dient es dem deutschen Volk in irgendeinem anderen sinnvollen Zweck als der puren Lotterei.«

Schade, ich mochte die Wohnung wirklich. Wir wollen zwar die größere Hundert-Quadratmeter-Eigentumswohnung mit Fischgrätparkett, die uns Bekannte seit Monaten reserviert halten, aber bis jetzt hat diese Wohnung uns stets gute Dienste erwiesen. In diesem Moment klingelt auch schon unser Telefon. Und da es weit nach Mitternacht ist, weiß ich, wer dran ist, und lasse es so lange läuten, bis sich der Anrufbeantworter einschaltet. Dann ertönt sie, die Stimme, die Jana und mir vertrauter ist als lieb.

»Herr Süßemilch, Frau Klopp, hier spricht Anneliese Schirmer. Ihre Vermieterin. Mir ist zu Ohren gekommen, dass Sie entgegen dem Mietvertrag ein Haustier halten. Das geht so natürlich nicht. Ich werde Ihnen morgen früh gegen zehn Uhr Ihre Kündigung vorbeibringen. Bitte seien Sie zugegen. Auf Wiederhören.«

»Bitte seien Sie zugegen ... Diese blöde Schrulle«, höre ich Janas Stimme neben mir.

»Ja, aber sie sitzt leider am längeren Hebel, Jana. Und sie hat schon lange darauf gewartet, uns aus der Wohnung zu kicken, damit ihre bescheuerte Enkelin hier einziehen kann.«

»Und was machen wir jetzt? Jablinski ist so krank, dass er wahrscheinlich sogar das ganze Katzengejammer auf seinem Reichskassettenrekorder aufgenommen hat. Erinnerst du dich noch an unsere Vormieterin?«

»Frau Hansen?«

»Genau. Die wollte er damals rausschmeißen lassen, weil ihre Kinder beim Playstationspielen so unrhythmisch mit den Füßen getrampelt hätten. Dass sie mal das Marschieren lernen müssten. Der spinnt total.«

»Ja, ich erinnere mich, Jana. Aber da konnte er nichts machen, oder?«

»Nein, die Anwältin von Frau Hansen hat ihm ein gesalzenes Schreiben geschickt, wonach Kinder einen besonderen Status genießen. Das müsse er akzeptieren oder ins Altersheim ziehen. Vielleicht sollten wir uns auch einen Anwalt nehmen.«

»Tja, und von was sollen wir den zahlen? Außerdem steht tatsächlich in der Hausordnung, dass keine Tiere zu halten sind. Und Kinder haben wir auch keine vorzuweisen, oder hast du noch irgendeins versteckt?«

Jana hebt die Decke und schaut kurz darunter, dann schüttelt sie den Kopf.

»Nein, da hat sich auch keins versteckt, Schatz. Ich kann damit also gerade nicht dienen. Bliebe uns also nur die Option, den Jablinski aus dem Weg zu räumen.«

Ich lache.

»Wir sind halt nichts weiter als Pflege-Katzeneltern und die ...«

Rumms! Ohne Vorwarnung kracht mir eine Monsteridee ins Hirn. Verdammt. Natürlich. Das ist es.

»Was ist, Robert, warum sprichst du nicht weiter?«

»Weil ich gerade die Idee schlechthin habe ... Natürlich, so machen wir es.«

»Was machen wir, Robert? Wir können ihn nicht umbringen. Ich finde Jablinski ja auch nervig, aber ...«

»Nein, Quatsch. Ich will ihn nicht umbringen.«

»Sondern?«

»Hat deine Cousine Julia noch ihre beiden kleinen Kinder?«

»Was ist denn das für eine Frage? Natürlich hat sie ihre Kinder noch, oder denkst du, sie hat sie am nächsten Rastplatz angebunden?«

»Okay, blöde Frage. Aber egal. Gib mir mal das Telefon. Ich muss sie anrufen.«

»Wen?«

»Na, deine Cousine.«

»Jetzt, um diese Uhrzeit? Bist du wahnsinnig?«

»Nein, ganz im Gegenteil. Ich versuche nur, unseren Traum zu retten. Glaub mir, wir dürfen jetzt keine Zeit verlieren.«

6
Bridget-Mathilda

Es ist kurz vor zehn morgens. Jana und ich hocken angespannt auf unserer Couch und warten ungeduldig wie Rennpferde in ihrer Startbox. Frau Schirmer muss jeden Moment aufschlagen. Wir sind bereit. Bereit für eine Showeinlage der ganz besonderen Art. Jana sitzt mit hochgeschobenem Pulli auf der Couch und hält eine Babypuppe an ihre Brust gedrückt. Überall im Zimmer haben wir darüber hinaus diverse Utensilien ausgebreitet, die unsere Scharade unterstreichen sollen.

Vierzig streichelzarte Babywaschlappen stapeln sich neben der Anti-Colic-Weithals-Flasche in Hello-Kitty-Design. In unmittelbarer Nachbarschaft tummeln sich Windelpakete, Kleiderberge aus Stramplern, und als besonderes Highlight habe ich von Janas Cousine sogar noch deren Wiege und einen Reiselaufstall aufgebaut. Kurzum: die perfekte Illusion von Neueltern.

Unsere Taktik beruht nämlich darauf, dass wir die schrillen Schreie der vorigen Nacht gar nicht bestreiten wollen, sondern diese sogar von Herzen gerne zugeben. Schließlich sind wir doch froh darüber, dass wir gestern mit unserem neugeborenen Baby aus dem Krankenhaus entlassen wurden. Ja, wir sind stolze Blitz-Eltern einer gesunden Tochter!

Alles ist perfekt: Jablinski hat Janas Schwangerschaft weder in den letzten Wochen noch jemals zuvor sehen können, da er ja blind ist. Da wir auch sonst jeden Kontakt mit ihm vermeiden, kann er weder bestätigen noch ausschließen, dass wir bereits seit Monaten in freudiger Erwartung sind. Und da junge Familien mit Kindern einen besonderen Kündigungsschutz genießen, soll sich unser imaginärer Nachwuchs ruhig die Kehle aus dem Leib schreien. Wir bleiben hier wohnen!

Ein grandioser Plan. Das Geschrei von Romeo klingt tatsächlich täuschend echt wie das eines Babys, und ich bin davon überzeugt, dass selbst Herr Jablinski mit seinen Luchshörgängen den Unterschied zwischen einem Neugeborenen und einem triebhaften Kater nicht heraushören kann. Nun gilt es lediglich noch, Frau Schirmer von unserem Familienglück zu überzeugen. Und zu diesem Zweck haben wir uns in der letzten Stunde das komplette Filmset eines Kinderzimmers geliehen und zusammengekauft. Als einzige Schwierigkeit stellt sich die Tatsache heraus, dass im Kaufhaus nur noch farbige Babypuppen zum Verkauf standen und ich auf die Variante *Little Bridget* mit echten Tränen, Pipiauslauf und zuklappenden Augen bei Rückenlage zurückgreifen musste. Da Jana aber ein großes Tuch um *Little Bridget* geschwungen hat und Frau Schirmer nicht so unverfroren sein wird, meiner Freundin auf die nackte Brust zu starren, sollte die afroamerikanische Pigmentierung Bridgets für keinerlei Probleme sorgen und unser Plan somit funktionieren.

DiiiingDoooong.

Wow, das nenne ich Timing. Das muss sie sein. Frau Schirmer. Vor Schreck lässt Jana unseren dunkelhäutigen Nachwuchs zu Boden fallen. Sogleich beschwert sich Bridget mit rollenden Augen und einem weinerlichen Jammern darüber. Meine Freundin schaut mich hingegen mit hochrotem Kopf an.

»Ich kann das nicht, Robert.«

»Doch, du kannst. Tu es für deinen Job. Die Wohnung. Für uns und ... unser Kind.«

»Wir haben kein Kind, Robert, das ist 'ne Puppe.«

Hm, stimmt. Ich deute zum Schlafzimmer.

»Dann für unseren neuen Mitbewohner.«

»Na toll. Unser neuer Mitbewohner reibt sich höchstwahrscheinlich gerade seine Geschlechtsteile an unserem Bettpfosten wund.«

»Nun sei nicht so negativ. Wenn wir es nicht wenigstens probieren, sitzen wir zum nächsten Ersten auf der Straße. Vertrau mir. Ich weiß, was ich tue.«

Ich weiß natürlich nicht, was ich tue, dennoch ernte ich ein zustimmendes Nicken, und *Little Bridget* verdreht die Augen, als sie wieder an die Dockingstation von Janas Brust geführt wird.

»Okay, Robert. Dann mach jetzt die Tür auf.«

Ich schwinge mich auf und nehme als optische und olfaktorische Unterstützung eine vorher präparierte Windel mit Katzenkacke mit. Nach einem kräftigen Nieser atme ich noch einmal tief durch, was sich jedoch als Fehler erweist. Bäh! Katzenkacke stinkt erbärmlich. Dann öffne ich die Tür. Vor mir steht Frau Schirmer, die sich weder von der Windel noch von meiner Krustennase irritieren lässt und ohne Umschweife damit beginnt, sich in Rage zu reden.

»Also, Herr Süßemilch, es tut mir persönlich ja sehr leid, aber das geht nun mal zu weit.«

Die Windel genügt also noch nicht. Ich muss nachlegen. Jetzt heißt es, cool zu bleiben und den Bluff durchzuziehen. Ich beuge mich vor und sage im Flüsterton: »Wenn Sie vielleicht etwas leiser wären, Frau Schirmer. Meine Freundin hat gerade das Baby gestillt, und wir sind froh, dass es jetzt endlich schläft.«

»Meinetwegen, aber das geht trotzdem nicht. Im Mietvertrag steht klipp und klar, dass keinerlei Haustiere erlaubt sind und Zuwiderhandlung mit sofortiger ... Moment mal, welches Baby?«

Na endlich, es hat gedauert, aber jetzt scheint der Groschen gefallen zu sein.

»Unser Baby, Frau Schirmer. Die kleine Maus ist ja so ein Sonnenschein.«

»Sie haben ... Sie und Frau Klopp haben ...«

Wirkungstreffer. Ich habe Frau Schirmer genau da, wo ich sie haben wollte. Sie wankt. Vielleicht brauchen wir die Show mit den Kindersachen im Wohnzimmer ja gar nicht, und ich kann die Angelegenheit hier an der Tür klären. Ich setze also direkt einen Leberhaken hinterher.

»Ja, ist das nicht toll? Wir sind gestern erst aus dem Krankenhaus nach Hause zurückgekehrt. Und falls die Kleine zu laut war, tut uns das natürlich schrecklich leid. Aber was soll man da als Eltern machen? Sie kennen das ja.«

»Nein, äh ... ich meine ja, natürlich. Aber ich dachte immer, Sie mögen keine Kinder.«

Ich habe sie an den Seilen stehen. Jetzt gilt es, dranzubleiben und Links-rechts-Kombinationen zu schlagen.

»Ich? Ich und keine Kinder lieben? Wie kommen Sie denn darauf? Ich liebe Kinder. Sie sind doch schließlich unsere, na, wie heißt es ... äh ... Zukunft.«

57

Zwanghaft versuche ich, alle Stereotypen von mir bekannten Eltern abzurufen und sie Frau Schirmer anzubieten. Aber mit der Erklärung »Kinder sind unsere Zukunft« erschöpft sich meine Argumentationskette bereits wieder. Kinder sind einfach nicht mein stärkstes Thema.

»Aber davon wusste ich ja gar nichts.«

Jetzt setze ich zum vorzeitigen K. o. an. Ein letzter gezielter Schlag zum Glaskinn, und sie ist ausgeknockt.

»Wir wollten erst ganz sicher sein, dass alles gut verläuft. Schließlich ist es ja unser erstes Kind. Und da haben wir beschlossen, dass wir es zunächst für uns behalten.«

Und tatsächlich. Frau Schirmer zieht ihr Kündigungsschreiben zurück und lässt es in ihrer Handtasche verschwinden. Aus, aus, der Kampf ist aus. Sieg in der ersten Runde. Geschafft! Der Bluff hat funktioniert.

»Aha. Ja dann, dann ist das natürlich etwas anderes. Wie heißt es denn?«

»Wer?«

»Na, das Kind, Ihre Tochter. Sie sagten doch was von *der Kleinen*.«

Verdammt. Wie einst Rocky Balboa ist Frau Schirmer ein zäher Kämpfer. So leicht gibt sie sich nicht geschlagen. Ich hatte mit Jana nicht über den Namen unseres Kindes gesprochen. Noch nicht einmal das Geschlecht wurde von uns eindeutig bestimmt. Aber wann auch? Vor zehn Minuten lag ich noch unter einer eierschalenfarbenen Wiege und habe mit einem Inbusschlüssel Schrauben versenkt.

»Bridget«, antworte ich daher fast wahrheitsgetreu, denn schließlich heißt die Puppe ja wirklich so. »Es, also ich meine, sie heißt Bridget.«

»Ach, wie die Bardot? Brigitte Bardot.«

»Nein, nicht Brigitte, sondern Bridget«, verteidige ich den Namen unserer nicht vorhandenen Tochter, »das kommt aus dem Amerikanischen. Genauer: Afroamerikanischen.«

»Afroamerikanisch? Na ja, warum auch nicht. Kann ich die Kleine denn mal sehen und Frau Klopp wenigstens gratulieren?«

»Das… ähm… das geht leider nicht. Ich würde es Ihnen ja gerne ermöglichen, aber Bridget schläft gerade. Und meine Freundin ist auch noch sehr erschöpft. Wissen Sie, es war eine sehr schwere Geburt. Komplikationen und so… Meine Freundin ist psychisch sehr angeschlagen.«

»Verstehe.«

Frau Schirmer dreht sich um, und ich möchte ihr gerade noch einmal für ihr Verständnis danken, als ein bekannter Ton mich in Alarmbereitschaft versetzt. Romeo. Den hatte ich vor lauter Vaterfreuden beinahe vergessen.

»Ach, da habe ich ja Glück gehabt«, sagt Frau Schirmer und drückt sich schon an mir vorbei in die Wohnung. »Da ist wohl gerade jemand wach geworden.«

Ich kann gar nicht so schnell schauen, wie sie sich den Weg ins Wohnzimmer bahnt und, ohne zu klopfen, in der Tür steht. Doch zum Glück hat Jana uns wohl belauscht und sitzt mit der imaginären Bridget im Arm auf der Couch und stillt sie. Eingehüllt in eine riesige Decke kann man Köpfchen und Gliedmaßen nur erahnen, aber es sollte genügen. Jedenfalls bleibt Frau Schirmer in einem Sicherheitsabstand von zwei Metern vor Jana stehen und flüstert nun ihrerseits.

»Frau Klopp, ich wollte Ihnen nur kurz persönlich gratulieren. Herr Süßemilch hat mir gerade alles erzählt. Ich hatte ja keine Ahnung.«

Für einen Moment glaube ich fast, dass Jana tatsächlich gestern ein Kind zur Welt gebracht hat, so perfekt spielt sie ihre Rolle. Sie wirkt zart und zerbrechlich. Und entweder ist es Angstschweiß, oder sie hat sich gerade noch mal den Kopf unter den Wasserhahn gehalten, denn auf ihrer Stirn schimmert es feucht in ganzer Perlenpracht.

»Danke, Frau Schirmer. Es ging zum Schluss alles so schnell, dass wir weder vor noch nach der Geburt Zeit hatten, Sie davon zu unterrichten.«

Frau Schirmer winkt ab.

»Ist doch überhaupt kein Problem, und nach den ganzen Komplikationen ist das doch auch ganz normal. Da hat man andere Dinge im Kopf.«

»Komplikationen?«

»Ihr Freund hat mir alles erzählt. Aber das mit der Psyche wird sicherlich wieder. Wir Frauen wissen doch, wie das ist. Nach so einer schweren Geburt fällt man schon mal in ein dunkles Loch. Wichtig ist jetzt nur, dass Sie und das Kind gesund sind.«

Janas Blick huscht für den Bruchteil einer Sekunde zu mir. Dann wieder zurück zu Frau Schirmer.

»Ja, danke. Mathilda und mir geht es ansonsten prima.«

»Mathilda?« Frau Schirmer sieht uns fragend an. »Ich dachte, die Kleine heißt…«

Noch bevor Frau Schirmer weiterbohren kann, versuche ich, die Situation zu retten.

»Bridget-Mathilda. Ihr Name ist Bridget-Mathilda. Meine Freundin wollte unbedingt einen Doppelnamen. Ich war ja nur für Bridget, aber wir wollten uns am Wochenbett nicht gleich in die Haare bekommen.«

»Aha.« Frau Schirmers Verwirrung ist nahezu komplett. »Na ja, das müssen Sie wissen.«

Zögerlich unternimmt sie den zweiten Versuch, endlich zu gehen, als erneut ein verräterisches Jammern aus dem Schlafzimmer von nebenan ertönt. Und wenn unsere Puppentochter nicht mit einem Bauchredner-Talent gesegnet ist, muss es von jemand anderem kommen. Und ich weiß auch, von wem. Nur kann ich das nicht sagen, sondern muss unsere Scharade um eine weitere Episode erweitern.

»Du lieber Himmel, das hätte ich ja fast vergessen zu erwähnen.«

Sowohl Frau Schirmer als auch Jana schauen mich erstaunt an und warten auf meine Erklärung.

»Um ehrlich zu sein, Frau Schirmer... es... es sind... es sind Zwillinge.«

»Was?«, ruft Frau Schirmer.

»Was?«, ruft auch Jana.

»Ja, Schatz, du weißt doch. Bridget-Mathilda und...«

Ja, was und eigentlich? Es gibt Tausende von Namen, und dennoch will mir gerade kein einziger einfallen. Darum schleudere ich den einzig männlichen Namen heraus, der mir gerade in den Sinn kommt.

»...und Romeo. Unser Sohn. Du erinnerst dich doch, Schatz?«

Zum Glück hat sich auch Jana wieder gefangen. »Ach ja, natürlich. Romeo«, sagt sie. »Es war einfach zu viel für mich die letzten Tage.«

Nun ist Frau Schirmer vollkommen verwirrt. Man spürt geradezu, wie unwohl sie sich fühlt. Glaubt sie doch, dass in dieser jungen Familie so einiges im Argen liegen muss. Geradezu überstürzt möchte sie diesen Ort verlassen.

»Ich denke, ich werde dann mal wieder gehen«, sagt sie. »Ich wünsche Ihnen alles Gute für die nächste Zeit.«

»Danke.« Ich geleite Frau Schirmer durch den Flur. »Ich bringe Sie noch schnell zur Tür.«

Dort angekommen dreht sich unsere verdutzte Vermieterin noch mal zu mir um und legt mir verständnisvoll eine Hand auf die Schulter.

»Ich wünsche Ihnen viel Kraft, Herr Süßemilch. Meine Schwester hatte das auch bei ihrer ersten Geburt.«

»Was meinen Sie?«

»Na, diese Psychosache.« Es folgt ein angedeuteter Scheibenwischer. Dann tippt sie sich mit dem Zeigefinger gegen die Stirn. »Diese automatische Verdrängung ihres Sohns. Man kennt das ja aus dem Tierleben, dass Muttertiere ihr Erstgeborenes nicht säugen und verleugnen oder es ignorieren und nicht lieben können. Seien Sie stark. Ihre Freundin braucht Sie jetzt.«

»Das werde ich. Danke.«

»Ich drücke Ihnen jedenfalls die Daumen. Und das mit der Kündigung vergessen Sie bitte. Allerdings sollten Sie sich überlegen, ob die Wohnung für vier Personen nicht ein wenig zu klein wird.«

»Ihr Verständnis bedeutet mir viel.«

Sie nickt abermals und stapft endlich los. Ich glaube, noch ein Seufzen zu vernehmen, dann eine Klingel im Parterre, gefolgt von Hundegebell.

7
Zwillinge

Mathilda!?« Ich schüttele immer wieder den Kopf. »Wie bist du denn da drauf gekommen?«

»Na ja, mir hat der Name schon immer gefallen. Und falls wir mal eine Tochter bekommen sollten, wäre das doch ein schöner Name.«

»Erstens bin ich nicht besonders scharf auf Kinder, und selbst wenn, musst du mir das doch nicht gerade heute vorschlagen, während Frau Schirmer mit der Kündigung in der Hand im Wohnzimmer steht.«

»Was willst du mir denn jetzt erzählen? Stempelst mich vor Frau Schirmer zur Psychotante. Ich will gar nicht wissen, was du ihr alles erzählt hast.« Jana wickelt *Little Bridget* aus ihrem Tuch und legt sie vorsichtig auf den Wohnzimmertisch, worauf diese ihre Augen schließt und anfängt zu weinen. Wohlgemerkt, die Puppe, nicht Jana. »Und du hättest mich wenigstens von ihrem Zwillingsbruder informieren können.«

»Das war Improvisation.«

»Nein, das war keine Improvisation, das war idiotisch, Robert. Du kannst von Glück sagen, dass dir Frau Schirmer den Blödsinn abgenommen hat. Als würde ich meinen Sohn vergessen. Du spinnst doch.«

Ich erinnere mich an Frau Schirmers Erklärung und blase wissend die Backen auf.

»Oh, du glaubst gar nicht, wie oft so etwas vorkommt. Weißt du, es gibt sogar bei vielen Tieren dieses Phänomen.«

»Ach, Robert…« Jana winkt ab. »Rede nicht so einen Blödsinn von Dingen, von denen du keine Ahnung hast. Du weißt ja nicht einmal, dass Kater nicht rollig werden können.«

Ich erspare mir die weitere Ausführung, dass nicht nur Tiere dieses Problem haben, sondern sogar Frau Schirmers Schwester bei ihrer ersten Geburt, und versuche stattdessen, die Wogen zu glätten.

»Jedenfalls haben wir jetzt erst mal Ruhe. Vor ihr und auch vor Herrn Jablinski.«

»Na hoffentlich.« Wir sinken beide aufs Sofa. Dann schaut Jana mich an. »Und jetzt?«, fragt sie. »Wir können dieses Lügenspiel ja nicht ewig weiterführen. Oder soll ich jetzt die nächsten drei Wochen jedes Mal mit einem Kinderwagen zur Arbeit gehen? Und vor allem: Was machen wir danach?«

»Nach was?«

»Na, wenn wir Romeo wieder abgegeben haben und unsere Kinder Bridget-Mathilda und Romeo nicht mehr jede Nacht mit ihrem Gejammer die Nachbarschaft aus dem Schlaf reißen. Zu allem Überfluss bin ich dank deiner tollen Improvisation ja nun eine äußerst labile Mutter. Wenn Frau Schirmer das mitbekommt, denkt sie doch, ich habe die beiden ins Eisfach gelegt.«

Ein berechtigter Einwand. Darüber hatte ich mir noch gar keine Gedanken gemacht. Zu den Kindern zu kommen ist eine Sache. Sie wieder loszuwerden eine ganz andere.

Doppelter Kindstod? Nein, damit macht man keinen Spaß. Adoption? Hm, wäre aufgrund Janas Verhaltensauffälligkeit eine echte Option. Schließlich wollte Jana ja nicht mal was von der Existenz ihres Sohnes Romeo wissen. So richtig glücklich bin ich jedoch mit keiner der Optionen. Aber wie soll ich auch eine adäquate Antwort finden? Mein Gehirn läuft seit Tagen auf Sparflamme. Ohne Schlaf und Sauerstoff ist das einfach nicht zu bewerkstelligen. Also sage ich es auch genau so.

»Darüber machen wir uns morgen Gedanken. Ich muss einfach etwas Schlaf finden. Ich kann nicht mehr.«

Jana legt ihren Kopf auf meine Schulter und beginnt, mich mit einer Hand im Nacken zu kraulen.

»Du hast recht, Schatz. Und ich habe mich bei dir noch gar nicht richtig bedankt. Es tut mir wirklich leid, dass du nicht schlafen kannst. Und jetzt noch die Sache mit meinem Chef und Romeo. Aber wie gesagt, ich kümmere mich um den Kater. Vielleicht solltest du wenigstens nachts irgendwo außerhalb der Wohnung schlafen, wo du Luft bekommst.«

»Und wo soll das sein? Soll ich für ein paar Tage auf der Quarantänestation im Krankenhaus einchecken?«

Jana lacht. Es folgt ein zärtlicher Kuss. Dann ein weiterer, während sie ihre Beine gekonnt um meine Hüften schlingt und auf meinem Schoß landet. Dabei zuckt ein verführerisches Lächeln um ihren Mund.

»Wenn wir die Sache überstanden haben, fahren wir zusammen irgendwo hin, wo du atmen kannst. Du weißt, ich will schon seit ewigen Zeiten mal nach Kuba. Dann fahren wir dort hin, okay? Da gibt's bestimmt auch keine Pollen.«

Erstaunlich, dass trotz des Sauerstoffmangels die Blutzufuhr zu meinen primären Geschlechtsteilen noch bestens funktioniert. Dies bleibt auch Jana nicht verborgen, und sie grinst. »Und eins verspreche ich dir. Du wirst diesen Atem dann auch bitter nötig haben. Ich werde dich ganz schön auf Touren bringen.«

»Okay, das klingt allerdings sehr verlockend«, entgegne ich und küsse sie leidenschaftlich. »Die paar Tage bis dahin werde ich irgendwie auch noch überstehen.«

»Und morgen gehst du zum Hautarzt und lässt dir was gegen Heuschnupfen geben.«

»Hautirritation.« Ich packe Jana und trage sie in Richtung Schlafzimmer. »Du meinst gegen meine Hautirritation.«

8
Mein Freund, die Birke

Das Wartezimmer beim Dermatologen ist mit einer wilden Mixtur aus mediterranen Tönen gestrichen und gleicht damit wie ein Paniniabziehbild all den anderen Wartezimmern, die ich von Besuchen bei Zahnärzten oder Augenärzten kenne. Komisch und zugleich traurig, dass alle sich in ihrer Ideenarmut so sehr ähneln. Es sind doch völlig verschiedene Fachrichtungen. Da könnte man schon ein wenig Abwechslung erwarten. Dennoch findet sich überall das gleiche Bild: fünf Zeitschriften in belanglose, gelbe Werbeeinschläge gehüllt, die darauf warten, von genervten Patienten hastig durchgeblättert zu werden. Lesen wird man hier ohnehin nichts. In einem deutschen Wartezimmer wird geblättert, niemals gelesen. Ich jedenfalls habe es noch nie erlebt, mich so sehr in eine Zeitschrift vertieft zu haben, dass ich beim Aufrufen meines Namens abwinkte mit der Erklärung, dass ich erst noch den Artikel zu Ende lesen möchte und man doch bitte schon mal den nächsten Patienten vorlassen solle.

In den beiden unbestuhlten Ecken stehen die obligatorischen zwei Grünpflanzen, die augenscheinlich nur sparsam von der Sprechstundenhilfe mit Wasser versorgt werden. Die Pflanzen sehen so leidend aus, dass man für sie gerne selbst einen Termin bei einem Arzt vereinbaren möchte.

Außer mir befindet sich nur eine junge Mutter mit ihrem kleinen Sohn im Wartezimmer. Dieser stapelt in der unausweichlichen Spielecke wahllos bunte Bauklötze aufeinander. Nebenbei schnieft er alle paar Sekunden seine Rotze zurück in die Nase, bevor der Turm ein ums andere Mal laut scheppernd in sich zusammenfällt.

»Sören«, herrscht ihn seine Mutter an, »spiel doch mal schön.« Dann sinkt ihr Kopf wieder hinter eine der Zeitschriften.

Spiel doch mal schön?

Das sagt sie wirklich.

Spiel doch mal schön.

Als ob Sören nun tatsächlich damit beginnen würde, die bunten Steine zu einem filigranen Aquädukt zusammenzusetzen. Und wie vermutet, dauert es nicht lange, bis der nächste Turm von Pisa unter lautem Poltern auf das Holzparkett prasselt.

»Söö-ren.«

»Hatschi.«

Sörens Mama lächelt mir gequält zu.

»Gesundheit.«

»Danke.«

Ich schnäuze bereits das dritte Taschentuch voll und spüre, wie mein Körper sich immer matter und schlaffer anfühlt. Lange halte ich das nicht mehr durch. Kein Schlaf, keine Luft und keine Aussicht auf Besserung.

In diesem Moment ertönt die Stimme der Sprechstundenhilfe: »Herr Süßemilch?«

»Ja«, antworte ich, lege meine *Frau im Spiegel* zur Seite

und folge der adretten Mittfünfzigerin in einen kleinen Raum.

»Nehmen Sie doch schon einmal Platz.«

»Danke«, antworte ich und niese abermals.

»Gesundheit.«

»Danke.«

»Frühblüher, was?«

»Nein. Ich tippe mal auf eine Erkältung. Oder eine Haut-irritation.«

»Na ja, wenn Sie meinen.« Sie grinst. »Frau Doktor kommt gleich.«

»Okay.«

»Falls Sie ein Handy oder etwas Ähnliches dabeihaben, würde ich Sie bitten, das auszuschalten.«

»Mach ich.«

»Vielen Dank.« Die Arzthelferin schließt die Tür hinter sich, und ich schalte mein Mobiltelefon wie befohlen aus. Dann schaue ich mich um. Das Behandlungszimmer kennt den Begriff Innenarchitekt wohl auch nur aus den Magazinen im Wartezimmer. Vielleicht hat auch Sören bei der Einrichtung seine kleinen, klebrigen Finger im Spiel gehabt. Mit dem Begriff *karg* würde man jeder Sandwüste unrecht tun. Denn alles, was sich in diesem Raum wiederfindet, ist ein Tisch, zwei Stühle, ein Bücherregal sowie ein mehrschichtiges Modell einer Hautzelle. Hautärzte scheinen es eher steril und schlicht zu mögen. Sei's drum. Ich bin ja nur wegen meiner Hautirritation hier. In der Ecke steht noch eine seltsame Apparatur mit vielen Hebeln und noch mehr Knöpfen, die ich nicht zuzuordnen vermag. Ein Ultraschallgerät? Hm, braucht man das beim Hautarzt? Könnte aber auch so ein Absauger sein wie bei einem Zahnarzt. Das stünde dann wohl aber auch eher bei einem Zahnarzt. Vielleicht ist es auch nur ein altes Faxgerät. Ich niese erneut und greife zu einem Stapel Flyer, der vor mir auf dem Tisch liegt. Ich angele mir die oberste Infobroschüre und lese mir den Leistungs- und Honorarkatalog der Praxis durch.

Hautkrebsvorsorge 37,54 Euro, Lasern von Warzen 40 Euro, kombiniert mit Videodokumentation von bis zu drei Warzen 79,00 Euro.

Wer zum Teufel lässt sich so was auf Video aufnehmen? Sitzt man dann abends mit Freunden bei Bier und Chips zusammen und schiebt die DVD ein?

»Schaut mal hier, links von dem Skalpell, das ist meine Feigwarze am Arsch. Und jetzt passt auf, zack, weg ist sie, Prost!«

Das Entfernen von Alterswarzen und Fibromen wird ebenfalls im Set angeboten: Drei kosten 30,43 Euro und bis zu sechs 52,68 Euro. Das nenn ich mal ein Schnäppchen. Vielleicht gibt's ja auch noch eine Art Happy Hour, bei der man noch eine Verödung eines Besenreisers umsonst dazubekommt. Oder einen Wettbewerb, bei dem man etwas gewinnen kann.

Gesucht wird: die Warze des Jahres! Erster Preis: ein chemisches Peeling sowie eine Unterspritzung Ihrer Zornesfalte!

Ich lege den Flyer zurück und warte weiter. Die Minuten verstreichen, und gleichzeitig steigt mein hypochondrisches Gedankengut. Ebenfalls ein Faszinosum innerhalb von Arztwänden. Sobald man eine Praxis betritt, werden Worst-Case-Szenarien durchgespielt, die ihresgleichen suchen.

Zahnarzt: Doppelte Wurzelbehandlung mit offenem Kanal und Implantatsetzung.

Urologe: Hepatitis, Tripper und 'ne Blasenentzündung zum Mitnehmen.

Augenarzt: Grauer Star oder irgendeine andere Vogelart, die in meinem Auge nichts verloren hat.

Hautarzt: Bösartiger Hautkrebs oder heute wohl eher Lepra.

Allerdings dürfte die letzte Epidemie in Frankfurt schon zwei, drei Wochen her sein. Und auch mein Weg von zu Hause zur Uni nach Bockenheim führt nicht wirklich an den Armenvierteln Kalkuttas vorbei.

Ich lenke mich ab, indem ich die aufgereihten Buchrücken im Regal studiere. Dermatologie und Phlebologie, Therapie der Hautkrankheiten ... ui, die hat mindestens zweitausend Seiten und wirkt nicht wirklich beruhigend auf meine Ängste. Darauf einen heftigen Nieser. *Hatschi!*

»Gesundheit, Herr Süßemilch. Sie sind doch Herr Süßemilch, nicht wahr?« Eine nette, attraktive und vor allem gut gelaunte Frau Dr. Tina Glombik, wie ihr Namensschild verrät, tritt in diesem Moment herein. Das hat man selten. Schon fühle ich mich etwas weniger leprös.

»Genau, Robert Süßemilch. Der bin ich.«

Wir reichen uns die Hände, lächeln kurz. So einfach funktioniert menschliche Kommunikation.

»Okay. Was genau Ihr Problem darstellt, brauchen wir wohl nicht näher zu erörtern, denke ich.«

»Äh, warum?«

»Na ja, so wie Sie und Ihre Nase aussehen, fällt die Diagnose nicht gerade schwer.«

»Erkältung?«, unternehme ich einen letzten verzweifelten Versuch.

»Sind Sie kurzatmig?«

»Ja.«

»Fast asthmatisch?«

»Na ja…«

»Juckreiz auf den Schleimhäuten?«

»Ja.«

»Wo? Rachen oder Augen?«

»Beides.«

»Hautreaktionen?«

»Und wie.«

»Nein, kann keine Erkältung sein. Sie haben eine allergische Reaktion. Die Frage ist nur, auf was. Aber das finden wir gleich raus. Dann machen Sie sich bitte erst mal frei.«

Verdammt. Das kann doch gar nicht sein. Ich ziehe mich aus und lege meine Kleider über den Stuhl. Als ich auch mein T-Shirt ablege, nickt Frau Dr. Glombik, tastet zwei, drei Quaddelstellen ab und bedeutet mir, dass sie genug gesehen habe.

»Sie können sich wieder anziehen, Herr Süßemilch.«

»Was, das war's schon?«

»Ja. Ich kann Ihnen aber auch noch irgendwas aus Ihrer Haut rausschneiden, wenn Ihnen das lieber ist.«

»Nein, nein … ich dachte nur, weil…«

»War nur ein Witz, Herr Süßemilch.«

Mir ist gerade nicht so nach Witzen zumute. Daher frage ich freiheraus, ob mit mir alles in Ordnung ist.

»Ist das was Schlimmes?«

»Na ja, was heißt schlimm. In der heutigen Zeit kann man einiges dagegen unternehmen.«

Die Begriffe *In der heutigen Zeit* und *einiges dagegen unternehmen* bringen mich wieder vor die Tore der Stadt. Dort, wo die Leprakranken verbannt auf ihren Tod warten.

»Habe ich ... Lepra?«

»Wie bitte?« Die Ärztin zuckt erstaunt zusammen. »Himmel, nein, Herr Süßemilch. So schlimm ist es nun weiß Gott nicht.«

»Und was ist es dann?«

»Wir machen mal einen Allergietest, um zu schauen, auf was Sie so heftig reagieren.«

»Aber ich habe noch nie Probleme mit Allergien gehabt.«

»Das ist keine Frage des Alters. Zu mir kommen sogar Rentner, die erstmalig in ihrem Leben eine allergische Reaktion auf Blüten und Pollen aufweisen.« Dr. Glombik kritzelt dazu etwas auf einen Zettel und deutet auf eine Verbindungstür. »Gehen Sie schon mal nach nebenan in den Behandlungsraum.«

Etwas verschüchtert ziehe ich mich wieder an und schleiche nach nebenan, wo die Ärztin mir mit einem Kugelschreiber ein Muster auf den Unterarm zeichnet. Zunächst denke ich noch an eine Partie Tic Tac Toe, doch dann pikst sie mit einem spitzen Gegenstand circa zwanzig kleine Risse in meine Haut. In jedem Kästchen eines. Was zunächst wie die morgendliche Arbeit eines Borderliners aussieht, erklärt mir Frau Doktor sogleich mit einer Handvoll Ampullen in der Hand.

»Wir werden nun all diese verschiedenen Tinkturen auf die kleinen Wunden tropfen und schauen, wie Ihre Haut reagiert. Einverstanden, Herr Süßemilch?«

»Einverstanden. Ich denke zwar nicht, dass das irgendwas ergeben wird, aber wenn es Sie beruhigt.«

»Warten wir es ab.« Sie lächelt und kleckst los. »Die Reaktion kann ein paar Minuten dauern. Ich komme dann gleich wieder.«

Dr. Glombik verlässt den Raum. Ich sitze mit Käfigmuster und aufgeschlitzter Haut am Tisch und starre alle paar Sekunden auf meinen durchlöcherten Unterarm.

Lächerlich.

Heuschnupfen.

Ich.

Ich bin auf dem Dorf groß geworden.

Zwischen Streuobstwiesen und dichtem Mischwaldbestand.

Meine ersten zarten Berührungen mit dem weiblichen Geschlecht machte ich im Heuschober von Bauer Karl Kirchhoff. Da gab es zwar körperliche Reaktionen meinerseits, aber die waren sicher nicht allergisch bedingt. Ha, ich doch nicht. Ich schüttele den Kopf und kratze mich am Unterarm.

Ich kratze mich am Unterarm?

Verdammt, ja.

Ich kratze mich am Unterarm.

Es beginnt, höllisch zu jucken. Ich schaue auf die Uhr und sehe, dass bisher nicht einmal zwei Minuten vergangen sind. Doch schon wölbt sich die erste Messstelle wie eine Hubba-Bubba-Kaugummiblase nach oben. Das gibt's doch nicht, denke ich noch, als sich auch die beiden Kästchen darüber langsam verändern. Erst werden sie rot, dann jucken auch sie, um schließlich pockenartig anzuschwellen.

Nach zehn weiteren Minuten kommt Dr. Glombik wieder zu mir und begutachtet das Resultat. Mittlerweile sieht mein Arm aus wie eine Art Mittelgebirgskette, wobei sich einer der Punkte sogar zu einem veritablen Achttausender aufschwingt.

»Das ist Birke.« Dr. Glombik tippt auf den Mount Everest

knapp oberhalb meines Handgelenks. »Der Rest ist Weizen, Hasel, Steinfrüchte und Hausstaub.«

Na super. Da kann ich ja gleich jeden Tag im Bett liegen bleiben. Ich versuche es dennoch mit etwas Galgenhumor.

»Das heißt, ich sollte wohl nicht jeden Tag an einem IKEA-Birkenfurniertisch sitzen und ein Toastbrot mit Nutella und Pfirsichen von einem dreckigen Teller essen, oder?«

»Schön, dass Sie es mit Humor nehmen, Herr Süße-milch.«

»Bleibt mir was anderes übrig?«

»Nein.«

»Danke für Ihre Ehrlichkeit.«

»Bitte. So bin ich nun mal.«

»Gibt es denn irgendwas, gegen das ich nicht allergisch bin?«

Anstatt meine Frage mit einem Lächeln zu quittieren und gegen diese These anzugehen, schaut Frau Doktor sich meinen Arm genauer an.

»Na ja, viel sehe ich da nicht, auf das Sie nicht allergisch reagieren. Tierhaare scheinen Ihnen auch nicht zu liegen.«

Obwohl ich die Antwort vermutlich bereits kenne, frage ich nach.

»Wie ist es mit Katzen?«

»Warum, wollen Sie sich eine anschaffen?«

»So ähnlich.«

»Sagen wir es mal so: Wenn es sich nicht um eine Nackt-katze handelt, würde ich von einem Kauf abraten. Sehen Sie diesen Blasenwurf im obersten Kästchen auf der linken Seite?«

»Ja.«

»Das zeigt Ihre Reaktion auf Katzenhaare.«

Die angedeutete Stelle ist zwar kein Achttausender, aber immerhin dürfte es sich um ein Skigebiet in schneesicherer Lage jenseits der Viertausender-Marke handeln.

»Das sieht nicht gut aus. Mann, mein ganzer Arm sieht nicht gut aus.«

»Ja, in der Tat. Solch eine Reaktion habe ich auch nur selten gesehen, Herr Süßemilch.«

»Was kann man denn jetzt dagegen machen?«

»Auf Steinobst zu verzichten dürfte nicht so schwerfallen. Hausstaub ist eine Frage der Sauberkeit, Haustiere muss man sich nicht anschaffen, und was die anderen Dinge angeht, könnten wir mit einer Desensibilisierung beginnen.«

»Okay, dann legen Sie los. Ich habe heute keine Termine mehr.«

»Nein, nein. So schnell geht das nicht. Damit können wir frühestens im Herbst anfangen. Und dann dauert so eine Spritzenkur ungefähr zwei Jahre.«

»Zwei Jahre? Bis dahin sieht meine Nase aus wie die von Michael Jackson. Also, ich meine damals, nicht heute …«

»Ich versteh schon, was Sie meinen …« Dr. Glombik zeigt sich nur wenig beeindruckt von meinem Leid und stellt mir stattdessen ein Rezept aus. »Tut mir leid«, sagt sie. »Durch diesen Frühling müssen Sie noch mal durch. Aber ich habe Ihnen ein paar Medikamente aufgeschrieben. Die dürften Ihnen zunächst einmal helfen. Aber wenn es noch schlimmer wird, kommen Sie wieder her oder rufen an.«

»Und was kann ich sonst noch tun?«

»Lüften Sie nicht Ihr Schlafzimmer, das lässt die Pollen in Ihre Wohnung. Jeden Abend vor dem Schlafengehen die

Haare waschen und die Alltagskleidung nicht im Schlafzimmer ablegen. Und falls Sie es einrichten können, fahren Sie in die Berge oder ans Meer, da gibt es keine Pollen.«

Ein super Tipp, wenn man bedenkt, dass Frankfurt weder über ein nennenswertes Bergmassiv noch einen direkten Meereszugang verfügt. Noch etwas wird mir klar. Jana hatte die ganze Zeit über recht. Und nicht nur das. Anstatt Ruhe einkehren zu lassen, bin ich stolzer Besitzer einer Birkenallee vor unserem Haus, Vater von zwei imaginären Kindern und Pflegebeauftragter eines haarigen Allergiekaters, der mehrmals täglich meinen Bettpfosten begattet.

9
Homopathisches Mitleid

Als ich die Praxis verlasse, bin ich zwar überrascht ob der heftigen Reaktion auf den Allergietest, aber auch irgendwie stolz aufgrund der Schwere meines Leidens. So sind Männer nun mal. Wir leiden gerne, und wenn wir wissen, dass wir tatsächlich etwas haben, leiden wir noch mehr und tragen unsere Wunden wie Narben aus einem aussichtslosen, aber heroischen Kampf mit einem Tyrannosaurus Rex. Und so halte ich meinen allergiegetesteten Arm leicht geknickt, um ihn zu entlasten und zugleich der Umwelt zu signalisieren: Was für ein Kerl! Er hat zwar eine dieser meuchelnden Frühblüherallergien, aber er trägt es mannhaft. Ich schaffe es sogar, die Pein zu betonen, indem ich alle paar Meter meine Mundwinkel schmerzverzerrt nach oben ziehe. Einige Passanten nicken mir anerkennend zu. Ähnlich wie man vor einem altgedienten Vietnamveteranen innerlich salutiert, nehmen die Menschen auch vor meinem durchstochenen Unterarm Haltung an.

Vor lauter heldenhafter Hubba-Bubba-Polonaise auf meinem Unterarm hätte ich fast vergessen, dass ich mich heute ja mit zwei Ex treffen wollte. Der eine ist mein Exarbeitskollege und der andere mein Exnachbar. Und beide sind seit Neuestem ein schwules Paar.

Hubsi und Emile.

Hubsi ist Österreicher, wobei er stets zu unterstreichen weiß, dass er Wiener ist. Und überaus stolz darauf ist. Er ist in den Endfünfzigern, äußerst interessiert am Tagesgeschehen und ein überaus intelligenter Mann. Emile ist Albaner, recht prollig, aber liebenswert und Anfang vierzig. Ein Paar, das gar nicht so recht zusammenpassen möchte und es dennoch schafft, glücklich zu sein.

Wir haben uns im *Pulse* verabredet. Ein schwules Bar-Restaurant nahe der Innenstadt, das auch für heterosexuelle Gäste sauleckere Sachen auf der Karte hat.

Ich schiebe meinen Veteranenkörper mit der gebührenden Würde und Vorsicht durch die Tür. Die beiden sitzen bereits an einem der Tische, die sich an der Wand aufreihen, und springen entsetzt auf, als sie mein Guantanamo-Gesicht sehen. Das tut der Soldatenseele gut.

»Ja servus, wia schaust du denn aus?« Hubsi schlägt sich die Hand vor den Mund. »Wia a grupfts Henderl.«

»Alter, hast du Schlägerei gehabt oder was?«, fragt Emile.

An meiner Mimik ließe sich das Leiden Christi ablesen, sollte Jesus nach zweitausendjähriger Abwesenheit von der Erde hierher zurückkehren.

»Schlimmer ...« Ich lasse eine Kunstpause verstreichen, um der Erklärung einen noch stärkeren Effekt zu verleihen. »Heuschnupfen«, sage ich schließlich.

»Heuschnupfn? Dös, wos du im Gsicht tragst, is doch ka Heuschnupfn, dös is a Viecherlgrippen!«

»Eine was?«

»A Schweinegrippen oder a Vogerlgrippen oder wia ihr Piefkes dös a immer nennen woit. Es is un blaabt a Viecherlgrippen.«

Schweinegrippe? Vogelgrippe? Zwei weitere Optionen, die ich bisher noch gar nicht bedacht hatte. Vielleicht bin ich ja tatsächlich dem Tod geweiht, und mein Leiden ist dadurch nur noch mehr gerechtfertigt.

»Die Dermatologin hat einen Test gemacht. Ich bin so ziemlich auf alles allergisch, was durch die Gegend zirkuliert. Und das Schlimmste daran: Jetzt geht's erst richtig los.«

»Fuck, Alter. Du siehst echt scheiße aus.«

»Ja, danke, Emile. Das hatten wir bereits geklärt.«

Es folgt eine kurze Niesorgie, die mit einem kräftigen Schnäuzen ins Taschentuch endet.

»Sorry, Alter. Aber was machst du jetzt damit?«

Die heute besonders tuntige Bedienung mit zu viel Kajal um die Augen kommt an den Tisch, und wir ordern dreimal das Tagesmenü. Um meiner Umwelt zu zeigen, welch eingeschränktes Leben mir von nun an bevorsteht, erfrage ich, ob der abschließende Obstsalat womöglich zu Teilen aus Steinobst besteht. Die Bedienung bejaht. Mein Kopf neigt sich traurig, und ich lehne dankend ab.

»Aber ihr könnt ihn gerne essen. Ist schon okay.«

Wenn wir in einem Western wären, läge ich wohl in einem ausgetrockneten Flussbett. Ich wäre der von einem Pfeil angeschossene Cowboy, der den restlich verbliebenen Siedlern des Trecks selbstlos erklärt, dass sie ihn zurücklassen sollen.

Ohne mich könnt ihr es schaffen. Geht jetzt. Geht.

Dann zählte ich meine letzten sechs Patronen im Colt und würde mich heldenhaft dem anrückenden Indianerstamm entgegenstellen. Die anderen würden mich, ihren Ballast zurücklassen. Doch anstatt mitleidvoller Tränen offeriert mir die Bedienung stattdessen eine Mandel-creme.

Dieses herzlose Miststück.

Ich frage, ob Mandeln nicht zur Gattung der Nüsse zählen, was mir die Bedienung nicht eindeutig widerlegen kann, und ich entscheide, dass ich lieber kein Risiko eingehen möchte. Schließlich sei ich ja Allergiker.

»Dös is ja wirkli deppert. Da konnst ja nix essen, wenn die Nasn drauf reagiert und dane Augen anschwellen wia a Packerl Schwammerln.«

»Ich werde Medikamente nehmen müssen«, sage ich, reibe mir meine roten Augen und fühle den Weltschmerz auf meinen Schultern. »Vielleicht ein Leben lang.«

»Ah, Schmarrn. Da braachst ka Medikamente. In Österreich ham mia dafür Salzbergwerke. Da konnst einifoahrn, und wennsd wieder aussikummst, bist frisch wia a jungs Reh.«

»Das freut mich für euch Österreicher. Nur haben wir hier in Frankfurt relativ wenig Bergwerke, in die ich *einifahren* könnte.«

»Geh bitte. Sog dös ned.«

»Ja, sorry. Ich weiß, du bist Wiener und kein Österreicher.«

»Na, dös maan i ned.«

»Wie? Du bist doch kein Wiener?«

»Doch, Herrgott sakra. I maan, I hob neulich an Artikel glesn, dass die hier in Frankfurt, direkt in dera Stadt a Salz-grottn aafgmacht hobn.«

»Du verarschst mich?«

»Na, wenn i dirs sog. Dös huift de Leidl. De Kinder wia de Oiden. Und jeder konn wieder richtig durchatmen.«

Und schon zückt Emile sein brandneues iPhone und loggt sich ins Internet ein. Voller Stolz zeigt er mir Sekunden später die Homepage des Unternehmens. Und tatsächlich. Keine zweihundert Meter entfernt wurde tatsächlich eine Salzheilgrotte eröffnet.

»Sixt, hob i doch gsagt.«

Ich lese mir die Homepage der Salzgrotte genauer durch. Das klingt nach einem Silberstreif am Horizont, da explizit darauf hingewiesen wird, dass die Sitzungen auch für Heuschnupfenallergiker geeignet sind. Ich reiche Emile sein Handy zurück und verschränke die Hände.

»Na, dann werde ich mal *einifahren*.«

10 Glück auf!

Keine zwei Stunden später betrete ich die Heil bringende Salzgrotte. Zumindest deren Vorraum, der mich jedoch an ein steinzeitliches Lampengeschäft erinnert. Zahlreiche Salzbrocken wurden hier formschön ausgehöhlt und mit Energiesparlampen bestückt. Diese Kunstwerke kann der gläubige Salzmensch nun käuflich erwerben, um sich auch zu Hause einen Altar aus Salz und Energiesparlampe aufzustellen. Außerdem gibt es noch Salze aus aller Herren Länder, die hier in blumiger Sprache feilgeboten werden.

Da hätten wir zum einen das *Alpensalz*. Dieses Ursalz wird handselektiert und sehr mineralreich aus dem österreichischen Salzkammergut gewonnen. Hubsi wird's freuen. Allerdings frage ich mich, welcher Ösi so dämlich sein soll, die einzelnen Salzkristalle in der Größe von Ameisenköpfen mit der Hand zu selektieren? Da sagt mir das *Feuersalz* doch schon eher zu. Es kommt nicht nur aus biologischem Anbau, sondern beinhaltet sogar Ingwer, Chili, Paprika und Pfeffer. Das klingt beinahe nach dem kompletten Frühstück der Eilhoffs. Mein Favorit ist aber das *Rosmarin-Orange-Salz*, das mit dem Slogan »Würz dir die Südsee ins Gericht« wirbt. Wobei ich den Text drei Mal fehlerhaft lese und es identifiziere als: »Würz dir die Südsee ins Gesicht.« Das fände ich klasse, und es würde meiner deutschen Allergie-Steckrübe sicherlich guttun. Ich lächle, was die Öko-Tante hinter der Rezeption fälschlicherweise als Frage deutet.

»Kann ich Ihnen vielleicht behilflich sein?«

»Nun ja. Ich brauche Luft.«

»Aha.«

»Saubere Luft«, ergänze ich und lehne mich bei der folgenden Erläuterung über den Verkaufstisch, um meinen Worten das nötige Gewicht zu verleihen. »Sehen Sie, ich bin Allergiker.«

»Okay.«

»Wahrscheinlich Heuschnupfen.« Ich verschweige Hubsis These der *Viecherlgrippen* und bleibe lieber der Pollentheorie treu. »Jedenfalls reagiere ich sehr stark auf diese Pollensachen.«

»Nun, dass das keine Hautirritation oder so was ist, sehe ich auch so.«

»Ach.«

Anscheinend würde man selbst im Blindenheim anhand meiner Krustennase erkennen, dass das Heuschnupfen ist. Und bestimmt stehen auch ganz viele spannende Geschichten in Blindenschrift auf meiner rauen Nase, wenn man sie nur berühren und lesen wollte.

»Wir bieten eine Dreiviertelstunde für 12,50 Euro in unserer Salzgrotte an. Diese fünfundvierzig Minuten entsprechen ungefähr zwei Tagen an der frischen Seeluft.«

Ich erinnere mich an die Aussage meiner Dermatologin: »... oder fahren Sie ans Meer.«

»Okay, das klingt gut.«

12,50 Euro wechseln den Besitzer, und ich bin Inhaber

eines Belegs über fünfundvierzig Minuten Atmen. Prima. Mit etwas Glück finde ich hier für eine Dreiviertelstunde sogar etwas Schlaf. Ich traue mich kaum, den Gedanken zuzulassen.

»Es ist gerade noch eine Gruppe drin. Wir beginnen immer zur vollen Stunde. Wenn Sie also noch einen Moment Platz nehmen würden. Ich rufe Sie dann auf.«

»Klasse.«

»Sie konnen derweil Ihre Sachen ablegen und die Füßlinge anziehen.« Die Dame deutet zu einem Sitzplatz um die Ecke.

Füßlinge?, frage ich mich, bis ich sie in einer Kiste entdecke. Kleine blaue Plastiküberzieher für die Füße wie vor einem OP-Gang. Da ich mir das Ganze sowieso in etwa wie einen Saunagang vorstelle, beginne ich damit, mich zu entkleiden. Ein Handtuch werden sie mir ja hoffentlich noch zur Verfügung stellen. Und Scham ist bei uns Atemkranken ohnehin fehl am Platz. Wir haben andere Probleme. Ja, hier fühle ich mich verstanden.

Wenige Sekunden später sitze ich pudelnackt auf einem Stuhl und habe mir als Schamschutz meinen Pullover über den Schoß gelegt. Gegen die Langeweile blättere ich eine der Salzbroschüren durch, die vor mir auf einem Tisch liegen.

Demnach hat der vor mir liegende Salzraum eine positive Wirkung bei Allergien, Asthma, Bronchitis, Nebenhöhlenentzündung, Kopfschmerz, Müdigkeit, Stress, Akne, Rheuma, Depression und Neurosen. Donnerwetter, denke ich. Und ich hau mir das Zeug immer nur aufs Frühstücksei. Salz hilft ja anscheinend gegen alles. Es fehlen eigentlich nur Senk-, Knick- und Spreizfuß sowie chronische Arbeitsunlust.

Die Tür geht auf, und eine Gruppe von rund zehn Personen mit Kindern tritt aus dem Raum. Keiner von ihnen ist nackt, alle sind voll bekleidet. Sie greifen nach den bereitstehenden Wassergläsern und trinken sie umgehend aus. Allerdings stocken einige von ihnen, als sie mich in meinem Adamsgewand erblicken. Sie schauen mich teils belustigt, teils brüskiert an. Einer der Herren zieht sein Kind zurück und hält ihm die Augen zu.

»Was machen Sie da?«

»Nichts. Ich will nur atmen. Ich bin auch Allergiker ... wie Sie.«

»Ja, aber doch nicht nackt.«

»Nicht?«

In diesem Moment kommt auch die Dame von der Rezeption um die Ecke und sieht mich aus zwei salzstreuergroßen Augen an.

»Bitte ziehen Sie sofort wieder Ihre Kleidung an. Wir sind hier doch keine FKK-Sauna.«

»Tschuldigung«, presse ich hervor und ziehe mich hastig wieder an. Die belustigten Blicke der anderen brennen dabei in meinem Nacken. Hastig und gesenkten Haupts gehe ich an den anderen Personen vorbei in die heilende Salzgrotte. Erst dort hebe ich wieder meinen Kopf und schaue mich um. Außer mir ist niemand hier. Ich bin momentan noch der einzige Höhlenbesucher. Gott sei Dank.

Vor mir schlängelt sich eine Reihe Liegestühle mit Decken durch den Raum, und ein warmes, orangefarbenes Licht suggeriert einen Sonnenuntergang am Meer.

Nur ohne Sonne.

Und ohne Meer.

Dafür mit Salz anstatt Sandstrand.

Mit meinen OP-Füßlings-Füßen stakse ich durch den

Salzstrand und lasse mich in einem der Liegestühle nieder. Hm, sieht ganz cool hier aus. Die Wände sind komplett mit dickem Salzstein vertäfelt und wirken dennoch ein wenig wie ein gepolsterter Raum in der geschlossenen Abteilung. Ich überlege mir, ob es sich hierbei wohl um Alpen-, Feuer- oder Rosmarin-Orange-Salz handelt, verwerfe aber den Zungentestgedanken wieder.

In diesem Augenblick öffnet sich die Tür, und ein älteres Ehepaar kommt herein. Beide um die siebzig. Er fett wie eine Weihnachtsgans, sie schmal und zierlich mit leichter Gehbehinderung. Vielleicht will sie sein Fleisch nur pökeln, um ihn so länger haltbar zu machen? Sei's drum. Haupt- sache, sie halten den Rand. Ich will in Ruhe atmen und schlafen. Ich drehe mich zur Seite und decke mich bis zur Brust mit der Decke zu. Ein wohliges Gefühl breitet sich aus. Gemütlich ist es zumindest schon mal. Ich fühle, wie mich die Schwere der vergangenen Tage wie ein Achtzehn- tonner überrollt, und gebe mich der Müdigkeit hin. Ja, Sandmann, komm und hole mich.

Doch gerade als ich mit einem befreienden Seufzer die Augen schließe, erregt eine bekannte Stimme meine Auf- merksamkeit. Es sind Wortfetzen gepaart mit einem un- verwechselbaren Schniefen. Ich öffne mein linkes Auge nur einen Spaltbreit, doch es genügt, dass sich meine schlimme Vermutung bestätigt. Sören und seine Mama haben an- scheinend auch Probleme mit der Luft.

Ne, oder?

»Mama, hier ist doof.«

»Ach Sörcn. Du kennst das doch, wir sind schon oft hier gewesen.« Mama lächelt entschuldigend in die Runde. Doch weder die Pökelfleisch-Rentnercombo noch ich haben Lust, darauf zu reagieren. Also lassen sich auch Mama und Sören in den Liegen nieder. Beide schaffen es sogar, für fünf Minuten die Klappe zu halten. Dann wird das Licht gedimmt, und Entspannungsmusik setzt ein. Und tatsächlich: Es dauert nur wenige Minuten, bis ich das erste Mal seit Tagen wieder richtig durchatmen kann. Sofort haut mich der plötzliche Sauerstoffschub in die PVC-Bespannung des Stuhls, und mein matter Körper driftet gen Schlaf. Endlich. Schlafen.

Doch kurz bevor ich ins Traumland einchecke, rieselt mir irgendwas über die OP-Füßlinge. Und ich befürchte, dass es nicht der Sandmann ist. Ich weiß, was oder besser gesagt wer es ist, aber ich möchte ihn ignorieren in der Hoffnung, dass er dann seine Spiellust verliert.

»Söö-ren«, ruft Mama ihren Sprössling im unverwechselbaren Flüsterton zu sich. Doch Sören überhört nicht nur meine Ignoriertaktik, sondern auch seine Mutter. Dann wieder ein »Söö-ren«, gefolgt von einem kürzeren: »Sören, komm jetzt mal hier bei mich.«

Doch Sören will nicht *bei sie*, sondern er will lieber *bei mich* bleiben. Okay, jetzt reicht's. Gerade will ich ihn anherrschen: *Sören, jetzt spiel doch mal schön*, da höre ich, wie ein Liegestuhl im Salzsand verschoben wird und das Mutterschiff wütend auf uns zusteuert. Ich mime weiter den schlafenden Mann, schiele aber unter meinen Augenlidern hindurch und lausche den Worten von Mama Rotznase.

»Was hab ich dir denn vorhin gesagt?«

Sören schmollt und schweigt.

»Sören, was hat Mama dir vorhin gesagt?«

»Dass ich genauso nervig bin wie Papa.«

Mamas Gesichtsfarbe wechselt in eine satte Orangensalzfarbe.

»Äh … nein, davor.«

»Dass ich mich benehmen soll, sonst gibt's kein Happy Meal bei McDonald's.«

»Genau. Also, willst du ein Happy Meal?«

Kleinlaut nickt Sören und lässt das restliche Salz aus seinen wurstigen Kinderfingern gleiten.

»Ja.«

»Dann spiel jetzt schön.«

Na bitte. Die Androhung von Fast-Food-Entzug gepaart mit bewährten Ansagen zum Spielverhalten wirken doch immer.

Meinem Schlaf steht nichts mehr im Wege. Guter Gedanke. Jedoch habe ich die Rechnung ohne das Pökelfleisch gemacht. Gerade als ich meinen dritten Versuch des nasenfreien Atmens starte, reißt mich ein mächtiges Schnarchen aus dem Schlaf.

Die Stopfgans.

Okay, jetzt muss ich Farbe bekennen, schließlich handelt es sich hier nicht um ein noch nicht sozialisiertes Kind, sondern einen erwachsenen Mann. Und ich habe 12,50 Euro für ein wenig sauerstoffangereicherten Schlaf bezahlt. Ich richte mich auf, um mich zu beschweren und ihm mächtig den Marsch zu blasen, da bleibt mir mein Marsch im Hals stecken. Denn nicht er, sondern seine zierliche Frau sägt hier im Akkord den Frankfurter Stadtwald nieder.

Shit! Ich kann doch keine alte Frau mit Gehbehinderung anpflaumen.

Und so verharre ich stillschweigend und warte die nächsten dreißig Minuten wie ein chilenischer Grubenarbeiter auf den hellen Lichtschein, der das Ende der Grottenzeit signalisiert.

Ein unmoralisches Angebot

Das Licht flackert auf und bringt die Insassen des Salzbergwerks mit dezenter Hintergrundmusik zurück an die Erdoberfläche. Stopfgans reckt sich ebenso entspannt wieder aus dem Schlaf wie seine grunzende Herzdame. Und selbst der schniefende Sören und das Mutterschiff hatten etwas Schlaf gefunden. Nur ich lag die letzten dreißig Minuten glockenwach im Salzpalast und habe kein Auge zubekommen. Ausgerechnet ich, der ein klitzekleines Mützchen voll Schlaf doch so bitter nötig hätte. Die Welt ist ungerecht!

Wir verlassen den Salzraum und begeben uns zur Garderobenecke. Nachdem wir uns die Fußlinge abgestreift haben, greifen die erfahrenen Salzmenschen zu den bereitstehenden Wassergläsern. O ja, Durst habe ich jetzt auch. Und so schütte ich mir den Inhalt mit einem einzigen Zug gierig in den Rachen. Erst nach dem Absetzen erkenne ich, dass natürlich auch dieses Getränk dem Gott des Salzes geweiht ist und aus reinem Salzwasser besteht.

Bäääh!

Sofort würgt es mich, und ich muss mich zusammenreißen, um mich vor den anderen nicht in eine der schönen Salzsteinlampen zu übergeben. Ich atme zwei, drei Mal tief durch und merke, dass ich genau das tatsächlich kann. Das Prinzip des freien Atmens in der Grotte funktioniert also. Wenn man hier nur länger und vor allem allein bleiben könnte. Das bringt mich auf eine Idee. Zumindest ist es einen Versuch wert.

Nachdem die nächste Gruppe die Tür hinter sich geschlossen hat und auch Mama, Sören und das Schnarchkommando den Ort des gemeinschaftlichen Atmens verlassen haben, trete ich erneut vor die Dame an der Rezeption. Hier habe ich wegen meiner überraschenden Nacktheit ohnehin noch etwas gutzumachen. Wir hatten irgendwie keinen guten Start. Schon von Weitem mustert sie mich aus den Augenwinkeln, und ich glaube, Angst in ihrem Gesicht lesen zu können.

»Ich wollte mich noch mal wegen vorhin entschuldigen. Ich bin kein Perverser oder Exhibitionist.«

So ganz scheint sie mir noch nicht zu trauen, doch zumindest bemüht sie sich um ein professionelles Lächeln. Auch wenn sie dazu ihren Kopf immer noch nicht anhebt.

»Okay.«

»Gut. Da wir das nun geklärt haben, hätte ich noch eine Frage.«

Erst jetzt treffen sich unsere Blicke wieder.

»Und die wäre?«

»Wie ich bereits erwähnte, bin ich schwerer Allergiker.«

»Ja, das erwähnten Sie bereits.«

»Mir ist daher sehr daran gelegen, etwas Ruhe und Schlaf zu finden. Ich wollte fragen, ob es vielleicht auch möglich wäre, mal bei Ihnen zu übernachten?«

In einer gefühlten Millisekunde verändert sich ihre Mimik und gleicht nun einem steinernen Kunstwerk.

Sie hat mich falsch verstanden, schießt es mir durch den Kopf.

»Sie wollen *was* bei mir?«

»Ich meine doch nur…«

Ich habe keine Chance. Einmal falsch verstanden – immer falsch verstanden.

»Was denken Sie eigentlich, was ich für eine bin?«

»Aber…«

»Ich bin verheiratet und habe drei Kinder.«

»Jetzt hören Sie mir doch mal zu. Ich meine nicht bei Ihnen zu Hause. Sondern hier in der Salzgrotte.«

»Sie wollen mit mir eine Nacht in der Salzgrotte verbringen?«

»Genau… ich meine, nein. Ich würde natürlich dafür bezahlen, um hier eine Nacht bei Ihnen zu verbringen.«

Oh, der Zusatz war nicht gut. Zu dem starren Gesichtsausdruck gesellt sich nun eine aggressive rote Gesichtsfarbe. Ich habe die Dame gerade zu einer Prostituierten abgestempelt, die mit mir gegen Geld eine Nacht in der Grotte verbringen soll. Kein allzu guter Ausgangspunkt für mein Vorhaben. Ich versuche zu retten, was noch zu retten ist.

»So meinte ich das nicht. Ich würde natürlich niemals auf die Idee kommen, mit Ihnen intim werden oder eine Nacht verbringen zu wollen. Nie, nie, nie… nein, ganz bestimmt nicht. Um Gottes willen.«

Was als guter Wille zu deuten ist, interpretieren Frauen naturgemäß oftmals etwas anders. Auf meinem Kopf beginnt sich eine imaginäre rote Alarmlampe wie wild zu drehen, die mich vor einer Gefahrenstelle warnen möchte. Denn diese Form der Fehldeutung kenne ich bereits von Jana und allen anderen Frauen. Eben noch als potenzielles

Vergewaltigungsopfer brüskiert, fühlt sich Frau Salz nun in ihrer Weiblichkeit beschnitten.

»Aha. Sie würden also niemals eine Nacht mit mir verbringen wollen. Wollen Sie damit sagen, ich sei unattraktiv? Sie sind wohl einer dieser Typen, die meinen, mit Frauen alles anstellen zu können.«

»Aber nein, so ist das doch gar nicht gemeint.«

»Verschwinden Sie. Und kommen Sie am besten auch nicht wieder.«

»Aber ich brauche die Luft.«

»Nicht unsere.«

»Aber Ihnen gehört doch nicht der Sauerstoff.«

»Dieser hier schon. Raus. Oder ich hole die Polizei, Sie ... Sie ... Lüstling.«

Die Öko-Tante scheint es ernst zu meinen. Sie drängt mich in Richtung Tür und schiebt mich hinaus.

»Jetzt beruhigen Sie sich doch. Ich will doch nur atmen.«

Hinter mir fällt die Tür ins Schloss. Dieser Stollen scheint ein für alle Mal unzugänglich zu sein. Jedenfalls für mich und meine beiden Lungenflügel.

12 Palmengarten

Auf dem Weg nach Hause besorge ich mir in einer Apotheke die verschriebenen Arzneien. Da heute ein besonders schlechter Tag ist, steigert sich meine Verzweiflung ins Grenzenlose, und ich grummele vor mich hin.

»Diese blöde Salzkuh, nur weil die mich nicht richtig verstanden hat.«

Ohne den Beipackzetteln eine besondere Beachtung zu schenken, verleibe ich mir eine Handvoll Kautabletten, drei verschiedene Sorten Schlucktabletten, einen Stoß aus der Asthmasprayflasche sowie ein paar unverdünnte Tropfen aus einer kleinen braunen Flasche ein und warte auf Besserung. Doch auch nach einer Stunde und einem Testspaziergang durch den baumbewachsenen Palmengarten mit all seinen diversen Pollenarten zeigt mein Körper außer einer noch größeren Schläfrigkeit keinerlei Reaktion. An einem Spielplatz setze ich mich auf eine Parkbank und lege den Kopf in den Nacken. Ich würde mit jedem tauschen, der keinen Heuschnupfen hat.

»Eh, kennst du?«

Zwei junge und fast auf Schneeleopardenweiß gefärbte Mädchen um die zwanzig kreuzen meine Parkbank und unterhalten sich beim Vorübergehen über die RTL-Sendung

Rach, der Restauranttester. Das verstehe ich bereits nach dem ersten Halbsatz. Der noch blondere Schneeleopard der beiden dagegen nicht so recht.

»Wen?«

»Na Rach, kennst du Rach?«

»Rach, was ist dem?«

»Na halt Rach, der Restaurant.«

»Ne, kenn isch net.«

»Doch klar, kennst du. Haben wir doch bei disch gestern kurz gezappt und geguckt. Der, der so geredet hat und so.«

»Ah, der, der so geredet und so, ja klar, dem kenn isch.«

Die beiden entfernen sich aus meinem Hörbereich, und ich revidiere meine Meinung, dass ich wirklich mit *jedem* tauschen würde. Stattdessen krame ich mein Handy heraus und rufe in der Praxis von Dr. Glombik an, wo sich die Sprechstundenhilfe meldet. Ich schildere ihr mein Problem, und sie stellt mich zur Ärztin durch.

»Glombik.«

»Süßemilch noch mal. Ich war heute Vormittag in Ihrer Praxis.«

»Der Herr mit der aggressiven Allergiereaktion. Ich erinnere mich.«

Herrlich einfühlsam diese Ärzte.

»Äh, ja. Genau der.«

»Wie kann ich Ihnen helfen?«

»Sie sagten, ich solle mich erneut bei Ihnen melden, wenn die Medikamente nicht anschlagen.«

»Ja. Und?«

»Sie schlagen nicht an.«

»Haben Sie die Kautabletten denn schon probiert?«

»Ja. Nichts.«

»Das Spray?«

»Keine Reaktion.«

»Dann probieren Sie das andere Medikament, das ich Ihnen aufgeschrieben hatte. Das mit den Tropfen.«

»Habe ich auch schon. Nix. Und bevor Sie mich fragen, die anderen drei zeigen auch keine Wirkung.«

»Wollen Sie damit sagen, dass Sie bereits alle Medikamente ausprobiert haben?«

»Ja.«

»Du lieber Himmel! Aber Sie waren doch erst vor drei Stunden hier.«

»Ändert das was an der Wirkungsweise der Medikamente?«

»Äh, nein. Aber es ist ungewöhnlich.«

»Ungewöhnlich? Frau Doktor, das, was ich jeden Abend in meinem Badezimmerspiegel sehe, ist ungewöhnlich.«

»Verstehe. Dann kann ich nur noch einmal den Rat wiederholen, den ich Ihnen schon in der Praxis gegeben hatte.«

»Ich solle mir keine Katze kaufen?«

»Nein, dass Sie in die Berge oder ans Meer flüchten sollen. Und im Herbst beginnen wir dann mit der Spritzenkur.«

»Und da gibt's sonst keine andere Möglichkeit? Könnten wir denn nicht schon jetzt mit den Spritzen beginnen?«

»Nein, tut mir leid.«

Ich bin desillusioniert. Wenn mir selbst meine Ärztin nicht mehr helfen kann, wer dann?

»Okay, trotzdem danke. Ich melde mich also im Herbst wegen der Spritzenkur bei Ihnen, Frau Doktor.«

»Gut, Herr Süßemilch. Alles Gute.«

Ich lege auf. Meine Augen brennen wie Feuer. Erschöpft

und traurig verlasse ich den Palmengarten in Richtung Grüneburgpark. Ich sehe zehn Männer, die sich auf der großen Wiese ein Fußballfeld abgesteckt haben. Obwohl reichlich untalentiert, hecheln sie voll Freude hinter dem runden Leder her.

Beneidenswert.

Eine Gruppe von fünf Leuten hat sich keine zehn Meter vor mir unter einem Lindenbaum zu einer Yogagruppe zusammengetan. Alle sehen nicht nur herrlich entspannt, sondern auch unheimlich gut aus, wie sie so in den Unterbauch atmen.

Absolut beneidenswert.

Eine Familie sitzt in der Wiese und nutzt die ersten warmen Sonnenstrahlen des Frühlings zum Picknick. Alle lachen laut auf, als sich das Baby auf das grüne Wolloberteil seiner Mutter übergibt.

Nicht beneidenswert, aber pollenfrei.

Hatschi!

»Berge also. Oder Meer«, rufe ich mir selbst in Erinnerung und schnäuze in ein zerfleddertes Taschentuch. So kann ich jedenfalls nicht weitermachen. Und warum eigentlich auch nicht in den Urlaub fahren? Ist Urlaub nicht ursprünglich genau dafür erfunden worden?

Um sich zu erholen?

Um seine Wunden zu laben?

Ich habe meine Diplomarbeit abgegeben und somit frei. Jana kann sich um den blöden Kater ihres Chefs kümmern, und in ein paar Wochen fahre ich mit ihr dann halt noch mal in den Urlaub nach Kuba. Danach dürfte pollenmäßig sowieso das Schlimmste durch sein, und ich bin wieder ein frei atmender Mann. Ja, warum eigentlich nicht?

TEIL 2
Die Idee

13 Up and Away

Auf dem Oeder Weg stolpere ich über das erste Reisebüro. Im Schaufenster des Anbieters *Up and Away* laden Schnäppchenangebote dazu ein, vierzehn Tage all inklusive zu verbringen. Für nur vierhundertneunundsechzig Euro kann man hier zum Beispiel in ein kinderfreundliches Vier-Sterne-Hotel an der türkischen Riviera einchecken. Kinder unter zwölf Jahren nerven die anderen Hotelgäste dabei kostenlos und werden im Flipperklub fast rund um die Uhr betreut. Direkt daneben prangt die Werbung für das *Grand Hotel Poseidons* im griechischen Chalkidiki. Das *Poseidons* verfügt nicht nur über ein S zu viel, sondern auch über eine Speisenkarte für Menschen mit Diabetes und Lactoseintoleranz. Das Ganze kostet hundertfünfzig Euro mehr, ist dafür aber ohne nerviges Familiengeschrei. Es folgen noch zwölf weitere lukrative Angebote. Ich muss mich wohl beraten lassen.

Als ich eintrete, ertönt über der Tür ein Glöcklein. Im Inneren befinden sich zwei Schreibtische, vor denen jeweils zwei Stühle stehen. Zudem ist eine mit Katalogen tapezierte Holzregalwand zu sehen. Außer mir befinden sich noch zwei weitere Personen im Raum. Zumindest fast. Ein Papppärchen in Lebensgröße, das Hand in Hand und in

Badeutensilien gehüllt am Strand von Barbados im Wasser planscht, wirbt mit seinen Astralkörpern und dem Slogan: *Zeit für Auszeit – Gönnen Sie sich ein Stück vom Paradies.* Und wenn man mühsam den Kopf verdreht, kann man darunter lesen: *Die gebuchten Hotelstrände können von dieser Werbefotografie abweichend sein. Für Erstattungen und Forderungen aller Art übernehmen wir keinerlei Haftung.*

Hatschi!

»Gesundheit!«

Eine adrette junge Frau mit professionellem Lächeln kommt hinter dem Katalogregal hervor.

»Danke. Das Paradies übernimmt also keine Haftung?« Ich deute auf den Aufsteller mit den beiden Strandmodels.

»Leider nein. Aber vielleicht kann ich Ihnen ja trotzdem etwas Passendes zeigen.«

»Vielleicht.« Ich nähere mich einem der beiden Schreibtische. »Robert Süßemilch. Guten Tag.«

»Laura Beilenstein. Nehmen Sie doch bitte Platz, Herr Süßemilch. Was genau stellen Sie sich denn vor? Hotelurlaub, Selbstversorger oder was Exklusives?«

»Ich bin da sehr offen. Schlagen Sie mir etwas vor.«

»Okay. Europa, Afrika, Südamerika?«

»Egal. Irgendwohin, wo es keine Pollen gibt.«

Zum besseren Verständnis deute ich auf meine zerklüftete Nase, und wie aufs Stichwort folgt das nächste laute Niesen.

Hatschi!

»Ah, jetzt verstehe ich.« Frau Beileinstein nickt. »Ich dachte, es sei eine Hautirritation.«

»Tatsächlich?« Überrascht lehne ich mich nach vorn.

»Ja, warum erstaunt Sie das?«

»Ach, nur so. Jedenfalls hat mir meine Dermatologin empfohlen, dass ich in die Berge oder ans Meer fahren soll.«

»Okay. Die Berge sind zu dieser Jahreszeit sehr wetterunbeständig, und im gemäßigten Rest Mitteleuropas ist überall Blütezeit. Das würde wohl nicht viel bringen. Wir müssen also den Radius etwas erweitern. Was halten Sie von den Kanaren? Dort ist es jetzt schon angenehm warm, und die Vegetation auf Lanzarote ist auch sehr überschaubar. Die Landschaft besteht nämlich zu einem großen Teil aus Wüste.«

»Bloß nicht. Da treffe ich am Ende noch meine Mutter am Strand. Meine Eltern fahren da schon seit zwanzig Jahren hin, und mir stülpt es den Magen um, wenn ich nur den Begriff Kanaren höre.«

»Gut, das verstehe ich. Also kein Familientreffen.«

»Nein, bitte nicht. Ansonsten ist es mir völlig egal. Hauptsache, ich kann atmen.«

»Wenn unsere Kunden in ihren Ansprüchen immer so einfach zu befriedigen wären, wäre ich glücklich.«

Frau Beilenstein lacht und legt ihre perfekten Zähne frei.

Ich grinse ebenfalls, um diesen Ausblick noch ein wenig länger genießen zu können. Allein die unmittelbare Koexistenz der beiden Satzfragmente *Kunden befriedigen* und *Wäre ich glücklich* bergen ein nicht zu unterschätzendes Fantasiepotenzial. So ein Flirt kann auch das Buchen einer Reise erleichtern. Als weiteres Zeichen meiner lockeren Art deute ich mit dem Daumen lässig über meine Schulter zu dem Papppärchen hinter mir.

»Schicken Sie mich einfach an diesen Strand ohne Garantie, aber mit einem akzeptablen Sauerstoffgehalt, und ich bin glücklich.«

»Reisen Sie denn allein oder in Gesellschaft?«

Wie gesagt, so ein Flirt kann beschwingen.

»Allein.«

»Dann wollen wir doch mal sehen ... das auf dem Aufsteller ist der Strand von Barbados. Und das bringt mich tatsächlich auf eine Idee ... Kleinen Moment.« Frau Beilenstein dreht sich mit ihrem Schreibtischstuhl zu der Katalogwand und wühlt in einigen Stößen von Ausdrucken. »Gerade heute Morgen haben wir ein spitzenmäßiges Last-Minute-Angebot reinbekommen. Wenn ich es jetzt nur finden würde.«

»Klingt gut.«

»Das war meines Erachtens nämlich auch etwas mit der Karibik.«

»Klasse.«

»Ah, hier habe ich es. Und es ist nicht nur die Karibik, Herr Süßemilch. Sondern Florida, Belize, Honduras und die Holländischen Antillen. Alles in einem Paket. Und alles absolut pollenfrei.«

Was sich anhört wie ein Dreißig-Sekunden-Werbeclip auf sonnenklar.TV, wird sicher außerhalb meiner Preiskategorie liegen. Darum sage ich es auch: »Das klingt zwar wirklich gut, aber auch ziemlich teuer.«

»Eben nicht. Das ist ja der Hammer. Das Ganze kostet inklusive Flug nur achthundertneunundneunzig Euro. Sie müssten sich allerdings schnell entscheiden, es gibt nur noch Innenkabinen.«

»Innenkabinen auf dem Flieger?«

»Nein. Auf dem Schiff.« Wieder schickt sie mir ein perfektes Zahnweißlächeln über den Schreibtisch und legt mir im Anschluss eine Broschüre vor. »Es handelt sich hierbei um eine Kreuzfahrt, Herr Süßemilch. Hier sehen Sie selbst.«

Stechen Sie in See und erleben Sie einige der schönsten Strände der Welt. Wir starten in Miami, von wo aus wir unsere achttägige Cruise beginnen. Unser erstes Ziel ist Belize, wo wir für Sie ein besonderes Highlight bereithalten: einen intakten Regenwald. Schon einen Tag später erreichen wir die Hafenstadt Roatan in Honduras mit ihren versteckten Schönheiten. Eine einzigartige Stadt voller Folklore und mittelamerikanischem Lebensstil. Nach zwei Tagen auf hoher See ankern wir auf den Holländischen Antillen. Zu guter Letzt halten wir an einem der wohl traumhaft-schönsten Orte der Welt: die Bahamas. Ein Eiland zum Verlieben, wo Sie ganz entspannt die Seele baumeln und Ihren Urlaub ausklingen lassen können.

Auf unserem *****Sterne-Kreuzfahrtschiff erwarten Sie zudem acht verschiedene Restaurants, ein Kasino sowie ein abendliches Las-Vegas-Showprogramm internationaler Topstars. Zur Entspannung steht Ihnen neben unserem exklusiven Spa-Bereich selbstverständlich auch unser 24-Stunden-Fitnessstudio zur Verfügung. Kommen Sie und lassen Sie sich verzaubern. Sie haben es sich verdient.

»Na, was sagen Sie, Herr Süßemilch?«

Tja, genau. Was sage ich? Mein Blick verharrt auf den bunten, pollenfreien Bildern der Broschüre. Das Angebot klingt wirklich gut. Und der Preis ist absolut erschwinglich. Wieder höre ich die Stimme meiner Dermatologin: »Fahren

Sie doch in die Berge oder ans Meer.« Und ich lasse meine letzten Nächte voller Schlaflosigkeit Revue passieren. Dann sehe ich Romeo vor mir und muss an meine wie aus der Zentrifuge geschleuderten Ballonaugen denken. Ich löse meinen Blick von einem Foto des Strands der Antillen und sehe Frau Beilenstein an, die mich mit ihrem unnachahmlichen Lächeln siegessicher anstrahlt. Ich erwidere ihr Lächeln und nicke.

»Kann ich bei Ihnen mit EC-Karte zahlen?«

14 Post von Jana

Jana!« Voll Vorfreude öffne ich die Wohnungstür. »Schatz, du wirst es nicht glauben.«

Ich kann es ja selbst kaum glauben. Aber ich halte es schwarz auf weiß in meinen Händen. Die Buchungsbestätigung. Ich fliege bereits in drei Tagen nach Miami, um im Anschluss auf Kreuzfahrt zu gehen. Das wollte ich schon immer mal machen, weil es so etwas herrlich Abenteuerliches hat, mit dem Schiff zu reisen. Jana wird es verstehen. Da bin ich mir sicher. Und wenn ich zurück bin, ist der Kater aus dem Haus, die Pollenzeit fast vorbei, und ihr Chef ist happy. Wir werden in den Liebesurlaub aufbrechen, die größere Wohnung bekommen, Jana ihre Beförderung – und alles ist gut. Nur, wo ist sie?

»Jana, wo steckst du?«

Die Küche scheint verwaist. Das Bad auch. Ich schaue im Wohnzimmer nach.

»Jana?«

Nichts. Vielleicht ist sie ausgegangen? Nein, dann hätte sie Romeo allein lassen müssen. Das hätte sie nicht gemacht. Ich riskiere einen Blick ins Schlafzimmer und entdecke Romeo, der gerade genüsslich meine Hausschuhe rammelt. Hm, dem geht's gut. Weit kann sie also nicht sein.

»Jaa-naa«, rufe ich, schließe die Tür des Schlafzimmers wieder und lasse mich auf das Sofa plumpsen. Gerade als ich mir überlege, ob sie irgendwas von Einkaufen oder Besuch bei ihren Eltern gesagt hatte, fällt mein Blick auf ein Kuvert, das mit meinem Namen versehen auf dem Bauch von Little Bridget liegt. Zögerlich greife ich danach. Jana hat mir noch nie einen Brief geschrieben.

Hallo, Schatz,
es tut mir leid, dass ich Dich so schocke und es Dir nicht persönlich sagen kann. Aber Du hattest Dein Handy ausgeschaltet, und ich musste ganz schnell zum Flughafen. Herr Eilhoff hat mich aus seinem Urlaub angerufen und mich gebeten, für ihn einen Geschäftstermin in Schanghai zu übernehmen. Du weißt, was das bedeutet? Wenn ich das hinbekomme, kriege ich den Job, und wir können uns die größere Wohnung – ohne den blöden Jablinski und auch ganz ohne Kater... versprochen! – leisten. Ich weiß, dass es viel verlangt ist, und hoffe, dass sich Deine Hautirritation heute beim Arzt tatsächlich als eine solche herausgestellt hat, denn Du musst Dich nun unbedingt um Romeo kümmern. Eilhoff meinte, dass er Dir da voll und ganz vertraut. Und das tue ich auch. Ich melde mich per Mail, sobald ich Zeit finde.
Danke Dir von ganzem Herzen.
Kuss, Deine Jana

Ich falte den Brief wieder zusammen und stecke ihn zurück in den Umschlag, nur um ihn gleich wieder herauszuholen und noch einmal zu lesen. Das Ganze wiederhole ich drei Mal. Dann habe ich es verstanden. Jana ist auf dem

Weg nach Schanghai, und ich sitze mit dem rolligen Romeo, einer Multiallergie und der Buchungsbestätigung für eine Kreuzfahrt in unserer Wohnung.

15
Up and doch nicht away?!

Reisebüro *Up and Away*, mein Name ist Laura Beilenstein. Was kann ich für Sie tun?«

»Süßemilch hier, hallo Frau Beilenstein. Ich war vorhin bei Ihnen im Reisebüro wegen der Kreuzfahrt. Erinnern Sie sich?«

»Aber ja doch, Herr Süßemilch. Wie kann ich Ihnen helfen? Haben Sie noch Fragen zum Ablauf?«

»So ähnlich. Wenn möglich, würde ich nämlich den Ablauf gerne ändern.«

»Ach, und inwiefern?«

»In eine Stornierung.«

»Was? Aber wieso das denn? Sie waren doch davon so angetan?

»Ja schon, aber mir ist etwas dazwischengekommen. Etwas, das vorhin noch nicht abzusehen war.«

»Verstehe. Aber ich muss Sie leider enttäuschen. Da es sich bei dieser Reise um eine super Last-Minute-Aktion handelt, kann ich die Reise leider nicht stornieren. Sie müssen also so oder so den vollen Preis zahlen.«

»Aber, aber ... es ist eine Ausnahme. Ein Notfall.«

»Das glaube ich Ihnen gerne. Aber ich kann da gar nichts machen, da wir nur Vermittler sind und die Reise über die

Reederei abgewickelt wird. Vielleicht können Sie das Problem ja doch noch irgendwie lösen.«

Wie soll ich das Problem denn bitte schön lösen? Es sei denn … es sei denn, ich könnte Romeo einfach mitnehmen. Aber ja doch. Auf dem Schiff kann er mir noch nicht einmal weglaufen. Und bis Eilhoff und Jana zurück sind, bin ich auch wieder da. Niemand wird etwas merken.

»Vielleicht gibt es da tatsächlich eine Möglichkeit, Frau Beilenstein. Wie verhält es sich denn mit Haustieren an Bord?«

»Mit Haustieren?«

»Ja, um genauer zu sein: mit Katzen.«

»Haustiere aller Art sind auf allen Schiffen aus Quarantänegründen strengstens untersagt. Selbst beim vorherigen Einreisen über den Flughafen von Miami gibt es dort meist keine Möglichkeiten.«

Verdammt, natürlich. Das hatten die Eilhoffs ja bereits gesagt. Sonst wäre der ganze Schlamassel erst gar nicht entstanden.

»Und da gibt es keine Ausnahmen?«

»Nein, gerade die Vereinigten Staaten sind bei Einreisen von Haustieren wie Katzen und Hunden sehr konsequent.«

Warum das denn? Denken die Amis etwa, dass ein reinrassiger Afghane vielleicht ein getarnter Schläfer ist und irgendwo in Florida einen Flugschein macht? Ein Schläferhund mit terroristischem Gedankengut? Die spinnen doch! Aber wie auch immer. Es ist verboten. Und Verbote sollte man achten, sonst gibt's Strafe. Hm, wobei …

»Sagen Sie, Frau Beilenstein, wie hoch ist die Geldstrafe, wenn man es doch macht?«

»Wie bitte?«

»Na ja, wie hoch wäre die Strafe, wenn man gegen dieses Gesetz verstoßen und ein Tier mitnehmen würde? Hundert Euro, zweihundert?«

»Das weiß ich nicht. Bestimmt sehr hoch. Aber Sie würden das Tier trotzdem nicht mit auf das Schiff bekommen. Die Behörden würden es noch am Flughafen abfangen und mit dem nächsten Flieger auf Ihre Kosten zurückschicken.«

»Also gar keine Tiere? Nichts?«

»Nein, nichts. Solange kein Tier für Ihre persönliche Sicherheit lebensnotwendig ist, wie bei einem Blindenhund, gibt es keine Chance. Null.«

»Verdammt. Aber was mache ich denn jetzt?«

»Tut mir leid, Herr Süßemilch. So gerne ich es auch würde, ich kann Ihnen da nicht helfen. Überlegen Sie in aller Ruhe. Es wäre doch schade um das schöne Geld.«

»Okay. Ich melde mich noch mal. Und danke für Ihre Hilfe.«

Mit dem Auflegen des Hörers lege ich auch meine Hoffnung auf freies Atmen ab. Es folgen die Flüche *Scheiße, verdammte Scheiße* und *verdammte, verfluchte Scheiße* in dreifacher Ausführung. Ich gehe in die Küche und gieße mir einen doppelten Jägermeister ein. Die Flasche steht noch von Janas Geburtstag im Kühlschrank, und ich habe keine guten Erinnerungen daran. Kopf in den Nacken und zack, weg ist er. Schon fülle ich das Glas wieder auf, stelle mich ans Fenster, schaue hinunter auf die Birkenallee des Grauens und setze wieder an. Zack, weg isser. Und wenn man schon so gut in Schwung ist, sollte man seinen Lauf auch nutzen. Also noch mal füllen. In diesem Moment taucht Herr Jablinski unter dem Fenster auf. Mit Dina und seinem Blindenstock an der Hand schlängelt er sich recht sou-

verän an den parkenden Autos vorbei. Ich setze an und…
zack! Jedoch zacke ich nicht den Jägermeister in meine
Kehle, sondern eine Idee zackt sich in mein Hirn. Eine ver-
wegene Idee. Sofort stelle ich das Schnapsglas aufs Fens-
terbrett und gehe zurück ins Wohnzimmer. Ich drücke die
Wahlwiederholungstaste des Telefons. Es tutet nur einmal.

»Reisebüro *Up and Away*, mein Name ist Laura Beilenstein. Was kann ich für Sie tun?«

»Noch mal ich.«

»Wer ist ich?«

»Ich. Robert. Robert Süßemilch.«

»Ah.«

»Ich weiß, ich nerve Sie, aber ich habe noch eine Frage.«

»Gerne.«

»Sie sagten vorhin etwas von Tieren, die unter gewissen
Umständen doch einreisen dürfen.«

»Das sagte ich?«

»Ja, Sie sagten, dass ein Tier einreisen darf, wenn es für
die Sicherheit eines Menschen unerlässlich ist. Lebensnotwendig. Zum Beispiel bei einem Blindenhund.«

»Ach so, ja. Soweit ich weiß, gilt die Ausnahme weltweit
für Tiere mit lebenswichtigen Aufgaben.«

»Wie bei einem Blindenhund.«

»Ja. Sie können einem Blinden ja schlecht verbieten, seinen Führhund mitzunehmen. Deshalb gibt es diese Ausnahmen.«

»Hervorragend.«

»Aber, Herr Süßemilch, Ihnen ist schon bewusst, dass Sie
nicht blind sind, oder?«

»Ja, Frau Beilenstein. Durchaus. Wir lassen die Buchung
jedenfalls so, wie sie ist.«

»Prima. Ich hoffe, ich konnte Ihnen helfen.«

»Ja, das konnten Sie.«

Ich lege auf und setze mich auf die Couch. Dann hole ich das Jägermeisterglas und proste mir selbst zu. »Ja, Frau Beilenstein, das konnten Sie wirklich.« Zack.

16
Die Führkatze

Du hast sie doch nicht mehr alle.«

Mein guter Freund Peer ist von meiner Idee nicht ganz so begeistert, wie ich es bin. Zumindest hat er anscheinend Probleme, es zuzugeben. Aber das ist mir auch egal. Alles, was ich möchte, ist eine Info. Denn Peer ist nicht nur ein kolossaler Angsthase, sondern er arbeitet auch beim Versorgungsamt. Die Stelle, die Blindenausweise ausgibt und bestimmt alles über begleitende Führhunde weiß. Nachdem ich ihm telefonisch meinen Vorschlag unterbreitet habe, herrscht zunächst Stille am anderen Ende. Nach seiner ersten Gefühlsäußerung hakt er nach.

»Noch mal zum besseren Verständnis. Du willst dich als Blinder ausgeben, damit diese Katze mitreisen kann?«

»Kater. Es ist ein Kater. Und er gehört nicht mir. Er ist nur zur Pflege hier. Aber ja, genau das ist mein Plan. Und du sollst mir lediglich sagen, ob das geht, und wenn ja, welche Papiere ich dafür benötige.«

»Das ist doch wohl absoluter Schwachsinn. Man kann keine Katzen abrichten wie einen Hund.«

»Kater.«

»Meinetwegen. Aber man kann auch keinen Kater abrichten.«

»Wer sagt das?«

»Das muss niemand sagen, das weiß man.«

»Du hast es also schon mal selbst probiert?«

»Nein, natürlich nicht. Aber Hunde sind Hunde, und Katzen sind Katzen.«

»Du bist ein Rassist.«

»Blödsinn. Ich sage nur, dass das Schwachsinn ist.«

»Das heißt also, man kann keine Papiere für Kater ausstellen?«

»Das kann ich dir gar nicht sagen, weil es so eine Anfrage noch nie gegeben hat. Ich habe noch nie etwas von einer Führkatze gehört.«

»Führkater.«

»Du nervst, Robert.«

»Sorry.«

»Jedenfalls gibt es meines Erachtens nur Führhunde.«

»Das ist ja diskriminierend.«

»Das ist nicht diskriminierend. Das ist Hirnscheiße von dir. Man kann keinen Kater zu einem Führtier ausbilden. Diese Tiere sind dafür gänzlich ungeeignet. Sonst hätte man es schon längst getan.«

»Dann bin ich eben ein wagemutiger Entdecker. Jemand, der neue Wege geht. So jemand wie Amundsen am Südpol oder Reinhold Messner und der Yeti.«

»Du bist höchstens so was wie 'ne Hämorrhoide. Nämlich völlig am Arsch, wenn die dich am Zoll oder sonst wo drankriegen. Das erfüllt den Tatbestand des Betrugs. Ganz abgesehen davon, dass du nie wieder in die USA einreisen dürftest.«

Peer hat heute mal wieder komplett die Hosen voll. Doch das eigentlich Schlimme daran ist die Tatsache, dass ich sie mit zunehmenden Horrorszenarien auch voll habe. Denn er hat nicht unrecht. Ich versuche, den Überlebensjoker auszuspielen und damit das Gespräch zu beenden. Noch mehr Einwände kann ich nicht gebrauchen.

»Und wenn ich es nicht tue, sterbe ich an Erstickung. Würdest du mir also bitte den Gefallen tun und nachschauen. Es eilt sehr. Der Flug geht schon übermorgen.«

Sekunden der Stille folgen, doch ich kann Peer am anderen Ende atmen hören.

»Okay, ich werde mal nachschauen.«

»Und falls ich eine Bestätigung benötige, stellst du mir die aus, ja?«

»Was?« Ich kann geradezu hören, wie Peers Mund am Hörer austrocknet. Das gibt ihm wohl den Rest. »Das geht nicht. Das ist Urkundenfälschung. Das könnte mich meinen Job kosten.«

»Und wenn ich deiner Frau erzähle, was du letztes Jahr in unserem Mallorcaurlaub veranstaltet hast, könnte es dich deine Beziehung kosten.«

»Das ist ja Erpressung.«

»Ja, das ist es und zeigt dir nur, wie verzweifelt ich bin.«

»Das würdest du nicht tun.«

Peer ist eine Lusche. Und ich bin ein unfassbar schlechter Lügner.

»Nein, verdammt. Würde ich natürlich nicht, aber mach es bitte trotzdem.«

Wieder trocknet irgendwas am anderen Ende, bevor ich eine löschpapierdünne Stimme vernehme.

»Ich kann dir nichts versprechen, aber ich werde mal sehen, was sich machen lässt.«

»Danke.«

Ich lege auf und lehne mich zurück. Prima, das wäre schon mal erledigt. Doch die wahre Herausforderung steht mir noch bevor. Und dazu muss ich in die Höhle des Löwen.

Herr Jablinski

Schon vor der Wohnungstür kann ich hören, dass Herr Jablinski daheim sein muss. Das Radio ist auf volle Lautstärke gedreht, sodass man sich fragen könnte, ob die Blindheit tatsächlich sein vordergründigstes Problem darstellt. Dina, seine Schäferhündin, beginnt sofort zu bellen, als ich klingle, und Jablinskis Stimme ertönt im Inneren der Wohnung mit gewohnt militärischer Schärfe.

»Brav, Dina. Guter Hund. Platz.«

Kurz darauf öffnet er die Tür, und sofort habe ich das immer wiederkehrende Problem, wenn ich mit blinden Menschen wie Herrn Jablinski rede. Ich weiß nicht, wo ich hinschauen soll. Ihm in die Augen zu blicken erscheint mir irgendwie unsinnig. Zumal eines der beiden meist seltsam zuckt und mich das Ganze zusätzlich verunsichert. Diesmal ist es der Hemdkragen, auf den ich starre.

»Guten Tag, Herr Jablinski. Robert Süßemilch. Ihr Nachbar von oben.«

Ich deute mit dem Zeigefinger in Richtung des ersten Stocks, was sich aufgrund seiner Blindheit als ebenso überflüssig wie dämlich herausstellt. Der alte Mann antwortet zunächst nicht, und nur das Hecheln von Dina, die neben ihrem Herrchen sitzt, ist zu hören. Dann gibt er den Weg in die Wohnung frei und deutet mit einer Handbewegung an, dass ich ihm folgen soll.

»Ah, das Weichei aus dem ersten Stock. Kommen Sie rein. Ich dachte schon, dass Sie noch mal vorbeikommen würden.«

Ja, so ist er, unser lieber Herr Jablinski. Immer um einen guten, nachbarschaftlichen Ton bemüht. Mir liegt schon seit unserem Einzug etwas auf der Zunge, das ich ihm nur zu gern aufs Brot schmieren würde. Doch das wäre gerade nicht von taktischer Finesse geprägt. Schließlich will ich etwas von ihm. Stattdessen fällt mir auf, dass ich noch nie in seiner Wohnung war, die zu meiner Überraschung sehr aufgeräumt wirkt. Ich frage mich, wie das geht. Woher weiß er, wann es unaufgeräumt ist? Er sieht es doch nicht. Geschweige denn, dass ich mir erklären könnte, wie und wohin er die Sachen dann räumt. An den Wänden im Flur hängen neben einigen Wimpeln und Urkunden des örtlichen Schützenvereins auch ein paar Erinnerungen aus längst vergangenen Zeiten. Unter anderem ein Foto von Herrn Jablinski in Uniform und schmissiger Frisur. Ein attraktiver und schneidiger Kerl von kaum achtzehn Jahren.

»Setzen Sie sich«, sagt er in harschem Befehlston und deutet im Wohnzimmer auf einen freien Sessel. Er nimmt gegenüber auf dem Sofa Platz. Dann stellt er das Radio leise und schaut mich an. Jedenfalls fühlt es sich so an. »Bevor Sie etwas sagen, möchte ich mich bei Ihnen entschuldigen. Meine Handlung war voreilig und beruhte auf Annahmen, die sich als fälschlich herausgestellt haben.«

»Das ist schön, dass Sie das sagen, ich wollte genau deswegen...«

»Ich war noch nicht fertig, Herr Süßemilch. Lassen Sie mich gefälligst ausreden.«

»Jawohl.«

Dina scheint den Geruch von Romeo auf meiner Hose zu wittern und kommt zu mir. Es ist die gleiche Hose, die ich zum Abendessen bei den Eilhoffs trug und auf der Romeo den halben Abend zwischen meinen Beinen verbrachte. Immer wieder stößt Dina mit ihrer Schnauze in meinen Schoß, was nicht nur unangenehm, sondern auch schmerzhaft ist. Ich bin froh darüber, dass Herr Jablinski es nicht sehen kann. Dennoch fühlt es sich beschämend an, wenn einem eine Schäferhündin ständig mit ihrer feuchten Schnauze in die Weichteile rammt, während ein älterer Herr nichtsahnend keine zwei Meter vor einem sitzt und einen scheinbar anstarrt. Doch Herr Jablinski fährt unbeirrt fort, während ich heimlich weiter mit Dina kämpfe.

»Das ändert jedoch nichts an der Tatsache, dass ich Sie für einen Schmarotzer unserer Gesellschaft halte.« Jablinski fuchtelt mit seinen Händen in der Luft herum, als würde das etwas erklären. »Sie leben in wilder Ehe mit Ihrer Freundin zusammen, die auch noch das Geld nach Hause bringen muss. Sie sollten sich schämen. Das ziemt einem deutschen Mann nicht.«

»Ich verstehe«, heuchle ich reuevoll und versuche gleichzeitig, Dinas nächsten Vorstoß auf meinen Schritt zu parieren, was mir jedoch nicht wirklich gelingen will. »Aber ich studiere ja und habe gerade meinen Abschluss gemacht.«

»Und da dachten Sie, da Sie nun ein Papier in der Hand halten, können Sie auch mal schnell eine Familie gründen?«

»Nein, das war Zufall.«

Ich erkenne zwei Dinge. Erstens, dass Dina unter erhöhtem Speichelfluss leidet und sich mittlerweile ein handtellergroßer, feuchter Fleck in meinem Schritt gebildet hat, und zweitens, dass ich mich hier vor einem blinden Nazigreis rechtfertige. Nicht ich, sondern er sollte aufgrund seiner Anschuldigungen ein schlechtes Gewissen haben. Oder ahnt er am Ende doch etwas von dem Bluff?

»Zufälle gibt es bei so was nicht«, tönt er und lässt seine Hand auf die gepolsterte Armlehne krachen. »Nur Nachlässigkeit und Schlamperei führen zu solchen Ergebnissen. Menschen wie Sie sollten sich nicht reproduzieren dürfen.«

Ich erspare mir die Antwort. Schließlich habe ich einen Grund, warum ich hier bin. Ich brauche etwas von ihm, und da wäre es taktisch unklug, sich auf eine Grundsatzdiskussion mit ihm einzulassen. Ich muss Geduld haben.

»Warum sind Sie überhaupt hier?«

Na also. Endlich kann ich meine zurechtgelegte Geschichte auspacken.

»Ich habe eine Bitte. Ich engagiere mich bei der Freiwilligen Feuerwehr und beim Katastrophenschutz. Wir sind abhängig von Spenden ...«

»Von mir bekommen Sie keinen Cent.«

»Es geht nicht nur um Geld. Für unsere Hundestaffel benötigen wir Geschirr. Stellen Sie sich nur vor, dass deutsche Touristen irgendwo bei einem Einsatz ... äh, Urlaub durch ein Erdbeben verschüttet werden. Ihre Spende könnte dazu beitragen, deutsches Leben zu retten.«

»Sie wollen also kein Geld?«

»Nein. Aber wenn Sie noch alte Leinen und Ähnliches von Dina haben, würde uns das sehr helfen.«

Jablinski schließt die Augen, was meine Gedanken kurzzeitig wieder abschweifen lässt. Warum macht er das? Und was ändert sich dadurch? Sieht er dadurch noch dunkler? Konzentrier dich, Robert!

»Gut, Herr Süßemilch. Ich schulde Ihnen noch was. Und ich bin ein Ehrenmann. Meinetwegen können Sie das Zeug haben. Aber dann sind wir wieder quitt.«

»Absolut.«

»Das Zeug liegt draußen in einem Karton im Schrank. Suchen Sie sich raus, was Sie brauchen. Alles ist noch tadellos in Schuss. Dina ist aus den Sachen nur rausgewachsen.«

»Danke, Herr Jablinski.«

Augenblicklich stehe ich auf und suche mir aus dem Karton das passende Material aus. Da Romeo ein verdammt großer Kater ist und Dina keine besonders große Hündin, könnte es passen. Ich nehme neben dem Geschirr noch ein Halsband und eine Leine mit. Außerdem finde ich noch einen weißen Teleskopblindenstock. Perfekt! Ich habe alles, was ich brauche.

»Haben Sie es gefunden?«

»Ja«, rufe ich aus dem Flur. »Damit helfen Sie uns sehr, Herr Jablinski.«

»Soll mir recht sein. Sie finden den Weg nach draußen allein?«

»Ja.«

»Dann noch einen schönen Tag.«

»Ihnen auch.«

Ich stelle den Karton zurück in den Schrank und will mich zur Tür begeben, als noch einmal die Stimme von Herrn Jablinski ertönt.

»Sagen Sie, Herr Süßemilch. Ihr Nachname? Süßemilch?«

»Ja, was ist damit?«

»Ist das jüdisch?«

»Ja. Meine Urgroßmutter väterlicherseits war Jüdin.«

Es folgt ein verächtliches Lachen und ein halbherziges Räuspern.

»Dachte ich mir.«

Die Hand bereits an der Türklinke, verharre ich einen Moment. Ich atme so tief und so gut es meine Nase zulässt. Aber ich kann das so nicht stehen lassen. Obwohl ich katholisch bin und weder mit der einen noch der anderen Religion besonders viel am Hut habe, mag ich eines überhaupt nicht: jegliche rassistischen Untertöne gegen welche Religion auch immer. Seit wir hier wohnen, nervt mich dieser Mann mit seinen Äußerungen über Türken, Chinesen, Franzosen und den italienischen Pizzaauslieferer. Und seit dem Tag unseres Einzugs juckt es mich, Herrn Jablinski etwas ganz Bestimmtes zu sagen. Es fiel mir auf, als er das erste Mal mit Dina aus dem Haus ging und sie mit Namen rief. Und nun ist der richtige Zeitpunkt gekommen.

»Ach, mir fällt gerade noch etwas Witziges ein, Herr Jablinski«, rufe ich.

»Etwas noch Witzigeres als Ihr Nachname?«

»Ja, Sie werden sich totlachen. Meine Urgroßmutter... Wissen Sie, wie die mit Vornamen hieß?«

»Na, wie hieß sie wohl?«

»Sie hieß Lea. Sie wissen schon, die erste Frau Jakobs, des Stammvaters der Israeliten.«

»Nein, weiß ich nicht, weil es mich auch nicht interessiert.«

»Oh, das sollte Sie aber interessieren. Denn genau diese Lea hatte sieben Kinder. Sechs Söhne und eine Tochter. Und jetzt raten Sie mal, wie die hieß?«

»Sie geben ja doch keine Ruhe. Also, wie hieß die Göre?«

»Dina...« Ich lasse die Antwort einen Moment im Raum stehen, dann lege ich noch mal nach: »Die Göre hieß Dina. Ihre deutsche Schäferhündin hat also einen jüdischen Namen. Ist es nicht toll, wie nah man sich manchmal ist?«

Wie erwartet bekomme ich keine Antwort. Und genau das beglückt mich umso mehr. Ich tätschele zum Abschied Dinas Kopf, die sich ebenfalls darüber zu freuen scheint, dass Herrchen mal eine vor den Latz bekommen hat. Dabei spreche ich so laut, dass es auch Jablinski im Wohnzimmer hört.

»Ja, bist ein feiner Hund. Und du hast einen feinen jüdischen Namen. Und jetzt lauf zum Herrchen, Dina. Der ist doch ohne dich sonst völlig aufgeschmissen.«

18
Salz im Hals

Bevor ich meinen Masterplan weiter verfolge, muss ich noch einige Mittelchen besorgen, die Romeo und mir den Flug erleichtern. Außerdem ist meine allergische Reaktion heute so heftig, dass ich mir ernsthaft überlege, der Dame in der Salzgrotte noch eine Chance zu geben. Ich google daher nach einer anderen Salzgrotte in Frankfurt, finde aber keine. Stattdessen entdecke ich bei den Suchbegriffen SALZ und ALLERGIE den Hinweis NASENDUSCHE. Ich klicke. Unter INFOS finde ich die Erklärung, dass es sich dabei um eine Salzlösung handelt, die man sich mithilfe einer sogenannten Nasendusche durch die Nasengänge laufen lässt. Dies hat angeblich eine reinigende Wirkung bei Allergien, da auf diese Weise störende Pollen und andere Verunreinigungen aus der Nase gespült werden. Ich bin verzweifelt. Und verzweifelte Menschen tun verzweifelte Dinge. Wenn ich den heutigen Tag nicht rumkriege, brauche ich mir über die nächsten Tage erst gar keine Gedanken zu machen. Ich klicke weiter, um zu erfahren, wo man dieses Teufelszeug bekommen kann. Schnell werde ich fündig.

Name: Emcur-Nasendusche.

Kosten: 9,95 Euro.

Wo: Na klar, bei ROSSMANN.

Es ist ein Komplott. Man will mich fertigmachen.

Aber was soll's. Dann eben eine Nasendusche von Frau Jakobi. Nach meiner zweifelhaften Erfahrung in der Salzgrotte soll ich mir nun Salz in Laugenform durch den Schädel laufen lassen. Das klingt mal so richtig nach Spaß.

Bereits eine Viertelstunde später parke ich ein und betrete kurz darauf die Drogerie. Frau Jakobi begrüßt mich mit einem verschmitzten: »Na, was für einen Hobel brauchst du denn heute, Robert?«

»Sehr gut, Frau Jakobi, sehr gut«, erwidere ich und lache, doch in Wahrheit schäme ich mich immer noch und gehe schnell weiter.

Wieder einmal streife ich an den Regalen entlang. Doch wenn Tampons und Hautwässerchen noch ein Leichtes waren, sind Nasenduschen von einem anderen Kaliber. Diese Errungenschaft menschlichen Forschungswahns scheint in den Regalen eine perfide Überlebensstrategie entwickelt zu haben, um potenziellen Käufern zu entkommen. Sie hat eine Art Chamäleontaktik für Drogerieprodukte entwickelt und schafft es, sich der Umwelt täuschend echt anzupassen und mit ihr zu verschmelzen. Nach vier Runden durch alle möglichen Regalgänge kapituliere ich. Keine Nasendusche zu finden. Zumal ich auch nicht weiß, wie das Teil in natura aussieht. Und wieder schickt mir das Schicksal ein weiteres mir bekanntes Opfer. Frau Gülseren. Ich erkenne sie, sie erkennt mich.

»Hobel, Herr Roberts?«

Gott sei Dank. Frau Gülseren verfügt über Humor.

»Nein danke. Nichts für die Füße. Heute suche ich tatsächlich etwas für die Nase«, antworte ich ihr und tippe mir dabei gegen meine Nasenspitze.

»Name?«

Da ich das Spiel bereits kenne, umschiffe ich diesmal diese Klippe und nenne sofort den Namen des gesuchten Produkts.

»Nasendusche.«

Reflexartig gehe ich die Liste der peinlichen Begriffe durch, die sich auf Nasendusche reimen und Frau Gülseren in Verlegenheit bringen könnten. Doch was richtig Schlimmes fällt mir nicht ein. Deshalb wiederhole ich den Begriff noch einmal und lasse sogar eine Erklärung folgen. »Eine Nasendusche. Damit kann man die Nasengänge von Pollen und anderen Verunreinigungen befreien.«

»Dusche für Nase?«

»Ja, genau.«

Frau Gülseren lacht auf und schüttelt mit erhobenem Zeigefinger den Kopf.

»Sie sind lustiger Mann, Herr Roberts, aber diesmal mich nix veralbern. Ich nix fragen an Kasse.«

Verstehe. Sie nimmt mich nicht mehr ernst und denkt, ich wolle sie erneut vorführen, was mir absolut fernliegt. Noch bevor ich mich erklären kann, ist sie verschwunden, und ich stehe noch immer ohne Nasendusche da.

»Das ist ja unmöglich ...« Eine ältere Dame tippt mir von hinten auf die Schulter. »Was erlaubt die sich denn, die eigenen Kunden auszulachen. Die Nasenutensilien befinden sich übrigens vorn im ersten Gang vor der Kasse.«

»Sie, sie ... es ist nicht so, wie Sie denken. Wir scherzen häufiger. Es ist so eine Art Spiel zwischen uns. Aber danke für die Info.«

Die Rentnerin schüttelt den Kopf und geht an mir vorbei.

»Blödes Spiel. Guten Tag.«

Das Schicksal meint es diesmal doch noch gut mit mir, und zwischen diversen homöopathischen Erkältungsmitteln entdecke ich sie: die Nasendusche für 9,95 Euro.

Dazu wandern noch dreißig kleine Dosierbeutel des notwendigen Nasenspülsalzes in meinen Korb. Na, dann wollen wir doch mal sehen, ob du hältst, was du versprichst.

Schon beim Aufreißen des Beutels mit den Zähnen verteilen sich einige Salzgranulate in meinem Mund und hinterlassen einen Hauch von Brechreiz. Im Anschluss entleere ich den Beutel in den kleinen Behälter der Nasendusche und fülle diesen mit lauwarmem Wasser. Nach wenigen Sekunden scheint sich alles aufgelöst zu haben, und ich schüttele das Ganze, wie in der Beschreibung ausgeführt, abschließend noch ein wenig durch.

Ich lese weiter: *Halten Sie nun das kippbare Halsventil des Gefäßes an eines Ihrer Nasenlöcher. Öffnen Sie den Mund und lassen Sie die Lösung durch das andere Nasenloch ablaufen.*

Langsam lasse ich mir die Lösung in den Kopf laufen. Zunächst tut sich nicht viel, dann öffne ich, wie empfohlen, den Mund, und die erste Salzwelle schießt mir spürbar durch die Kanäle. Ich würge ein paar Mal, halte aber wacker durch und tatsächlich: Wie von Geisterhand fließt mir darauf ein kleines, ekelhaftes Rinnsal zum anderen Nasenloch hinaus. Das gesamte Szenario beobachte ich dabei im Spiegel und erkenne, wie unglaublich bescheuert ich dabei aussehe. Was ich leider nicht bedacht hatte, war, dass das Rinnsal nach Verlassen meines Hals-Nasen-Ohren-Bereichs auch gerne wieder irgendwohin abfließen würde. Also haste ich mit der Nasendusche am Kopf zum Waschbecken und lasse der Salzbrühe mitsamt Nasenschmutz ihren natürlichen Lauf. Das Ganze ist in etwa so unterhaltsam wie eine Bundeswehrmusterung. Nur werden hier die oberen statt der unteren Löcher bemüht.

Mich erinnert das Gefühl an meinen letzten Spanienurlaub. Und zwar an den Moment, als ich von einer Welle überrascht und von der Luftmatratze gestoßen wurde und dabei etwa ein Hektoliter Mittelmeer in meine Atemwege drang. Der gemeine Mitteleuropäer merkt aber schnell, dass die Costa Brava dort nicht hingehört, und würgt sich die Lagune wieder aus den Kanälen. Genau diesen natürlichen Reflex muss ich nun für circa fünf Minuten Nasenduschspaß unterdrücken.

Ich kann meine Willensstärke nur als ritterlich und heldenhaft beschreiben. Allerdings muss ich zugeben, dass ich im Anschluss tatsächlich einige Minuten relativ stressfrei atme. Immerhin. Leider kann ich mir aber keine Standleitung aus dem Mittelmeer ins Nasenloch legen. Daher ebbt dieser Effekt nach rund zwanzig Minuten wieder ab.

Auf RTL läuft derweil *Die große Reportage: Scharf, Schärfer, Schmerzgrenze – Deutschlands heißeste Snacks.* Um den schärfsten Gaumen Deutschlands zu finden, hat der Sender vier Lokale ausgesucht, die sich allesamt auf die Fahnen geschrieben haben, die schärfsten Gerichte für ihre Gäste zu brutzeln. Ich trockne mir das Salzgemisch vom Hals und stelle den Ton lauter.

Es tritt an: ein Koch aus Neu-Delhi, der in Hamburg für seine Gäste ein so scharfes Biryani köchelt, dass es selbst jedem Inder den Punkt von der Stirn haut. Nummer zwei ist ein Super-Hot-Wings-Amerikaner aus Berlin. Dazu gesellen sich ein afrikanisches Restaurant aus Leipzig und eine Currywurstbude aus Frankfurt. Frankfurt? Da stelle ich den Ton doch noch etwas lauter. Als Lokalpatriot schaue ich natürlich genauer hin. Der Chef der Frankfurter Currywurstbude mit dem Namen Best Worscht in Town heißt Lars Obendorfer und wird mit dem Untertitel *Godfather of Worscht* bezeichnet. Ein Zweimeterhüne isst gerade eine der Godfather-Würste, lacht und sagt mit tränenden Augen in die Kamera: »Meine Scheiße, das räumt die Atemwege aber mal so richtig frei.«

Der beauftragte RTL-Mediziner erklärt dazu im Anschluss, dass scharfe Speisen durchaus den Nebeneffekt haben, für kurze Zeit die Atemwege befreien zu können. Noch vor dem nächsten Werbeblock bin ich aus der Tür und auf dem Weg zu Best Worscht in Town.

Der Fakir und sein Bruder

Die Currywurstbude an der Berger Straße ist brechend voll. Heuschnupfen scheint verbreiteter zu sein, als ich dachte. Die Schlange vor mir schiebt sich allerdings erstaunlich schnell weiter und bestellt in einer für mich babylonischen Sprache.

»Einmal die Snackers Combo als Brat, 4 B«, bestellt eine attraktive junge Frau in dunklem Hosenanzug. Wohl Bankerin und in der Mittagspause. Hinter ihr ein Mann in der Uniform der städtischen Müllabfuhr, vor ihr ein Studentenpärchen. Alles bunt gemischt. Und dann entdecke ich den Godfather, der höchstpersönlich gerade Dienst tut. Er wendet sich der Bankerin zu und nickt.

»Okay. Auf die Pommes was drauf? Rot-weiß? Lecker Zwiebelchen oder so?«

»Ne, nackig ohne irgendwas.«

Geld und Wurst wechseln die Besitzer.

»So, der Nächste bitte. Und, was kann ich für dich tun?«

Der Mann von der Müllabfuhr winkt ab.

»Ich bekomme schon.«

Somit bin ich dran.

»Ich brauch etwas, das mir die Atemwege mal so richtig freiräumt.«

»Wie bitte?«

»Na ja, ich hätte auch gerne so eine scharfe Currywurst wie der im Fernsehen.«

»Ach, die Doku von RTL. Na, da bist du schon mal nicht verkehrt hier. Was für eine willst du denn? Rindswurst, Bratwurst, Geschmack, Style, Schärfe ...?«

»Geschmack, Style, Schärfe ...?«, wiederhole ich und habe keine Ahnung, was mir Godfather damit sagen will.

»Ach, sehe schon, du bist ein Anfänger. Also pass auf, hier vorn hast du eine Liste mit den verschiedenen Geschmacksrichtungen, die du auswählen kannst. Dazu gibt's noch die unterschiedlichen Brennstufen.«

Ich lasse meinen Blick über die Skala des Brenn-o-meters wandern, die von A für *Angefeuertes Curry mit einem Hauch EU-Chili* bis F für *FBI – Fucking Burning Injection* – reicht. Dazu ist der Hinweis angebracht, dass man ab Stufe D auf eigenes Risiko isst und über achtzehn sein muss.

»Egal, irgendwas, das knallt.«

»Also willst du was richtig Scharfes?«

»Ja, habt ihr da was?«

Einige der umstehenden Gäste schmunzeln wissend. Und auch der Godfather lächelt milde in weiser Voraussahnung.

»Mein Freund, wir haben hier Sachen, die räumen nicht nur deine Atemwege frei.«

»Dann her damit.«

An den Blicken der restlichen Gäste erkenne ich, dass ich da etwas zu vorlaut agiere. Jetzt kann ich aber auch nicht mehr zurückziehen. Doch der Godfather beschwichtigt mich.

»Pass auf, ich geb dir mal eine Brennstufe C, das ist Red

Savina Habanero und hält den Guinnessrekord für Chili-
pulver. Unsere drittschärfste Stufe. Wenn du die gut ver-
trägst, kannst du meinetwegen auch was Schärferes haben,
aber ich möchte nicht, dass wir dich in die stabile Seiten-
lage bringen müssen, weil du dich überschätzt hast.«

»Ich esse gerne scharf.«

»Ja, aber das hier ist nicht scharf, sondern sauscharf.
Das sind bis zu eineinhalb Millionen Scoville-Einheiten.«

»Was für'n Ding?«

»Scoville-Einheiten. Das ist die Maßeinheit von Schärfe.
Um einen Tropfen von dem Teufelszeug zu neutralisieren,
müsstest du also ungefähr hundertfünfzig Badewannen
voll Wasser trinken. Kannst du das?«

»Keine Ahnung, ich will ja atmen und nicht baden gehen.«

»Nur mal zum Vergleich, mein Lieber. Ein ordentliches
Tabasco-Sößchen liegt so bei viertausend Scoville. Aber
okay, du hast es so gewollt. Ich mach dir also mal 'ne Rindswurst 7 E, schön mit Freestyle-Geschmack aus Jambalaya
und Curry, wobei du davon sowieso nicht mehr viel schmecken wirst. Dazu stell ich dir 'nen Kakao hin, die Milch neu-
tralisiert die Schärfe etwas.«

»Kakao? Ich bin doch kein Schulkind. Gib mir 'ne Cola
mit.«

»Glaub mir, da werden wir alle zum Schulkind. Cola oder
Wasser macht es nur noch schlimmer.«

»Ich werde es überleben.«

»Na gut, hier die Cola. Aber ich leg dir trotzdem einen
Kakao und eine Tablette für den Magen mit auf den Tresen.
Wenn's gar nicht mehr geht, kommst du wieder rein und
nimmst die. Und das meine ich im Ernst.«

»Wenn du meinst.«

»Ja, meine ich.«

Der Godfather wirbelt mit seinen Händen gekonnt zwischen Wurst, diversen Pulvern und Grill. Dann träufelt er ein paar Tropfen von dem Scoville-Teufelszeug auf die Wurst, stellt die Rindscurry 7 E vor mich und zwinkert mir zu.

»Lass es dir schmecken. Dazu noch ein schönes, leckeres Brot.«

»Danke.«

»Hau rein. Und wenn was ist, will ich dich hier vorn sehen.«

Meine Güte, stellt der sich an. Das ist doch ohnehin alles nur Show. Fürs Fernsehen. Ich kenne scharfe Gerichte vom Asiaten. Bisschen Jucken im Hals und gut.

Ich nehme mein Gericht, verziehe mich nach draußen an einen freien Stehtisch und schiebe mir das erste Wurststück hinein. Kauen, schlucken ... nix. Also gleich die Stücke zwei und drei hinterher. Kauen, schlucken ... nix.

»Was der für ein Aufhebens darum gemacht hat«, nuschele ich vor mich hin und stecke mir noch ein Stück in den Mund, »das ist doch alles halb so ...«

Ich schweige. Denn das Dumme bei diesen scharfen Speisen ist ihre verzögerte Wirkungsweise. Erst jetzt, nach einigen Sekunden, entfaltet die Schärfe auf den Geschmacksknospen ihre wahre Vielfalt. Wobei ich mir nicht sicher bin, ob es noch meine Geschmacksknospen sind oder es bereits mein Kieferknochen ist, der sich schmerzhaft meldet. Ich kaue noch ein letztes Mal, dann frisst sich irgendwas Undefinierbares wie ein geschmolzener AKW-Brennstab durch alles, was ihm in den Weg kommt. Zunge,

Zahnfleisch, Zähne, Kiefer... alles. Für eine weitere Millisekunde verharre ich still und hege noch die Hoffnung, dass der Schmerz nachlässt. Doch der Fakir in meinem Mund hat gerade erst mit seiner Show begonnen. Bei jedem Schluckvorgang nagelt er weitere tausend Spitzen in meinem Mund, sodass mir die Zunge schmerzhaft anschwillt und mir der letzte Wurstbissen aus dem Mund zurück auf den Pappteller fällt. Da gerade keine hundertfünfzig Badewannen bereitstehen, schütte ich mir einen Schluck Cola in den Rachen, was genau das zur Folge hat, was Godfather mir prophezeit hat. Der Fakir verharrt für einen winzigen Moment, doch gleich ist er wieder da. Und nicht nur das. Er hat zur Unterstützung noch seine Verwandtschaft mitgebracht. Sein Bruder, der Pyromane, beginnt augenblicklich damit, an meinem Kehlkopflappen eine Handvoll Brandherde zu zünden. Direkt hinter ihm betritt Nummer drei der Familie die Manege des Grauens: der Feuerschlucker. Dieser steht seinen beiden Vorgängern in nichts nach und bläst mir zur Begrüßung erst mal eine Runde Napalm durch den Rachen.

Nageln, Feuer, Napalm, Nageln, Feuer, Napalm...

Die Familie hält zusammen und gibt nun richtig Vollgas.

Nageln, Feuer, Napalm, Nageln, Feuer, Napalm...

Mir wird schwindelig.

Nageln, Feuer, Napalm, Nageln, Feuer, Napalm...

Meine Ohren beginnen zu pfeifen.

Nageln, Feuer, Napalm, Nageln, Feuer, Napalm...

Ich bin ein einziger Tinnitus, und es gibt nur noch einen Gedanken: Ich möchte eine Kakaostaude sein.

Mit letzter Kraft schleppe ich mich wieder nach innen, wo ich bereits erwartet werde. Die Profis haben mich allem

Anschein nach die ganze Zeit über durch die Scheibe be-
obachtet. Mein Mund versucht den Begriff KAKAO zu for-
men, doch meine geschwollene Zunge bringt lediglich die
letzte Silbe hervor und stößt ein brennendes AU aus.

»Kakao?«

Ich nicke.

Der Godfather höchstpersönlich schiebt mir die Kakaoflasche zu, zuckt entschuldigend mit den Schultern und
reicht mir die Tablette.

»Ich hatte dich gewarnt.«

»Ich weiß«, krächze ich.

Ich liebe es, Schulkind zu sein, und meine Hände kramp-
fen sich um die Kakaoflasche. Mit einem einzigen Zug verleibe ich mir den kompletten Inhalt ein. Der Godfather
schaut mich nicht gänzlich ohne Spott an und kann anscheinend Gedanken lesen.

»Noch einen Kakao?«

Ich nicke erneut, und eine weitere Flasche findet ihren
Weg zu mir. Auch die Tablette werfe ich nun ein, und wenig später geht sie mit dem Kakao in meinem Bauch eine
Allianz des Löschens ein. Der Fakir mitsamt seiner buck-
ligen Verwandtschaft verzieht sich nach und nach, und
selbst die Zunge bildet sich auf Normalgröße zurück.

»Ich hab's dir doch gesagt.«

»Ja, hast du.«

»Hat sie dir wenigstens geschmeckt?«

»Wer?«

»Na, die Wurst.«

»Ach die. Keine Ahnung. Hab nichts mehr geschmeckt.«

Die Anwesenden lächeln milde, aber nicht herablas-
send. Auch sie scheinen diese oder eine ähnliche Erfah-

rung irgendwann schon mal gemacht zu haben. Ich fühle mich ein wenig akzeptiert und aufgenommen. Sogar meine Atemwege sind für einen Moment etwas freier, vielleicht aber auch nur taub. Doch als ich die dritte Kakaoflasche geleert habe und mit Schluckauf und einer plötzlich auftretenden Luftröhrenenge reagiere, ahne ich Schreckliches: Zu allem Überfluss scheine ich jetzt auch noch allergisch auf Milchprodukte zu reagieren. Na toll!

20 Ein Kater im Schafspelz

Wie versprochen räumt die Currywurst nicht nur meine Atemwege frei, sondern verlustiert sich mit donnergrollendem Getöse auch in meinem Magen-Darm-Bereich. Und so pendle ich mit linienbusartiger Regelmäßigkeit zwischen Toilette und Wohnzimmer. Dort habe ich mein geballtes Handwerkerwissen um mich aufgereiht und passe Romeo Dinas Leinengeschirr an. Und wie ich bereits vermutet habe, passt es ihm tatsächlich beinahe wie angegossen. Er sieht zwar unfassbar scheiße darin aus, aber das ist völlig egal. Allerdings sehe ich, dass auf dem gesamten Leinenzeug kleine Edelweißapplikaturen angebracht wurden. Hätte ich mir bei Herrn Jablinski ja denken können. Andererseits kann ich schon froh sein, keine Hakenkreuze vorzufinden. Das Telefon klingelt, und ich nehme ab.

»Süßemilch.«

»Hi, Robert. Ich bin es, Peer.«

»Peer. Und, sag schon. Hast du was rausgefunden?«

»Ja. Es ist so, wie ich es vermutet habe.«

»Du meinst, dass es also nicht erlaubt ist?«

»Nein, dass deine Idee so dermaßen krank ist, dass es noch nicht einmal eine Verwaltungsvorschrift dazu gibt. Du brauchst also weder einen Behindertenausweis noch

irgendein anderes Formular. Du musst nur bei der Flug-
linie und der Reederei angeben, dass du ein Blindenführ-
tier dabeihast. Sonst nichts. Und es steht auch tatsächlich
nirgends, dass es sich zwangsläufig um einen Hund handeln muss.«

»Siehst du, es sind nicht alle so diskriminierend wie du.«

»Halt die Klappe, Robert.«

»Sorry.«

»Jedenfalls kann deine Katze sogar mit dir im Flieger sitzen. Du musst noch nicht mal dafür bezahlen.«

»Kater, du meinst der Kater kann neben mir im Flieger
sitzen.«

»Treib es nicht zu weit, Robert.«

»Schon gut. Auf jeden Fall ist das echt eine super Nach-
richt, Peer. Dann schicke ich denen jetzt gleich eine Mail
und melde uns an. «

»Mach das. Aber sag niemals, dass dir das jemand vom
Amt erzählt hat.«

»Natürlich nicht.«

»Du begibst dich da auf ganz dünnes Eis. Wenn irgend-
jemand was rauskriegt, bist du dran.«

»Ich passe auf.«

»Was sagt eigentlich Jana dazu?«

»Nichts. Sie weiß es nicht. Und sie darf es auch nicht erfahren. Wenn sie hört, dass ich mit dem Edelkater ihres
Chefs um die halbe Welt jette, bringt sie mich um.«

»Zu Recht.«

»Sie wird es nicht erfahren, sie ist gerade selbst in Asien.«

»Na ja, du musst selbst wissen, was du da machst. Ach ja,
noch was. Gib dem Kater vorher etwas zur Beruhigung, damit er den Flugstress gut verkraftet.«

»Mach ich. Dank dir, Peer.«

»Schon okay. Das ist echt das Verrückteste, was ich jemals gehört habe.«

Ich lege auf und lehne mich zurück. Dann gehe ich ins Bad und rühre eine neue Mischung lauwarmen Salzwassers für eine weitere Nasendusche an. Ja, verrückt ist diese Idee tatsächlich, aber was bleibt mir schon anderes übrig. Die Lauge rinnt mir diesmal mit etwas weniger Ekel durch die HNO-Gänge. Ich schaffe es sogar, dreißig Sekunden lang nicht zu würgen. Ich werde das Ganze jetzt durchziehen. Die Nasendusche, die Kreuzfahrt und meinen Kampf gegen diese verdammten Pollen und Allergien. Die Tür des Bads schiebt sich einen Spaltbreit auf, und Romeo schaut mich mit angelegtem Edelweißgeschirr und großen Augen an. Ich lächle und schaffe es mittlerweile sogar, einen Satz während des Naseneinlaufs zu sagen.

»Na, Romeo? Warst du schon mal auf den Bahamas?«

TEIL 3

Der blinde Passagier

Die Anreise

Trotz der frühen Stunde und der frischen Temperaturen schieben sich fünf pubertierende US-Boys von circa sechzehn Jahren mit Badelatschen und kurzen Hosen vor mir und Romeo in die Schlange des ersten Sicherheitschecks am Flughafen. Ich dagegen habe neben meiner neu erstandenen Sonnenbrille im Ray-Charles-Gedächtnislook einen klassischen Mantellook gewählt. Romeo hingegen trägt sein puffig-bayerisches Edelweißoutfit. Beim Packen war ich wenig wählerisch und habe die Bahamas-Standardvariante mit Badeshorts, Flipflops, Leinenhose und ein paar meiner Lieblings-American-Chief-Polohemden gewählt. Dazu noch die Nasendusche samt fünf Salzgranulatpäckchen für den Notfall. Die sollten mir zumindest über das Gröbste hinweghelfen. Außerdem habe ich mich dazu entschlossen, auf eine gelbe Blindenbinde mit schwarzen Punkten zu verzichten. Das war mir dann doch etwas zu dick aufgetragen. Und auch ohne Binde hat bisher alles bestens funktioniert. Die Fahrt in der S-Bahn ebenso wie der Check-in am Schalter. In einer Stadt, die Heinz Schenk und Goethe in einem Atemzug als ihre Idole nennt, scheint man anderes gewohnt zu sein.

Als Nächstes steht ein Sicherheitscheck an. Doch gerade

als ich mich durch den Scanner bewegen will, baut sich wie aus dem Nichts ein uniformierter Beamter in bedrohlicher Pose vor mir auf. Sein eisiger Blick wirkt so entwaffnend, dass ein Scanner unnötig scheint. Er hat mich mit geschultem Auge aus all den anderen Passagieren herausgefiltert.

Einfach weitergehen, Robert. Als ob du ihn nicht gesehen hättest, rede ich mir selbst Mut zu und erkenne, wie bescheuert gerade dieser Vergleich als Blinder ist.

»Entschuldigen Sie...« Der Beamte tippt mir auf die Schulter. Langsam drehe ich mich zu ihm um und schaue absichtlich einige Zentimeter an seinem Kopf vorbei, um meine Tarnung aufrecht zu halten.

»Ja? Bitte?«

»Wenn Sie bitte mal rechts aus der Reihe heraustreten würden.«

Verdammt. Hatte Peer doch recht? War ich zu naiv? Sollte meine Reise schon hier enden?

»Komm, Romeo.« Ich ziehe an der Leine und beiße mir sogleich auf die Unterlippe. Denn nicht ich darf sagen, wo es langgeht, sondern Romeo. Zumindest muss ich so tun als ob. Schweigend folge ich dem Beamten einige Meter in ein kleines Büro und reiche ihm dort meine Reiseunterlagen.

Hatschi! Der Beamte niest und schnieft dazu.

»Sie müssen entschuldigen, ich habe Heuschnupfen. Ist im Moment wieder ganz schlimm.«

»Kein Problem.«

»Sie fliegen nach Miami?«

Kurz überlege ich, ob dies schon eine Fangfrage sein könnte, finde aber keinen Anhaltspunkt dafür, weshalb Blinde nicht nach Florida fliegen sollten, und antworte wahrheitsgetreu und so blind wie möglich. Was in diesem Fall bedeutet, dass ich ihm während meiner Antwort die ganze Zeit über auf die Brust starre.

»Ja, nach Miami. Und von dort aus mit einem Schiff weiter durch die Karibik und Mittelamerika. Ich liebe das Rauschen der Wellen, wissen Sie?«

Er klappt meine Reiseunterlagen zu und legt sie zwischen uns auf die verkratzte Tischplatte. Ich bin mir sicher, dass dies ein Test ist. Könnte ich sehen, würde ich sogleich danach greifen und sie wieder einstecken. Also bleibe ich einfach stumm am Schreibtisch sitzen und warte auf die nächste Ansage.

»Aber Sie wissen doch sicherlich, dass das so nicht funktioniert...«

Okay, er hat mich.

Was hat mich verraten?

Mein Gang?

Romeo?

Leugnen nutzt nun jedenfalls auch nichts mehr. Das würde mich nur noch tiefer in die Sache reinreiten. Ich sacke in meinem Stuhl zusammen und seufze.

»Ja, ich weiß, aber ich dachte ... na ja, ich dachte, ich probiere es einfach mal.«

»Das verstehe ich. Aber trotzdem kann ich das nicht zulassen.«

»Natürlich nicht. Ich verstehe schon.«

Peer hatte mich gewarnt, dass ich Ärger bekommen würde. Ängstlich frage ich nach dem weiteren Vorgehen. »Und jetzt? Wie verfahren wir weiter?«

»Nun, ich übergebe Sie an die Kollegen. Also, kommen Sie einfach mit.«

Der Beamte nimmt auf einer Art Golfwagen Platz, der mich sicher auf die Flughafenwache bringen wird. Romeo setzt sich in den Fußraum vor mir, und der Beamte funkt einen Kollegen an. Ich versteh nur die Worte: »Ich bringe ihn nun zu euch, bereitet alles vor.« Dann fahren wir los. Etwa fünf Minuten vergehen, bis wir vor zwei weiteren Kollegen stoppen, die bereits auf uns gewartet haben.

»Herr Süßemilch, das ist Herr Meyer und Frau Pohlers. Die beiden werden Sie nun rüberbringen.«

»Rüber?«

»Ja. Rüber zum Terminal zwei. Sie wissen doch, dass die ganzen Rolltreppen und insbesondere die Sky-Bahn für blinde Passagiere ungeeignet sind. Die Kollegen des Bundesgrenzschutzes werden Sie deshalb mit einem Shuttle direkt bis zum Gate bringen.«

Zunächst verstehe ich nicht ganz. Erst dann wird mir klar, dass ich hier nicht abgeführt, sondern überführt werde. Und zwar via Shuttle zum Terminal zwei, von dem aus mein Flug starten wird. Special Service für blinde Reisende. Erleichtert fixiere ich wieder die Brust des netten Beamten.

»Okay, vielen Dank. Und entschuldigen Sie nochmals, dass ich Ihnen diese Umstände bereitet habe.«

»Kein Problem, aber sagen Sie demnächst vorher am Check-in-Schalter Bescheid, dann sparen Sie sich den Weg durch den normalen Security-Check und uns ein wenig Arbeit. Guten Flug, Herr Süßemilch.«

»Danke. Den werde ich nun sicherlich haben.«

Nach dem persönlichen Sicherheitscheck werden Romeo und ich mit dem Elektrowagen direkt zum Gate chauffiert. Dort soll mich eine weitere Mitarbeiterin in Empfang nehmen und noch vor allen anderen Passagieren in den Flieger bringen. Am überfüllten Gate angekommen erkenne ich zunächst die Gruppe vom Stamm der US-Kurzhosenindianer, die eine der wenigen Sitzecken okkupiert hat und lautstark vor sich hin pubertiert. Ich gehe zum entgegengesetzten Ende des Wartebereichs, wo ich zwischen einer Apfelsinenschale und drei gebrauchten Tempotaschentüchern noch einen halbwegs brauchbaren Platz ergattere. Allerdings nervt mich hier eine holländische Familie, deren Kinder unaufhörlich zwischen den Beinen der anderen Passagiere umherrennen, kriechen oder sich schlangenartig am Boden fortbewegen. Irgendwie hab ich es einfach nicht so mit Kindern. Zum Glück steht Janas Kinderwunsch deutlich einen Rang hinter ihrem Ehrgeiz, in der Bank voranzukommen. Ich halte es daher mit dem Frankfurter Travestiestar Bäppi La Belle, die zu diesem Thema sagt: »Ich habe nichts gegen Kinder … jedenfalls nichts Wirksames.«

Rumms. Wieder ein Schlag gegen mein Knie. Die holländischen Kinder spielen zwischen den Sitzreihen und meinen Beinen eine aggressiv-niederländische Variante von Fangen. Der Junge hat einen ahoibrausebunten Pullover mit dem Schriftzug *De Leeuwenkoning* und dem dazugehörigen Bild von Junglöwe Simba, Erdmännchen Timon und Savannenkeiler Pumba an. Die *Schwester* der wandelnden Disneywerbetrommel trägt keinerlei Zeichentrickfiguren auf ihrer Kleidung, jedoch eine unglaublich hässliche Brille. Hierbei ist eines der Gläser abgeklebt worden, um ihren schielenden Blick zu korrigieren. Man müsste ihr vielleicht auch noch das andere Auge zukleben. Das würde es für mich deutlich interessanter machen, ihr Fangspiel zu beobachten.

Des Weiteren erregt ein japanisches Ehepaar meine Aufmerksamkeit. Wie gut ein Dutzend weiterer Passagiere verdrehe ich hinter meiner dunklen Brille die Augen, während das leicht androgyn wirkende Ehepaar nervös durch die Reihen hasardiert. Alles in ein sehr nettes Glückskeks-Lächeln getüncht, aber dennoch wahnsinnig nervend. Denn der männlicher wirkende Teil der beiden zwängt sich nun bereits zum dritten Mal durch die Menschenmenge zum Schalter. Dort fragt er ebenfalls zum dritten Mal, ob er denn jetzt mit Boarden dran sei, und die Airline-Mitarbeiterin antwortet zum dritten Mal mit: »NEIN!« Schon die beiden Male zuvor hat sie ihm erklärt, dass von hinten nach vorn und nicht von Penetranz nach Höflichkeit geboardet werde. Er nickt und lächelt sich durch die Menschentraube zurück zu seinem Ehe-Neutrum. Dabei zeigt seine Miene für alle sichtbar, dass er das Prinzip immer noch nicht begriffen hat. Kurz darauf übermittelt er seiner Frau die Botschaft, die dies wiederum nur mit noch hektischerem Nicken quittiert. Dabei wackelt auf ihrem Kopf das unumstößliche Indiz einer jeden asiatischen Frau auf Reisen: der Stoffhut.

Dieser wurde formschön durch ein weißes Band am spitzen Kinn fixiert, denn der Kopfschmuck könnte ja der Lotusblüte bei einem plötzlich auftretenden Hurrikan mitten im Terminal 2, Gate 22, von der Birne geweht werden. So eine tückische Windhose tritt schließlich gerne mal in geschlossenen Räumen auf. Allerdings beruhigt mich das seltsame Verhalten meiner Mitreisenden auch wieder ein wenig. Denn so falle ich mit meinem Kater an der Leine gar nicht mehr auf und bin vielleicht doch nicht der seltsamste Fluggast, der heute in seinen Urlaub aufbricht.

Spanien im Schritt

Im Flieger haben Romeo und ich einen Platz mit Beinfrei-
heit erhalten. Eine Art Behinderten-Upgrade auf meine
vorab gesendete Info-Mail. So findet der Reisebehälter
samt Katerinhalt nun bequem zu meinen Füßen Platz.
Kapitän Jan-Christoph Hansen begrüßt uns nach dem er-
folgreichen Startvorgang mit der gewohnt schnoddrig-
nuscheligen Ansage, wie alle Flugkapitäne es zu tun pflegen. Da ich sowieso schon den Blinden mime, konzentriere
ich mich mit geschlossenen Augen auf seine Stimme und
versuche seine Worte zu entschlüsseln.

»Sehr verehr... nuschel, nuschel... und Herren nuschel,
nuschel... Kapitän Jan-Christoph Hansen... nuschel, nuschel... auf dem Lufthansaflug 481 von Frankfurt nach
Miami... nuschel, nuschel... die voraussichtliche Flugzeit be-
trägt... nuschel, nuschel... Stunden... nuschel, nuschel...
achttausend Meter Flughöhe... nuschel, nuschel... und
einen angenehmen Flug.«

Im Anschluss gibt Lord Nuschel seine Infos noch auf
Englisch preis, wobei ich hierbei energisch bezweifle, ob es
sich überhaupt um eine humanoide Sprache handelt oder
Aliens bereits das Cockpit gestürmt haben und uns von
ihrer neuen Flugroute unterrichten.

Hatschi!

Diese verdammten Katzenhaare. Aber dennoch: Dank einer Beruhigungstablette sind sowohl Romeo wie auch ich relativ entspannt. Kein rolliges Schreien oder panisches Kratzen. Nichts. Und ich rede immer noch von uns beiden. Obwohl ich auf Romeos Anwesenheit natürlich mit Niesen und Schnäuzen reagiere. Dagegen reicht mir eine der ebenso attraktiven wie fürsorglichen Flugbegleiterinnen in regelmäßigen Abständen ein feuchtes Tuch, das ich mir auf meine stets geschwollenen Augen lege. Der Flug selbst verläuft wie die meisten meiner Flüge: Ich kann nicht schlafen. Stattdessen nerve ich meine Mitreisenden mit zyklischen Niesattacken. Wenigstens schützt mich mein Behindertenstatus vor allzu schlimmen Anfeindungen.

Hatschi!

Nach zwei Stunden Flugzeit, einem von mir in größtmöglicher Blindheit geschauten Film mit Jessica Alba in erotischer Höchstform sowie einer daraus resultierenden schmerzhaften Dauererektion kommt der für mich kritischste Punkt auf jedem Flug: die Essensausgabe. Allein wenn ich den Wagen mit den Chicken-Beef-Speisen nur rieche, wird mir so übel, dass ich nichts mehr runterbekomme. Da ich aber für die nächsten zehn Stunden unbedingt etwas zu mir nehmen muss, bestelle ich einen kleinen Bio-Sprossensalat und Kamillentee.

»So, bitte sehr, der Herr. Ihr Kamillentee«, sagt die Flugbegleiterin, und ich bemerke, dass sie eine gewisse Ähnlichkeit mit Jessica Alba hat. »Vorsichtig, er ist sehr heiß. Ich reiche Ihnen die Tasse an.«

»Danke«, antworte ich und treibe meine Blindenrolle beinahe bis zur Perfektion, indem ich mit Absicht zunächst knapp neben die mir gereichte Tasse greife. Dabei schaue ich am Gesicht der netten Flugbegleiterin vorbei und fixiere den knackigen Po von Deutschlands Antwort auf Jessica Alba. Auch hier zeigen sich erstaunlich beeindruckende Parallelen. Frau Alba, die sich auf ihrem Namensschild als Judith Möllmann herausstellt, drückt mir währenddessen das Heißgetränk in die Hand.

Und wie sie das tut.

Wie ein Black-Angus-Rind auf den endlosen Weiten Texas bekomme ich meine glühende Marke tief ins Fleisch gebrannt. Durch die plötzlich auftretende Hitzeentwicklung in meiner Handfläche zucke ich vor Schmerz zurück.

»Au.«

Ich lasse den Becher fallen, und der Tee ergießt sich umgehend über meine Jeans und die darunter empfindlich angeschwollenen Körperteile. Und *das* ist noch schmerzhafter.

»Au!«

»O Gott, entschuldigen Sie.« Die junge Jessica-Alba-Imitation tritt einen Schritt zurück und winkt hektisch nach ihren Kolleginnen. Sofort eilen zwei weitere Flugbegleiterinnen mit Servietten und Tüchern herbei, um mir zu helfen. Auch die Fluggäste in den beiden Reihen hinter mir sind geschlossen aufgesprungen, um zu sehen, was denn dem blinden Mann passiert ist. Na toll, unauffälliger geht es ja kaum noch. Ein großzügiger dunkler Fleck in den Umrissen Spaniens zeichnet sich derweil in meinem Schritt ab, und sechs manikürte Frauenhände wollen ihn trocken reiben. Die drei Stewardessen haben bereits vor mir Stellung bezogen und mir einen Stoß Servietten auf den Oberschenkel gelegt. Alles geht so schnell, dass ich kaum mitkomme.

Noch während ich meine Gedanken sortiere, nähern sich sechs Hände meinem feuchten Schoß.

Heißer Tee, denke ich.

Verbrüht.

Schmerz.

Resterektion.

Sechs Hände.

Ein Jessica-Alba-Double in Lufthansa-Uniform.

Servietten.

Rubbeln im Schritt.

Erhöhte Durchblutung von Schwellkörpern im Leistenbereich.

»Stopp!«, rufe ich hastig aus und halte dazu meine beiden Hände schützend über meine Brühwurst, als stünde ich in der Abwehrmauer eines Freistoßes von Basti Schweinsteiger. »Ich, äh ... ich erledige das selbst.«

»Aber geht das denn?«, fragt Frau Möllmann. »Sie sind doch ... also, ich meine ja nur ... wir helfen Ihnen gerne.«

Kurz überlege ich noch, ob ich nach dem Start vielleicht eingeschlafen bin und das Ganze nur ein feuchter erotischer Traum ist. Das Szenario, dass drei hübsche Stewardessen mir anbieten, in meinem Schritt zu reiben, kenne ich nicht mal aus der Erwachsenenabteilung meiner Videothek.

»Nein, nicht nötig. Mir passiert das öfter«, lüge ich. »Es ist alles gut. Ich möchte das gerne ohne Ihre Hilfe erledigen.«

Und auch das ist eine Lüge.

»Wenn Sie meinen.« Die Damen scheinen genauso enttäuscht wie ich und wie der fettleibige Herr am Gangplatz eine Reihe hinter uns. »Dann lege ich Ihnen die Servietten auf den Klapptisch vor Ihnen, okay?«

»Danke.«

Nachdem sich die Chance meines Lebens wieder ver-
flüchtigt hat, versuche ich, die iberische Halbinsel mithilfe
der Servietten aus meiner Hose zu rubbeln, was gar nicht
so leicht ist, wenn man nicht hinschauen darf. Zu meiner
Enttäuschung muss ich feststellen, dass ich nicht einmal
das nördliche Baskenland trockenlegen kann, und gebe bereits nach einer Viertelstunde die Rettung Spaniens auf.
Wenigstens ist die Erektion abgeklungen, und auch die
restlichen Passagiere kümmern sich wieder um ihre eigenen Sachen. Auch ich versuche, ein Restmaß an Normali-
tät zu heucheln, und widme mich meiner überschaubaren
Speise. Doch der Bio-Sprossensalat schmeckt genauso, wie
er sich anhört. Und selbst mit dem ungewollten Kamillen-
teedressing entfacht er an meinen Geschmacksknospen
ein ähnliches Freudenfest wie der herzhafte Biss in eine
Waldlichtung. Außerdem muss ich seit heute Morgen auf
Toilette, kam aber wegen der ganzen Aufregung und der
Shuttleservice-Problematik bis jetzt nicht dazu.

Nun könnte ich zwar, will aber nicht, da mein Schritt
aussieht, als ob ich an akuter Blasenschwäche leide und
mich bereits vorab entleert habe. Ich mache mich doch
nicht zum Gespött des Fliegers. Also verharre ich in bud-
dhistischem Gleichmut und konzentriere mich stattdessen auf ein Kinder-Hörspiel auf dem Audiokanal. Noch vier
Stunden bis Miami und freier Atemluft. Das halte ich nun
auch noch aus. Solange ich keinen Tee mehr bestelle und
keine Filme mit Sexbomben anschaue.

23 Der Friedenstifter

An den Einreiseschaltern der US-Behörde bilden sich lange Schlangen. Schon von Weitem kann man das typische Prozedere verfolgen.

Fragen nach dem Grund der Einreise.

Linker Zeigefinger auf den Scanner.

Rechter Zeigefinger auf den Scanner.

In die Kamera schauen.

Foto machen.

Weitergehen.

Und bei alldem gibt es eine einzige Priorität zu beachten: Um nichts in der Welt auffallen oder blöde Antworten geben. Sonst sitzt man schneller wieder im Flieger nach Deutschland, als man denkt. Wenn mir in Frankfurt am Flughafen mein Bluff mit der Blindheit schon Schweißperlen einbrachte, so bin ich jetzt ein einziges Nervenbündel. Und genau das zieht auch die Aufmerksamkeit eines Beamten auf sich, der durch die Reihen der Wartenden streift und ab und an einen aus der Schlange pickt. Ich kann förmlich riechen, wie er meinen Angstschweiß wittert und spürt, dass mit mir irgendetwas nicht stimmt. Er ist nur vier Meter entfernt. Zwei Reihen vor mir zieht er eine junge Dame mit Baseballkappe aus der Schlange und deutet einem Kollegen an, sie mit in ein Büro zu nehmen. Jetzt trennen uns nur noch zwei Meter. Er kommt mir gefährlich nahe. Hinter seiner verspiegelten Sonnenbrille nickt er dem Mann vor mir zu, dann wandert sein Blick zu Romeo und schließlich zu mir. Obwohl unsere Brillen so dunkel sind, dass man von außen kaum etwas sieht, spüre ich, wie er mich fixiert. Er schiebt seine Brille etwas tiefer und gibt so seine stechenden Augen frei. Dann drückt er sie nach oben, geht weiter, und ich atme auf. Doch zwei Sekunden darauf ruft er einem breitschultrigen Kollegen etwas zu. Dieser nickt und kommt schnurstracks auf mich zu. – Zu früh gefreut.

»Sir.« Der Mann tippt mir auf die Schulter. »Please follow me.«

Mein Englisch kann man bestenfalls als durchschnittlich bezeichnen. Dennoch ist mir klar, dass ich ihm folgen soll und dies endgültig das Ende aller Pläne bedeuten könnte.

Wir betreten ein kleines Büro, in dem mir der afroamerikanische Muskelberg zu verstehen gibt, dass ich mich trotz meiner Behinderung leider einem Sicherheitscheck unterziehen muss. Er beginnt, meinen Koffer zu filzen. Wenn es dabei bleibt, habe ich ja nichts dagegen. Ich habe schließlich nichts zu verbergen. Außer mir selbst. Im Seitenfach des Koffers stößt er auf meinen Kulturbeutel und legt etwas daraus auf den Tisch, das zugegebenermaßen für Irritation sorgen kann: die Nasendusche.

Und was noch viel schlimmer ist: fünf kleine Tütchen mit einem weißen granulatartigen Pulver. Eines davon reißt er auf und schüttet den Inhalt auf den Tisch vor uns.

»What's that?«, fragt er und deutet mit Furcht einflößender Geste auf die kokainähnliche Substanz. Vorsichtig taste ich nach der Nasendusche und den Päckchen und nicke. Gleichzeitig suche ich nach einer Erklärung sowie den passenden Vokabeln für *Nasendusche* und *Meersalzspülung*. Ich finde keine und antworte stattdessen in th-freiem Englisch.

»This is for the nose.«

»Oh, really?«

Okay, blöde Idee und eher kontraproduktiv. Ich versuche zu retten, was noch zu retten ist.

»No, not what you think. No drugs. It's a nose shower.«

»A what?«

»A nose shower. A shower for the nose.«

Ich imitiere einen Brausekopf, indem ich mit einer Hand über dem Kopf kreise.

»Are you kidding me?«

Der Muskelberg wird langsam ungehalten. Er denkt, ich würde ihn verarschen. Ich muss etwas unternehmen.

»No. This is the truth. I have problems with my nose. And this is salt. It helps me to breath.«

Schon erstaunlich, wie ich mit meinem th-freien Schulenglisch all diese Vokabeln hervorzaubere.

»Show me.«

Will er wirklich, dass ich ihm das vorführe?

Doch der Muskelberg wiederholt seine Forderung. »Show me, how it works.«

Ich unternehme einen letzten Abwehrversuch.

»But ... but I need some water.«

»No problem.«

Er ruft einen weiteren Kollegen. Dieser bringt nicht nur ein Glas Wasser, sondern auch noch zwei weitere Kollegen aus dem Nachbarbüro, die sich dieses Schauspiel nicht entgehen lassen wollen. Die herbeigeeilten Kollegen wiederum rufen im Nebenbüro an, woher kurz darauf drei weitere Uniformierte durch die Tür treten und eine Art Stuhlkreis um mich bilden. Und so stehe ich nun im Büro der Einwanderungsbehörde und führe der Border Control die Einzigartigkeit einer Nasendusche vor. Ich löse den mysteriösen Inhalt eines Granulatpäckchens in der Nasendusche auf und bitte wie einst David Copperfield einen der Beamten, den Inhalt zu überprüfen. Dazu hält dieser einen kleinen Papierstreifen ins Wasser und schüttelt für alle sichtbar den Kopf.

»No cocain.«

Allerdings scheint der negative Drogentest die Anwesenden nur noch am Rande zu interessieren. Was sind schon Drogenschmuggler gegen einen blinden Europäer mit Führkatze, der sich eine Salzlauge durch den Schädel laufen lassen möchte? In der Ecke des Büros entdecke ich ein Waschbecken. Also frage ich blindengerecht, ob sich ein solches im Raum befindet. Man führt mich dorthin. Der gesamte Stuhlkreis folgt mir und reiht sich erwartungsfroh um das Becken. Dann beginnt die Vorführung. Ich setze das Ausflussventil an mein linkes Nasenloch, drücke den Hebel, öffne den Mund und warte zwei, drei Sekunden. Ein imaginärer Trommelwirbel setzt ein, und die Beamten starren mit weit aufgerissenen Augen auf mein rechtes Nasenloch.

»I can't see anything«, beschwert sich einer der Cops, worauf er von seinem Sitznachbarn angeherrscht wird, etwas geduldiger zu sein. Und dann geschieht es. Unter lautem Jubel tritt die Salzlösung wie von Geisterhand auf der anderen Nasenseite wieder aus. Die Stille wird durch Gegröle und schrilles Lachen gebrochen. Vereinzelt wird mir sogar

Beifall gespendet, was jedoch nur noch mehr Beamte in das Büro lockt. Nachdem der Behälter zur Hälfte entleert ist, biete ich dem Muskelberg an, es selbst einmal zu probieren, was insbesondere bei seinen Kollegen auf breite Zustimmung stößt. Ich erkläre ihm in einem Crash-Kurs die wichtigsten Regeln des Nasenduschens. Kurz darauf findet sich das Ventil an einem afroamerikanischen Nasenloch wieder und tut auch hier verlässlich seinen Dienst. Die komplette Einreisebehörde Südfloridas droht vor Begeisterung auszurasten, als die Brühe auch bei ihm vom anderen Nasenloch ins Becken abfließt. Es folgen drei weitere Kollegen, zwei Salzpäckchen sowie ein gemeinsames Gruppenfoto mit meinen neuen Freunden der South Florida Border Control. Meine Angst ist verflogen, hier interessiert sich niemand mehr für meine Einreise. Schließlich schenkt mir der Muskelberg sogar noch ein Abzeichen, das mich zu einer Art Ehrenmitglied der Einwanderungsbehörde macht. Im Anschluss begleitet man Romeo und mich mit einem Sondershuttle, der sonst nur für hohe Regierungsmitglieder bestimmt ist, vorbei an holländischen Familien und asiatischen Sonnenhüten, direkt in die Ankunftshalle.

Kaum zu glauben. Eine ordentliche Nasendusche verbindet die Völker dieser Erde mehr als jede UNO-Friedenskonferenz. Anstatt sich auf Schlachtfeldern zu bekriegen, sollte die US-Army Hunderttausende dieser Nasenduschen über Afghanistan, Syrien oder dem Irak abwerfen. Dann könnte man den anderen vielleicht endlich besser riechen und sich die Sache mit den Bomben und Attentaten einfach schenken.

24
Eiszeit in Südflorida

Trotz der zeitraubenden Salzwasserfestspiele im Büro der Einwanderungsbehörde bin ich der Erste am Kofferband. Mit Romeo an der Leine warte ich anschließend sogar noch eine geschlagene halbe Stunde, bis die anderen Passagiere meines Fliegers endlich die Einreiseformalitäten erledigt haben und langsam am Schalter der Reederei eintrudeln. Von dort soll uns ein Shuttlebus zum Hafen bringen. So erfahre ich auch, wer alles aus dem Flieger mit von der Partie ist, nämlich fast alle: die viel zu laute Amigruppe, das androgyne Asiapaar, das nach der Landung am Kofferband erneut lächelnd nach Orientierung suchte, und auch meine niederländische Familie. Außerdem ignoriert sich seit der Landung ein deutsches Ehepaar neben dem Kofferband mit erstaunlicher Beharrlichkeit. Ja, auch nonverbale Kommunikation kann für nebenstehende Personen zu laut sein. Ohne ein einziges Wort zu wechseln, keifen und streiten sich die beiden aufs Übelste. Ich bin mir sicher, dass sie sich gerade die schlimmsten Schimpfwörter an den Kopf werfen, wenn man nur den LAUTER-Knopf finden würde. So verletzend können sich nur deutsche Ehepaare ignorieren. Als das Signal zum Aufbruch erfolgt, schiebt sich die Gruppe gemeinschaftlich zum Ausgang. Schon kommt ein

Flughafenmitarbeiter auf mich zu und kümmert sich aufopferungsvoll um meine Koffer und um Romeo. Hier scheint niemand wirklich davon überrascht, dass ein Blinder mit seinem Kater als Führhundersatz durch den Flughafen spaziert. Sind es in Frankfurt Goethe und Heinz Schenk, ist man in Miami wohl durch die vielen Hollywoodstars anderes gewohnt. Dennoch erleichtere ich mein schlechtes Gewissen mit einem üppigen Trinkgeld, was den Kofferträger dazu verleitet, mir die Koffer auch noch in den Bus zu wuchten. Ich stolpere mit meiner dunklen Sonnenbrille hinter ihm her und bekomme beim Verlassen des Terminals erst mal so mächtig eine geschossen, dass ich kurz innehalten muss.

Du lieber Himmel, was ist das denn? Herzschlag? Atemstillstand? Anaphylaktischer Schock? Dann begreife ich, was es ist: das Wetter. Oder besser gesagt, die abartig hohe Luftfeuchtigkeit. Bereits nach dreieinhalb Schritten gelange ich an meine Transpirationsgrenze, und meine Poren schaffen es innerhalb weniger Sekunden, mehr Schweiß zu befördern als eine russische Pipeline Öl durch die Ostsee. Die Luftfeuchtigkeit ist so extrem, dass ich überlege, meinen Durst durch Schnappatmung zu stillen. Doch nicht nur ich scheine von dem Temperatur- und Luftfeuchtigkeitsgefälle zwischen Ankunftshalle und Außenbereich überrascht zu sein. Auch für eine wohlbeleibte amerikanische Rentnerin, die nun erst zu uns stößt, findet die Reise beinahe schon hier ihr Ende, da sie an den Stufen zum Bus zu scheitern droht. Nur dem beherzten Zugreifen von drei gestandenen Flughafenmitarbeitern ist es zu verdanken, dass sie das Schiff nicht nur von Fotos ihres mitreisenden Mannes kennenlernen wird. Mit letzter Kraft ächzt sie ins Innere des Busses, der daraufhin mit einem Knarzen in die Knie geht. Es folgen die anderen Freaks der Reisegruppe.

Kaum haben wir Platz genommen, startet auch schon der Motor mit einem beunruhigenden Pfeifton. Doch unerklärlicherweise fahren wir nicht los, und es dauert einen Moment, bis ich merke, dass das pfeifende Geräusch nicht vom Busmotor kommt, sondern auf das Konto der fettleibigen Ami-Oma geht, die zwei Reihen vor mir in eine Doppelbank gedriftet ist und vor lauter Anstrengung ihre Lungenflügel freiröchelt. Die zwei Stufen des Busses waren einfach zu viel für sie. Mit aller Macht versucht sie, sich nun aus ihrem Sauerstoffdefizit herauszuhecheln, und rutscht dazu immer tiefer ins Kunstleder der Sitzbank. Dabei nimmt sie den Gesichtsausdruck einer frisch geangelten Makrele an, die gerade an Land gezogen wurde und darauf wartet, den Todesschlag versetzt zu bekommen. Ich bete, dass sich ihr Kreislauf stabilisieren möge, da ich nicht Augenzeuge ihrer Reanimation sein möchte. Zum Glück springt wie auf Abruf der echte Busmotor samt Lüftung an und übertönt das Pfeifen der fetten Makrele in Reihe zwei. Petri Dank!

Doch zu früh gefreut, Robert. Denn mit dem Anlassen des Motors und dessen Lüftung springt automatisch auch die Klimaanlage an. Und wie! Wie ein Wrestler vom oberen Seil springt sie mir mit brachialer Gewalt entgegen und schleudert mich unbarmherzig zurück in meinen Sitz. Gefühlt fällt das Thermometer binnen Sekunden von achthundert Grad Celsius auf muggelige Eiszeit. Nicht nur, dass man nun auf meiner todschicken Ray-Ban-Blindenbrille Schlittschuh laufen könnte, ich glaube darüber hinaus, sogar Eisblumen auf meinem Augapfel wahrzunehmen. Leider kann ich aufgrund der Kältestarre weder meinen Arm heben noch jemanden anderen bitten, mit einem Eiskratzer den Frost von meiner Iris zu schaben. So verharre ich bewegungslos in meiner Position und warte auf die Schmelze. Es dauert vier Blocks, bis mein Organismus und ich uns wieder zu einem gemeinsamen Körper verbinden. Augenscheinlich mag man es etwas schattiger in den Vereinigten Staaten von Amerika. Auch die anderen europäischen Fahrgäste haben eine schweigende Ötzihaltung eingenommen. Höchst besorgt kontrolliere ich Romeos Atmung, indem ich ihm die Hand auf den Bauch lege. Er lebt, und zum ersten Mal beneide ich ihn um sein Fell. Für einen kurzen Moment schießt mir ein Gedanke durch den Kopf: Wenn ich nicht so überaus feinfühlig auf sein Haarkleid reagieren würde, wäre er eine echte Schal-Alternative.

Nach und nach nähern wir uns dem Hafenbecken von Miami. Vorbei am bunten Treiben von Southbeach, an dessen Strandpromenade alles noch viel unwirklicher aussieht als im Katalog, und vorbei am Meer. Ja, Meer. Mein Meer. Meine biologische Lungenmaschine. Sobald ich an Bord bin, werde ich einige Runden an Deck drehen. Mir die Atemwege vollsaugen, bis ich vor lauter pollenfreiem Sauerstoff besoffen bin.

Nach dreißigminütiger Fahrt passieren wir letztlich das Tor des Hafens und halten direkt vor einer weißen Wand. Als ich hinter der schnaubenden Lady aus dem Bus steige, erkenne ich, dass die weiße Wand gar keine Wand ist.

Es ist das Schiff.

Es ist riesig.

Vielleicht sogar etwas zu mächtig für mich. Transportmittel, deren Ende ich nicht ausmachen kann, wenn ich davorstehe, machen mir irgendwie Angst. Und das geht schon bei den gestretchten Nahverkehrslinienbussen der VGF zwischen Konstablerwache und Hauptfriedhof los.

Ich muss mich zusammenreißen, nicht ständig zu gaffen, da ich es ja eigentlich gar nicht sehe. Bin ja blind. Dennoch werde ich trotz aller physikalisch erklärbaren Gesetze nie verstehen, warum so viele Tonnen Stahl nicht doch einfach wie ein Stein absaufen. Alle Versprechungen und Beteuerungen à la: *Da kann nichts passieren*, können mich hier nur wenig besänftigen. Schließlich gab es da doch schon einmal so ein Schiff, das niemals sinken würde und anschließend Kate Winslet beinahe zum Verhängnis wurde. Und eine Trillerpfeife habe ich auch nicht dabei. Mist. Vorsichtshalber prüfe ich daher, wie viel Rettungsboote von Land aus erkennbar sind. Es sind einige. Na dann …

25
Amerikanische Handwerkskunst

Ich stinke nach einer Mischung aus Kerosin, Flugangstschweiß und Kamillentee. Alles, was ich will, ist eine Dusche und frische Klamotten. Nach der Passkontrolle im Hafengebäude und dem problemlosen Einchecken irre ich nun durch den Bauch des Schiffs. Das ist als gesunder Mensch schon kaum zu schaffen, als Teilzeitblinder mit abgedunkelter Sonnenbrille und einem Kater im Schlepptau geradezu unmöglich. Doch auch hier naht Rettung. Einer der ständig gut gelaunten Mitarbeiter erbarmt sich meiner und hakt sich sofort bei mir ein, um mich einige Meter weiter in einen Rollstuhl zu drücken. So eine Blindheit schafft auch ungewollte Nähe. Ich werde durch die engen Gänge bis zu meiner Innenkabine geschoben. Und hier erwarte ich auch kein Upgrade. Wäre für einen Blinden wohl auch ziemlich bescheuert: eine Außenkabine mit herrlichem Panoramablick.

Schließlich findet mein Anschieber das in grellem Pink gehaltene Continentaldeck. Wenn ich nicht schon blind wäre, hier würde ich es spätestens werden.

Meine Kabine ist dankenswerterweise nicht ganz so farbenfroh gehalten. Ich steige aus dem Rollstuhl und verabschiede den Kabinensteward mit einem Trinkgeld. Wie er mir mitteilt, soll auch mein restliches Gepäck umgehend bei mir landen. Das hoffe ich sehr. Für mich und alle weiteren Passagiere. Denn meine Ausdünstungen haben die olfaktorische Bandbreite eines Pumakäfigs angenommen.

Ich lasse Romeo von der Leine und nehme zum ersten Mal seit heute Morgen meine Sonnenbrille ab. Das Licht brennt wie Feuer in den Augen, und nur langsam kann ich alles erkennen. Die Kabine ist funktional und erstaunlich geschmackvoll eingerichtet. Das konnte man ob der Farbauswahl der von mir gerade erkundeten Regenbogenfarbendecks nicht vermuten. Ein mittelfloriger Teppich dient als Auslegeware im kompletten Kabinenbereich. Außer in der Nasszelle. Selten zuvor war ein Begriff treffender als hier: Nasszelle!

Ein weißer Raum, der allem Anschein nach aus einer einzigen Kunststoffhaut gepresst wurde und nicht eine einzige Naht aufweist. Ein Wunderwerk der PVC-Welt, das jedem Hypochonder ein wohliges Gefühl der Keimfreiheit vermittelt. Und auch die surrenden Neonlichter an der Decke sind mehr als nur Tageslichtersatz. Vielmehr schätze ich, dass man bei einem Duschvorgang besser einen UV-Schutzfaktor von mindestens 25 auflegen sollte, um schmerzhafte Verbrennungen im Schulter-Nacken-Bereich zu vermeiden. Meine Blase ist nach Flug und Busfahrt mittlerweile zum Bersten gespannt, und ich lasse mich auf der steril wirkenden Klobrille nieder. Welch ein befreiendes Gefühl. Ein Orgasmus kann wie eine Silvesterrakete sein. Eine Blasenentleerung hingegen wie ein Millenniumfeuerwerk.

Sichtlich entspannt drücke ich den Abzug. Keine gute Idee. Denn ich begehe den Fehler, während des Spül- oder besser gesagt Saugvorgangs sitzen zu bleiben. Und hier stellt sich die Unterdrucktoilette als wahres Highlight des Sanitärbereichs heraus. Ich kenne geräuschintensive Fäkalienbeseitigungsanlagen bereits von Fliegern und der Deutschen Bahn, was ich jedoch hier erlebe, schlägt alle Rekorde: Was sich hier mit voller Saugkraft unter meinem primären Geschlechtsorgan abspielt, löst eine Art Blutschock aus und wird sicherlich noch unabsehbare Spätfolgen für meine Familienplanung nach sich ziehen. Selbst Romeo verdrückt sich vor Schreck über den plötzlichen Lärm sofort aus dem Bad und lässt mich allein zurück. Verräter.

Durch meine eingenommene Sitzposition und der ebenfalls für Amerika typischen zu kleinen Toilettenbrille schließe ich die Kloschüssel nahezu plan ab. Bei der laxen Betätigung der Druckspültaste spüre ich, wie mein kompletter Unterleib angesaugt wird, und ich schlagartig eine vakuumbedingte Symbiose mit der PVC-Klobrille eingehe. Mein Glied zieht sich dermaßen lang, dass die Blutgefäße der Peniswurzel schmerzhaft gezerrt werden. Mein *Gemächt* schaut in das dunkle, laut aufschreiende Loch, das sich unter ihm auftut. Eine Szene, die man nur noch mit Herrn Frodos aufopferndem Kampf gegen das schwarze Auge Saurons vergleichen kann. Ebenso tapfer kämpft auch mein kleiner Frodo mitsamt seinem Beutling gegen das sicher geglaubte Ende seines Daseins. Doch genau in dem Moment, als ich gerade in Gedanken meinen Frieden mit meinem weiteren Leben als Eunuch mache, geschieht es.

Stille.

Absolute Stille.

Eine Stille, wie sie sonst nur inmitten des Auges eines tropischen Wirbelsturms erlebbar ist.

Gefolgt von himmlischer Leichtigkeit.

Eine geradezu postkoitale Stille, in der die Zeit für einen kurzen Moment anzuhalten scheint.

Ich lebe.

Und was mindestens genauso wichtig ist: Er lebt! Wenn auch mit einer Todeserfahrung mehr im Gepäck. Das ist also das Land der unbegrenzten Möglichkeiten, in dem selbst ein schlichter Toilettengang schnell zur Guantanamo-Foltermethode ausufern kann. Fast verächtlich begrüßt mich ein Schild an der Tür, auf dem in vier verschiedenen Sprachen zu lesen ist: Willkommen an Bord.

This is your captain speaking

Nach dem Abenteuer »Erlebnistoilette« würde ich nun gerne meinen Koffer auspacken und mich umziehen, wenn er denn mittlerweile seinen Weg in meine Kabine gefunden hätte. Lediglich meine Nasendusche mit dem verbliebenen Salz trage ich wie einen wertvollen Diamanten mit mir. Dazu einen Kater, der noch unter Beruhigungsmitteln steht. Keine wirklich schlagkräftige Truppe. Also widme ich mich zunächst meinem behaarten Reisepartner, der bei der Border Control seltsamerweise für keinerlei Fragen sorgte. Man wollte anscheinend nur an mein wertvolles Nasenduschensalz, dessen Vorrat sich durch die Schleimhäute der US Border Control verabschiedet hat. Lediglich ein einziger Beutel ist mir geblieben. Romeo miaut. Er scheint alles prima überstanden zu haben und sich sogar im Edelweißkostüm wohlzufühlen.

Während ich die nächste halbe Stunde weiter auf mein Gepäck warte, blättere ich in einem Infoblatt, das die täglichen Aktivitäten sowie die wichtigsten Personen an Bord vorstellt. Demnach werden wir von Kapitän Panagiotis Kardasilaris durch die Karibik gelenkt. Ihm stehen mit Chefingenieur Evangilos Pechlivandidis und Koch Konstantinos Bakas zwei weitere griechische Seebären zur Seite. Außerdem erfährt man, dass der Cruisedirektor Luke McBryan ein Engländer ist und Schiffsarzt Karl-Michael Bromsen ein Deutscher.

In der Broschüre steht weiter, dass wir in genau zwei Stunden von der Pier abstoßen, um Kurs auf Mexiko zu nehmen. Doch zuvor wird noch eine Notfall- und Rettungsübung angekündigt, die für jeden Gast zwingend erforderlich ist. Beim Ertönen der Alarmsirenen müssen wir uns demnach mit unseren Rettungswesten an den markierten Sammelpunkten einfinden. Sollte kein Problem sein.

Am unteren Ende des Blatts wird zudem angeführt, dass sich die Anlieferung der Koffer verzögern kann, da etwa viertausend Gepäckstücke zu verteilen sind. Man bedankt sich im Voraus für meine Geduld und mein Verständnis.

Na toll.

Immerhin ist die Broschüre auf Deutsch geschrieben, wobei sich bei einigen Mitteilungen knackige Übersetzungsfehler eingeschlichen haben. So wird der Umbau des Golfsimulators zu einer Tischtennismöglichkeit folgendermaßen beschrieben:

Golf Simualtor: Ankühndiguhng
Bitte seien Sie daran erinnern das Golfprogramm an Bord eingestellt ist. Unser Simualtor ist demoliert und es ist jetzt Spielplatz fur Tischtennis. Wir entschuldigen Sie für Ihre Un-annemlichkeit.

Aaha! Dann werde ich am *Simualtor* wohl mein Golf-Handicap nicht verbessern können. Ich grinse und blättere weiter. Auch der Hinweis zur richtigen Benutzung der Bordtoiletten kommt für mich etwas zu spät. Bringt mir aber dennoch völlig neue Erkenntnisse.

Sanitäre Anlagen: Warnung vor Toilette
Bitte werfen Sie keine Abfall in das Toilette. Auch bei Kindern Vorsicht. Andernfalls drohen Ihnen ernsthafte Verstopfungsprobleme, was sich zum Nachteil alle unserer Gäste und Schiff auswirken könnte. Bitte benutzen Sie die vor-gesehenen Behälter. Wir entschuldigen Sie für Ihre Un-annemlichkeit.

Ja, so ein dickschädliges Kind kann das Abwassersystem schon mal verstopfen, wenn man es versehentlich in die Toilette wirft. Nichtsdestotrotz ist es gut zu wissen, dass extra zum Zweck der Kinderentsorgung eigene Behälter an Bord zur Verfügung stehen. Aber dass mir deswegen im Anschluss Verstopfungsprobleme drohen, halte ich für ebenso übertrieben wie den Hinweis, dass unter meiner Verstopfung das gesamte Schiff und deren Gäste leiden würden. Es gibt aber auch wirklich informative Erklärungen: So existieren neben dem feineren Hauptrestaurant mit Anzugpflicht auch noch zwei Buffetrestaurants ohne Kleidervorschrift an Bord. Zudem wird allabendlich eine Las-Vegas-Show im großen Theater geboten. Hm, vielleicht ist Romeo ja gar nicht der einzige Kater an Bord, und es finden sich für ihn noch ein paar weiße Tiger zum Spielen.

Plötzlich ertönt eine Sirene durch die Lautsprecher, und ich schrecke auf. Ruft der Muezzin zum Gebet? In sehr holprigem Englisch und mit einem so heftigen griechischen Akzent, dass mir meine Zunge automatisch einen Gyros-Geschmack suggeriert, ist eine tiefe Männerstimme zu vernehmen: *Dear passenger, this is your captain Panagio-tis Kardasilaris speaking. This is our safety and emergency drill. Please follow the instructions of our crew and come with your lifevests to the signed safety points. Thank you for your patience and have a nice and safe trip here on board.*

Verdammt, das hatte ich völlig vergessen. Die Notfall-übung. Sofort streife ich mir die bereitliegende Schwimm-weste über und verlasse mit Romeo meine Kabine, vor der schon ein philippinisches Crewmitglied auf mich wartet, lächelt und sich ungefragt bei mir einhakt.

»I'm Franky, your special assistant. In case of fire or anything else, I will guide you to the safety point.«

»Ah, okay. Thank you«, antworte ich und lasse es gesche-hen.

»I never saw a blind man with a cat for helping. Only dogs. Why do you take a cat for help?«

Es beruhigt mich fast, dass endlich mal jemand nach meinem Blindenkater fragt oder es ihm zumindest auffällt. Bisher erntete ich zwar ein paar fragende Blicke oder Kopf-schütteln, aber niemand traute sich, einen blinden Mann anzusprechen.

»I don't like dogs.«

»Ah.« Franky lächelt mich ununterbrochen an. »That is the reason. You are a crazy man.«

Wenn du wüsstest, wie crazy ich wirklich bin, denke ich mir im Stillen und folge ihm die Treppen hinauf zu unse-rem Treffpunkt in der Crystal Bar. Beim Weg dorthin stelle ich fest, dass das Vorurteil, dass hauptsächlich ältere Men-schen eine Kreuzfahrt unternehmen, nicht zutrifft.

Nein, nicht hauptsächlich.

Ausschließlich.

Und es ist noch viel schlimmer. Die anwesenden Personen scheinen eher Körperhülsen zu sein, die auf diesem Geisterschiff ihre letzte Reise unternehmen. Eine Art wandelnde Ausstellung der verschiedenen Sterbensphasen. Die Plastination des Grauens. Gunther von Hagens *Körperwelten* auf Wasser.

Ich taxiere das Durchschnittsalter auf weit über hundertsiebzig Jahre. Eine alte Dame mit lila gefärbtem Haar schätze ich sogar so alt ein, dass sie schon mit der echten *Titanic* unterwegs gewesen sein könnte. Sie hat sogar eine frappierende Ähnlichkeit mit der alten Frau aus der Hollywoodverfilmung. Die mit dem unglaublich faltigen Gesicht, die barfuß nächtens über das Schiff schleicht, um den sauteuren Klunker über Bord zu schmeißen. »Herz des Ozeans«, genau, so hieß der Edelstein. Ich werde zur späten Stunde mal ein Auge offen halten, ob sie nicht vielleicht in einem Demenzanfall Richtung Backbord schlendert, um einen Diamanten loszuwerden.

»Are you okay?«, fragt mich Franky und deutet auf die Lila-Pause-Kuh. »Sorry, but the lady over there needs help.«

»I'm okay, Franky. Thank you.«

Die Notfallübung wird kurz darauf für beendet erklärt, woraufhin einige Gäste applaudieren und sichtlich beruhigt ausatmen. Ich befürchte, dass ein Großteil der Passagiere nicht verstanden hat, dass dies nur eine Übung war und wir uns nicht in akuter Lebensgefahr befanden. Wie auch? Wir liegen ja noch fest vertäut im Hafen von Miami.

Romeo und ich bewegen uns wieder zurück in unsere Kabine, wo inzwischen tatsächlich mein Gepäck angekommen ist. Beruhigt sinke ich aufs Bett. Ein kurzes Nickerchen und eine Dusche. Und dann ab zum Abendessen.

27
Völkerverständigung

Es hat auch Vorteile, unter Greisen zu reisen. Auf dem Weg zum Hauptrestaurant überhole ich trotz meiner angeblichen Blindheit gut zwei Drittel der vor mir schlurfenden Masse ohne große Probleme. Den Rest überrunde ich im Treppenaufgang, da ein weißhaariger Mann mit Gehstock die Innenbahn für alle Nachfolgenden blockiert. Ich nutze die Gunst der Stunde und die Tatsache, dass ich auch ohne Handlauf mein Gleichgewicht halten kann, und schieße aus dem Windschatten heraus vorbei an der schleichenden Wallfahrt. In meinem schwarzen Anzug und dem Kater an meiner Hand wirke ich wie James Bonds kongenialer Gegenspieler Dr. No. Mir gefällt das irgendwie. Ich beschließe, diese Aura weiter zu pflegen. Die Faszination des bösen und geheimnisvollen Weltbedrohers. Im Restaurant selbst müssen Romeo und ich trotz aller Weltübernahmeansprüche dennoch erst mal in einer langen Schlange warten, da man an seinen fest reservierten Platz geführt wird. Auch wenn man nicht blind ist.

Als sich die Schlange um die nächste Ecke in den Raum schiebt, schaue ich in die wässrigen Augen eines traurigen Vogels. Es handelt sich dabei um die monströse Eisskulptur eines Schwans, der im Empfangsbereich positioniert wurde, um den Gästen schon beim Eintreten zu signalisieren, dass man hier die ganz dicken Bretter bohrt. Der Eisschwan ist mindestens anderthalb Meter groß, und unter ihm ragen zwei dicke Beulen hervor, bei denen ich mir nicht sicher bin, ob der Künstler Füße oder Hoden darstellen wollte. Jedoch hat man für die Mitreisenden die Klimaanlage auf akzeptable zwanzig Grad Raumtemperatur eingestellt. Und so fließen dem Eisschwan nun die ersten Tränen über den langen Hals Richtung Boden, wo zwei Handtücher das Schmelzwasser des Vogels auffangen. Ich tipple weiter, bis ich von einem Mann in Smoking abgefangen und nach meinem Namen gefragt werde.

»Your name, Sir?«

Ich höre sogar die James-Bond-Titelmelodie in meinem Innenohr, als ich meinen Namen sage.

»My name is Süßemilch. Robert Süßemilch. *Hatschi!*«

Shit! Bond musste nie niesen.

»Bless you, Sir.«

»Thank you.«

Romeo und ich werden sogleich zu unserem Tisch in der Mitte des Saals geleitet. Einer der Kellner rückt meinen Stuhl zurecht, und ich nehme Platz. Dabei nicke ich freundlich in die Runde und nenne wohlerzogen Namen und Herkunftsland.

»Hello. My name is Robert Süßemilch. From Germany.«

Der Kerl neben mir stellt sich als Dave aus Kalifornien vor und trägt einen blauen Anzug, der sehr an die frühen Siebzigerjahre erinnert. Die anderen Herrschaften scheinen sich zu kennen und sprechen Russisch. Eine Frau um die sechzig, die viel zu viel Schminke und Schmuck aufgelegt hat, und ihr braun gebrannter Ehemann, der als

Schmuck lediglich eine goldene Kette trägt, die ab und an durch seinen weißen Brusthaarflokati schimmert. Der ungefähr vierzigjährige und unverkennbare Sohn der beiden sitzt neben ihnen und wirkt wie die perfekte Parodie eines Russen. Mit zielsicherem Griff hat er es geschafft, sich das beschissenste Stück Hemdstoff an den Leib zu zimmern, das es für Geld zu kaufen gibt. Hauptsache, es funkelt schön und lässt die Kreditkarte freudig im Dreivierteltakt hüpfen. So trägt das Kalinkamännchen über dem paradiesvogelbunten Hemd einen kackbraunen Armani-Anzug, der seine sowieso schon blasse Gesichtsfarbe in ein traumhaftes Pathologieweiß taucht.

Doch die eigentliche Lichtgestalt am Tisch ist die Schwiegertochter. Ich schätze sie auf Anfang dreißig. Vielleicht auch sechzehn oder sechzig. Sie ist ebenso wenig einzuordnen wie ihre Frisur, die sie in roten Strähnen zu einer Art Haarburka tief ins Gesicht gekämmt trägt. Über den Tisch weht mir ein schwerer Parfümduft entgegen, der nur teilweise von ihrem nuttigen Make-up abzulenken weiß. Ihre auffälligsten Erscheinungsmerkmale sind unzweifelhaft ihre Monsterbrüste, die sie bereitwillig in ein ausladendes Schaufenster gestellt hat. Der Fachmann tippt hier auf großzügig bemessene Silikonkissen. Ich zucke vor Phantomschmerz mit dem Mundwinkel, da das Dekolleté des Kleids eine tiefe Linie zwischen Stoff und Brustfleisch schneidet. So was muss doch höllisch wehtun. Dazu schimmern die Warzenvorhöfe ihrer Brüste in sichelförmigen Halbbögen hervor und signalisieren unmissverständlich, dass wie bei einem Eisberg der weitaus größere Teil sich unterhalb der Oberfläche befindet. Es ist wie bei einem Verkehrsunfall: Es ist nicht schön, aber so ganz kann man sich dem Schrecken auch nicht entziehen und schaut doch immer wieder hin. Um es mir aber mit der Tischrussenmafia nicht ganz zu verscherzen, spreche ich ihren blassen Ehemann höflich an. Gestenreich stellt er sich als Wladimir vor, und ich merke, dass keiner der Familie auch nur ein einziges Wort Englisch spricht. Jedoch stellt sich heraus, dass es sich nicht um Russen, sondern um Ukrainer handelt. Ich teile halbherzig mein gesamtes Wissen über die Ukraine mit, was sich auf vier Faktoren beschränkt: die Brüder Klitschko, Andrej Schewtschenko, Tschernobyl und eine Fußballmannschaft mit dem unaussprechlichen Namen Dnjepr Dnjepopetrowsk. Warum ich mir ausgerechnet diesen Namen merken konnte, ist mir selbst ein Rätsel. Es tritt eine Schweigeminute ein, die sich über die nächste Viertelstunde ausdehnt und nur durch zweimaliges Niesen meinerseits unterbrochen wird. So sitzen wir stumm im Kreis um unseren Tisch herum und warten auf unser Essen. Es erinnert mich an meine Kindergartenzeit, und so schaue ich ab und an hinter mich, um zu sehen, ob vielleicht einer der Animateure hinter mir den Plumpssack hat fallen lassen. Dann unterbricht der Armani-Sohnemann das Gruppenschweigen.

»Schwester, Anna, Solingen, Deutschland, gut?«

Wladimir scheint mir mit dieser Aufzählung von Substantiven zu verdeutlichen, dass seine Schwester ebenfalls in Deutschland lebt und er von mir wissen möchte, ob Solingen ein adäquates Pflaster für sie zum Leben sei.

»Solingen? Ahhh.« Meine Antwort klingt dabei so, als sei Solingen der Mittelpunkt der modernen Zivilisation. Doch was soll man außer einem wohlgemeinten »Ahhh« noch über Solingen sagen? Krampfhaft durchforste ich mein

Gedächtnis unter dem Suchbegriff *Solingen*. Ich spiele auf Zeit.

»Solingen«, wiederhole ich erneut. Meine Taktik lautet Hinhalten. Doch auch die zweite Nennung des Städtenamens gepaart mit anerkennendem Nicken bringt mir nicht die erhoffte Eingebung. Mir wird klar, dass meine Kenntnisse über Solingen noch geringer sind als die über die Ukraine. Also belasse ich es bei einem nichtssagenden Kompliment mit hochgestrecktem Daumen. »Solingen. Ja, Stadt, gut.«

Zu meiner Rettung kommt endlich das Essen. Der Rest des Dinners ist zäh und kalt. Nicht die Speisen, die Stimmung. Zu allem Überfluss hat man nun auch noch damit begonnen, das Restaurant zur Rettung der Eisskulptur dermaßen herunterzukühlen, dass ich befürchte, dass dem tuckigen Schwan am Eingang die Tränen an den dicken Eiern festfrieren könnten.

28
Barbekanntschaften

Die Martinibar befindet sich in einem Zwischendeck oberhalb des Kasinos und unterhalb der Panoramabar. Ein Pia-
nist entlockt den Tasten hier in einer Endlosschleife die
immer gleichen neun bekannten Melodien, und die acht
handverlesenen Gäste votieren es mit höflichem Applaus
nach jedem Stück. Da ein Großteil der Anwesenden über
ein Mindestmaß an Demenz verfügen dürfte, stört das
überschaubare Repertoire des Schwarz-Weiß-Virtuosen hier
scheinbar keine Sau. Ich habe einen Platz an der Bar eingenommen, nippe an meinem Martini und habe Romeo
wie ein Pferd vor dem Saloon an meinen Hocker gebunden.
Mittlerweile haben wir schon einige Seemeilen in Richtung
Belize zurückgelegt, was man ständig anhand von diversen
Bildschirmgrafiken kontrollieren kann.

»Martini on the rocks please«, bestellt hinter mir eine
Dame ihren Drink. Dann tippt sie mir auf die Schulter und
deutet auf den verwaisten Stuhl neben mir. »Excuse me, is
this one free?«

Ich drehe mich um, sehe aufgrund meiner Blindheit
offiziell natürlich nichts, inoffiziell aber eine unglaublich
attraktive Blondine mit Abendkleid, ausladenden Brüsten
und sexy Ausstrahlung.

»Yes«, stammele ich und nicke.

»Oh, sorry. I didn't recognized that your're blind.«

»No problem.«

Ich bin von mir selbst beeindruckt, dass ich sie ohne Probleme verstehe. Anscheinend hat der Englischunterricht in der Schule doch eine längere Haltbarkeitsdauer als vermutet.

»Your're not american, don't you?«

»No. I'm german.«

»Ach wirklich?«, antwortet sie auf Deutsch, wenn auch mit leichtem Akzent.

»Sie sprechen Deutsch?«, frage ich erstaunt.

»Ja, meine Mutter ist Deutsche. Aus Stuttgart.«

»Sie sprechen gut Deutsch.«

»Danke, ich bin übrigens Tiffany aus New York.«

Sie streckt mir ihre Hand entgegen, zieht sie aber sofort zurück, noch bevor ich den Handschlag erwidern kann. »Sorry, Sie sind ja blind und können nicht sehen, wenn ich Ihnen die Hand geben will.«

»Ja, richtig, ich bin blind«, erkläre ich und strecke ihr nun meine Hand entgegen.

Tiffany ergreift sie.

»Angenehm. Robert aus Frankfurt.«

»Reisen Sie alleine?«, fragt sie mit samtener Stimme.

»Moment, da wir uns altersmäßig wohl recht nah sind, bin ich zunächst mal dafür, dass wir uns duzen.«

»Wow, du kannst mein Alter an meiner Stimme erkennen?«

Nein, an deinem Gesicht und an deinen strammen Brüsten. Das denke ich zumindest. Sagen muss ich natürlich etwas ganz anderes. Und ich setze sogar noch einen drauf.

»Ja, deine Stimme klingt jung, dazu irgendwie blond.«

»Wahnsinn. Das stimmt. Ich bin blond. Das ist ja fast unheimlich.«

Okay, sie ist naiv, aber wohl auch die Einzige an Bord, deren Brüste den Kampf gegen die Schwerkraft noch nicht verloren haben und eine der wenigen, die schneller über das Schiff gehen kann als Ebbe und Flut.

»Ja, wir Blinden sind halt auf anderen Ebenen sehr feinfühlig. Und nein, ich reise nicht alleine. Ich reise in Begleitung.«

Ich rücke etwas zurück und gebe den Blick auf Romeo frei, der noch immer leicht benebelt von dem Beruhigungsmittel am Boden liegt und schlummert.

»Oh, wie süß. Eine Katze.«

Kinder und Tiere haben eine unerklärliche Anziehungskraft auf Frauen. Sofort bückt sich Tiffany zu Romeo und streichelt sein preisgekröntes Fell. Dabei gewährt ihr Dekolleté einen tiefen Einblick, der selbst in der freizügigen Karibik für Aufruhr sorgen dürfte. »Wie heißt sie?«

»Er. Er ist ein Kater und heißt Romeo.«

»Hi, Romeo. Du eroberst bestimmt die Herzen der Katzen in deiner Stadt. Du bist ja wunderschön.«

Hatschi!

»Gesundheit.«

»Oh, fang besser nicht damit an, mir Gesundheit zu wünschen. Ich bin Allergiker und niese ständig.«

»Ich hoffe nicht gegen Tierhaare.« Tiffany lacht, doch bemerkt sie nach wenigen Sekunden, dass genau das ins Schwarze trifft.

»Oh, no. Wirklich?«

»Ja, es ist so. Ich kann im wahrsten Sinne des Wortes meinen Begleiter nicht riechen.«

»Wie makaber.«

»Ja, aber ich liebe ihn nun mal. Und du? Reist du alleine, Tiffany?«

»Du kannst mich ruhig Tiff nennen. Tiffany nannte mich immer nur mein Vater, wenn ich was Böses gemacht hatte.«

»Okay, Tiff.«

»Nein, ich bin mit meinem Sohn Jerry unterwegs. Er ist fünf und schläft.«

»Und du kannst ihn einfach so in der Kabine lassen?«

Anstatt zu antworten, stellt Tiffany ein Babyphone vor mir auf den Tresen.

»Jerry ist da so wie ich. Wenn er erst mal eingeschlafen ist, weckt ihn so schnell nichts mehr auf.«

Eines der schönen Dinge meiner Blindheit ist die Tatsache, dass ich Tiffany selbst während des Redens ungeniert in den Ausschnitt blicken kann. Es macht die Täuschung sogar noch perfekter. Es ist nicht so, dass ich mit dem Gedanken spielen würde, mit ihr etwas anfangen zu wollen. Dafür liebe ich Jana viel zu sehr, aber als Mann schaut man nun mal gerne schöne Frauen an. Und da ich einer der wenigen Männer an Bord unter hundert bin, was sich sowohl auf mein Alter wie auf mein Gewicht bezieht, interessiert sich so eine Frau auch mal für mich. Da bin ich evolutionär gesehen das geringste Übel, der kleinste gemeinsame Nenner. Ja, unter den Blinden ist der Einäugige König.

»Und was machst du so?«, fragt Tiffany.

»Ich studiere und habe gerade meine Abschlussarbeit geschrieben. Und jetzt versuche ich, vor meiner Pollenallergie zu flüchten, und dachte, dass das Schiff eine gute Idee sei.«

»Und, funktioniert es?«

»Na ja, geht so. Und du? Was machst du?«

»Ich bin … Schauspielerin.«

Hatschi!

»Bless you … ah, sorry.«

»Kein Problem. So, also Schauspielerin? Das klingt ja spannend.«

Tiffany nippt an ihrem Martini.

»Ach, fuck, was soll's, du wirst es aufgrund deines siebten Sinns wahrscheinlich sowieso merken. Ich bin nicht so eine Schauspielerin, wie du denkst. Ich bin Pornodarstellerin.«

Verzweifelt versuche ich, hinter meiner dunklen Brille ihre Augen zu fixieren, jedoch rutscht mein Blick erneut in ihr Dekolleté. Es ist deutlich attraktiver als das von Miss Ukraine.

»Ehrlich gesagt klingt das jetzt nicht weniger spannend.«

»Du findest es nicht anzüglich?«

»Anzüglich?« Ich lege meinen Kopf vielsagend in den Nacken. »Es ist dein Job. Du verdienst damit dein Geld und ernährst dich und deinen Sohn. Was soll daran anzüglich sein?«

»Danke, tut gut zu hören, dass du mich mit anderen Augen siehst … sorry, ich meine …«

»Schon gut.« Ich lache, und wieder fällt mein Blick wie von einer höheren Macht befohlen in ihren Ausschnitt. Das gibt's doch gar nicht. Ob das was mit Magnetismus zu tun hat?

»Es tut gut, mal mit einem Mann zu reden, der einem nicht die ganze Zeit auf die Titten starrt.«

Ich zucke leicht zusammen und fühle mich ertappt, aber Tiff hat nichts bemerkt.

»Tja, selbst wenn ich wollte …«

»Eben. Deine Frau kann sich glücklich schätzen. Oder bist du Single?«

Dies ist wohl eine der Situationen im Leben, von der man als Mann träumt. Man sitzt mit einem Martini an der Bar eines Kreuzfahrtschiffs und wird von einer unglaublich attraktiven Pornodarstellerin gefragt, ob man noch zu haben sei. Wahrscheinlich würde diese Nacht als unvergessliche Erinnerung in die Geschichte eingehen. Die Pornoqueen und der Blinde. Die Schöne und das Biest.

»Nein, ich bin nicht verheiratet, aber ich habe eine Freundin.«

»Schade.«

»Schade?«

»Ja, euch Blinden sagt man doch nach, dass ihr viel einfühlsamer seid als andere Männer.« Tiff lacht. »Das hätte ich gerne mal getestet.«

»Ach?«

»Ja, ich bin bei so Sachen immer sehr offen und direkt. Sorry, falls dich das schockt.«

»Nein, nein. Schon okay.«

»Beneidenswert«, sagt Tiff und nippt dabei mit einem unvergleichlichen Augenaufschlag an ihrem Martini.

»Was ist beneidenswert? Blind zu sein?«

»Nein, deine Freundin.«

Ja, beneidenswert, denke ich und hoffe, dass Jana niemals von dieser Fahrt erfahren wird.

Auf Entzug

Hatschi!

In der Nacht wache ich zwei Mal auf. Das erste Mal um halb vier. Mir ist so, als könnte ich Essen riechen, und sofort spiele ich mit dem Gedanken, mir eine Portion Chicken Wings zu bestellen. Einerseits, weil ich aufgrund der Zeitumstellung Hunger bekomme, andererseits aus Neugier, weil ich noch nie so wichtig war, dass man wegen mir mitten in der Nacht den Herd anschmeißen musste.

Hatschi!

Das zweite Mal werde ich um drei viertel fünf Uhr wach. Und zwar mit verstopfter Nase und einem Rachen, der bei jedem Atemzug danach klingt, als ob ich eine Kinderrassel verschluckt hätte. Auf diesem Schiff wachsen entweder erstaunlich viele Birken oder Romeos prämiertes Fell legt meinen Atmungsapparat lahm. Also bleibt mir nur eins: Raus aus dem Bett und eine Ladung Salz durch die Nase jagen. Zwanzig Minuten Freiheit atmen. Doch die Ernüchterung folgt auf dem Fuße: Der Anblick des letzten Salztütchens macht mir klar, dass ich ein echtes Problem habe. Mein Stoff geht zur Neige, und der erhoffte Effekt der Meeresluft hat sich bisher leider auch noch nicht eingestellt. Ich muss meinen Stoff also rationieren.

Schlaftrunken reibe ich mir die Augen, um wach zu werden, denn nun muss ich ganz behutsam sein und darf nichts von dem weißen Gold verschütten. Jedes einzelne Salzkorn ist gleichbedeutend mit ein wenig Linderung. Mein ganz persönlicher kleiner Trip. Vorsichtig reiße ich also das Tütchen auf und verteile den pulvrigen Inhalt stilecht auf dem Toilettendeckel. So ganz von der Beutelhülle befreit sieht der Reststoff nach noch viel weniger aus als in dem Tütchen. Ich muss aus dem kläglichen Überbleibsel wenigstens drei einzelne Nasenduschen gewinnen, sonst bekomme ich ein Problem für die restlichen Tage. Aber wie? Denk nach, Robert! Du bist doch aus Frankfurt, der Hauptstadt der Junkies! Und im Moment bist auch du ein Junkie. Ein Nasenduschjunkie. Also handele auch so. Schnell suche ich in meiner Jackentasche nach meinem Geldbeutel und fingere zwischen diversen Tankquittungen meine EC-Karte heraus. Ja, das könnte klappen. Zumindest habe ich es schon oft genug im Fernsehen gesehen. Zurück im Bad knie ich mich vor den Toilettendeckel und teile mit der Plastikkarte mein Pulver in drei gleich große Häufchen. Drei mickrig kleine Häufchen, die so kläglich aussehen, dass ich auf eine weitere Idee aus dem Drogenmilieu verfalle.

Strecken! Ich muss meinen Stoff strecken. Dann habe ich mehr davon.

Hatschi!

Aber wie? Was dem Heroinabhängigen das Backpulver ist mir der Tischsalzstreuer. Nur wo bekomme ich zu dieser Uhrzeit so ein Teil her?

Doch die Lösung liegt näher, als ich denke. Sie liegt praktisch direkt vor den Füßen.

»Na klar«, rufe ich aus und schlage mir vor die Stirn. Als

ich vom Abendessen zurückkam, standen vor einigen Kabinentüren noch die Tabletts mit Essensresten der Passagiere, die ihre Speisen in der Kabine zu sich genommen hatten. Mit ein wenig Glück finde ich dort vielleicht auch einen Salzstreuer.

Ich öffne die Tür einen Spaltbreit und spähe in den Gang. Die Luft ist rein, alles ist ruhig. Ich schleiche nach draußen und sehe, dass tatsächlich noch einige Tabletts vor den Kabinen stehen. Auf den ersten beiden finde ich jedoch nur kalte Lasagne sowie zwei Gläser mit Rotweinresten. Keine Spur von Salz. Verdammt. Langsam bildet sich kalter Schweiß auf meiner Stirn. Die ersten Anzeichen meines Entzugs. Ich muss mich beeilen, bevor ich ganz auf Turkey bin. Schnell klappere ich nun die anderen Tabletts ab, doch das Ergebnis ist niederschmetternd. Leben die Passagiere auf Kreuzfahrtschiffen salzlos? Immer verzweifelter wühle ich wie ein Waschbär in den Essensresten nach dem weißen Stoff meiner Träume. Ich lecke sogar einmal einen Tellerrand ab, um zu überprüfen, ob die kleinen Kristalle Salz sind. Sind sie nicht. Es sind Reste eines Zuckerwürfels. Für einen ordentlichen Salzstreuer würde ich alles tun. Das nennt man wohl Beschaffungskriminalität.

Und dann, als ich schon alle Hoffnung aufgegeben habe, finde ich etwas. Vor Kabine 2134. Mit Pommesresten hat man es belanglos neben einem T-Bone-Steak-Knochen abgelegt. Ein Tütchen Salz. Es waren ursprünglich sogar mal zwei, doch das andere Tütchen wurde wild über die Pommes verstreut, die man im Anschluss jedoch ignorierte. Diese Verschwender! Aber gut, ich habe zumindest ein wenig Salz. Zwar keinen kompletten Salzstreuer, aber immerhin ein Tütchen. Das sollte mir zunächst reichen. Ich kratze noch etwas Salz von den Pommes in die Handfläche ab und kralle mir den Beutel. Im Laufschritt eile ich zurück zu meiner Kabine, wo ich mit zittriger Hand meine Beute begutachte. Professionell tippe ich zunächst meinen angefeuchteten Mittelfinger in das Innere des Tütchens und kontrolliere das Ganze auf die Qualität des Stoffs. Meine Geschmacksnerven bestätigen mir meine Hoffnung. Es ist Salz. Und es ist gutes Salz. Von hoher Reinheit. Mein Herz beginnt zu rasen, und meine Pupillen weiten sich auf Frisbeescheibengröße. Ich brauch jetzt dringend eine Nasendusche. Kurzatmig mische ich eines der kleinen Häufchen mit dem sauberen Salz, sodass das Ganze wieder der Menge eines Original-Tütchens entspricht. Eine ordentliche Ladung für meine Nase. Ich lasse etwas warmes Wasser in den kleinen Plastiktornister meiner Nasendusche laufen, löse den gestreckten Stoff darin auf, schüttele ein paar Mal, dann setze ich das Ventil an mein Nasenloch und öffne es. Ich spüre, wie es in mich strömt, Besitz von mir ergreift. Schon nach den ersten Tropfen sinke ich entspannt neben der Toilette nieder und lasse den restlichen Ausfluss über Hemd und Oberkörper laufen. Neben mir bildet sich eine Salzpfütze, doch ich bekomme davon nichts mehr mit. Ich bin in meiner eigenen Welt. Ich bin voll auf Salz.

Etwas leckt an mir und holt mich zurück ins Leben. Ich war etwas eingedöst, und als ich aufwache, liege ich mit meiner Nasendusche im Arm neben der Toilette. Romeo fährt mir mit seiner Zunge feucht um die Nase. Ich bin noch zu schwach, um mich wirklich dagegen wehren zu können. Hinzu kommt, dass ich meine brennenden Augen kaum öffnen kann. Nicht wegen des Kicks, sondern weil mir ein

Teil der Salzlösung ins Auge gelaufen und dort getrocknet ist. Außerdem glaube ich, etwas riechen zu können, das ich so noch nie wahrgenommen habe. Dieses verdammte Salz macht einen ja richtig high. Eine bewusstseinserweiternde Droge. Ich setze mich auf, schiebe Romeo beiseite und versuche, zu mir zu kommen. Es riecht streng und intensiv. Der Geruch erinnert mich weniger an Essen als an ... Kotze. Auf allen vieren krieche ich los und folge dem Geruch. Doch irgendwie folgt der Geruch mir. Seltsam. Ich schaue an mir herunter und erkenne den Auslöser des Gestanks. Romeo hat mich vollgekübelt und danach alles mit seinem haarigen Schwanz im Bad verteilt. Na prima.

Mit einem feuchten Handtuch wische ich mich ab und die Überreste vom Boden auf.

»Romeo, du verdammtes Drecksvieh«, schimpfe ich. Doch Romeo stört sich nicht weiter daran. Er flüchtet vor dem Handtuch und springt auf den Toilettendeckel.

»Du kannst mich doch nicht vollkotzen. Wenn du seekrank bist, gehen wir zum Arzt. Aber bitte nicht einfach...«

Der Rest des Satzes bleibt mir im Hals stecken. Entsetzt starre ich den Kater an, der gerade meinen trockenen Entzug einleitet. Voller Inbrunst schleckt Romeo die zwei restlichen Häufchen Nasenduschensalz auf.

»Nein! Nein! Neiiiin!« Ich schreie auf, weiß aber im selben Augenblick, dass es bereits zu spät ist, um auch nur ein einziges Körnchen zu retten. Kochsalz zum Strecken mag ja noch funktionieren – aber wenn vom eigentlichen Stoff gar nichts mehr zum Strecken da ist, was dann?

Ich sinke in die Ecke meines PVC-Palasts, und eine Träne fließt einsam über meine Wange in den Mund. Sie schmeckt salzig. Es ist fast makaber.

30
Frühstück mit Tiffany

Nachdem alles aufgewischt ist und ich geduscht habe, ist es kurz vor sieben. Noch eine Stunde, bis ich mich mit Tiffany an der Rezeption treffen werde. Wir wollen gemeinsam frühstücken. Der blonde Pornostar und der Blinde. Es gibt schlechtere Gesellschaft an Bord. Im Anschluss muss ich allerdings dringend den Arzt um Rat fragen, was man gegen kotzende Kater unternehmen kann. Und dann steht heute der erste Landgang an. Wegen Romeos Unpässlichkeit und als Strafe, weil er meinen restlichen Stoff aufgeleckt hat, lasse ich ihn in der Kabine und wähle stattdessen heute meinen weißen Blindenstab als Lügenhilfe beim Frühstücksgang. Dachten viele der Mitreisenden, ich sei ein arroganter Schnösel, der selbst in geschlossenen Räumen eine Sonnenbrille trägt, erkennen sie mich nun endgültig als Blinden und somit als einen der ihren an. Ein Passagier unterhalb einer körperlichen Einschränkung von vierzig Prozent ist eine rar gesäte Ausnahme an Bord.

»Hi, Robert«, höre ich Tiffany, die mit ihrem Sohn auf einer Couch Platz genommen hat. Sie trägt High Heels und einen Minirock, der mehr zeigt, als er verbirgt. Allerdings hebt sie nur kurz den Kopf von der heutigen Ausgabe der *New York Times*, in der sie gerade blättert. Tiffany sieht an diesem Morgen ungefähr so frisch und spritzig aus wie mein vollgekotztes Bad.

»Hi, Tiff, was ist los?«, frage ich und setze mich etwas unbeholfen neben sie.

»Mir ist so übel. Wenn das so weitergeht, möchte ich nach Hause. Ach, das ist übrigens Jerry.«

»Hi, Jerry.«

Ihr Sohn bringt mir die gleiche Reaktion entgegen, die ich meist von Kindern ernte. Er dreht sich schweigend von mir weg. Diese kleinen Menschen spüren offensichtlich meine Abneigung ihnen gegenüber.

»Nimm es ihm nicht übel, Robert, er hat schlecht geschlafen. Wo ist Romeo?«

»Ihm geht es ähnlich wie dir. Können wir kurz zur Rezeption, Tiff? Ich muss etwas fragen.«

»Klar, kein Problem.«

Wir gehen die wenigen Meter rüber zur Rezeption, wo ich die anwesenden Damen und Herren anhand ihrer Namensschilder scanne. Und tatsächlich. Anne-Kathrin Huber trägt neben der englischen Flagge auch eine deutsche auf ihrem Namensschild, was ihre Zweisprachigkeit symbolisiert.

»Guten Tag, sprechen Sie zufällig Deutsch?«, heuchle ich in ihre ungefähre Richtung.

»Ja. Wie kann ich Ihnen helfen?«, sagt Frau Huber.

»Mein Name ist Süßemilch von Kabine 2011. Wo finde ich bitte den Arzt auf dem Schiff? Und wann kann ich einen Termin dort bekommen?«

»Einen kleinen Moment, Herr Süßemilch. Ich schaue nach.«

Frau Huber stammt augenscheinlich aus der tiefsten bayerischen Provinz. Trotz aller Bemühungen, ihren Dialekt zu verbergen, klingt jedes Wort angestrengt und nach Ottfried Fischer. Die Huber'schen Finger jedoch fliegen gekonnt über die Tastatur, und umgehend bekomme ich eine Antwort.

»Dr. Bromsen ist ab sechzehn Uhr in seiner Praxis auf Deck 7. Er ist übrigens Deutscher. Soll ich einen Termin für Sie vereinbaren?«

»Ja, gerne.«

»Gut. Der nächste freie Termin wäre morgen um 16:45 Uhr. Also direkt nach dem Ausschiffen aus Honduras. Ist das recht so?«

»Ja, besten Dank.«

»Ich habe auch eine Frage, Frau Huber«, drängt sich nun Tiffany an mir vorbei.

»Gerne.«

»Mir geht es unglaublich schlecht.«

»Ja, wir hatten heute Nacht eine etwas raue See. Das sollte sich aber legen. Sie sind wahrscheinlich nur seekrank. Wenn Sie heute von Bord gehen, wird es sicher besser werden. Vertrauen Sie mir.««

»Ich möchte trotzdem gerne nach Hause.«

Erstaunt hebe ich den Kopf und warte die nähere Erklärung Tiffanys ab. Was meint sie mit: *Ich möchte nach Hause*? In ihre Kabine? Nach New York? Auch die Huberin scheint irritiert.

»Nun, wir befinden uns auf einer Kreuzfahrt. Das ist nicht so einfach.«

»Aber ich wohne in New York, das liegt doch auch am Meer.«

»Aber New York liegt nicht auf unserer Route, Madam.«

War ich gestern aufgrund des Martinis so blind? Blöde

Frage, natürlich bin ich blind. Aber war ich auch so geblendet von Tiffanys unübersehbaren Geschlechtsmerkmalen, dass ich ihre Naivität so wohlwollend ignorieren konnte? Oder erlaubt sie sich nur einen Scherz? Das kann sie doch unmöglich ernst meinen. Doch anstatt den kleinen Witz aufzuklären, legt sie nach und zerstört so jegliche Hoffnung in mir, dass ich sie für den Rest der Reise ernst nehmen könnte.

»Dann fahr ich eben mit dem Postboten zurück nach New York.«

Frau Huber scheint ebenfalls zu überlegen, ob sie hier einem Ulk aufsitzt.

»Madam, von welchem Postboten sprechen Sie?«

»Na, der Postbote, der jeden Morgen die Zeitungen bringt.« Tiffany legt als Beweis die aktuelle Ausgabe der *New York Times* auf den Tresen der Rezeption. Ich ahne, was sie meint, weiß, was jetzt kommt, kann die Schmach aber nicht mehr verhindern. »Oder wie kommen die sonst an Bord?«

»Verzeihen Sie, aber das sind lediglich Internetversionen der Zeitungen.«

»Internetversionen?« Tiffany schlägt einen lauteren Ton an. »Ich bin vielleicht blond, aber nicht blöd oder blind.«

Ich räuspere mich kurz.

»Sorry, Robert, so war das nicht gemeint. Aber ich sehe doch, dass diese Zeitungen gedruckt sind.«

»Wir drucken sie aus und stellen sie unseren Gästen zur Verfügung.«

Die Huberin deutet zum Zeitungsständer, wo sich weitere Exemplare befinden. »Wie Sie sehen können, haben wir neben der *New York Times* auch die *London Times, Le*

Figaro, den *Sydney Morning* oder die *Frankfurter Allgemeine Zeitung*. Und glauben Sie mir, von dort kommt ganz sicher kein Postbote jeden Morgen hergefahren, um uns ein Exemplar zu bringen.«

Tiffany scheint sich jedoch in keiner Weise zu schämen oder sich gar entschuldigen zu wollen. Ganz im Gegenteil.

»Na, wenn Sie es sagen. Aber wenn es mir morgen noch immer so schlecht wie heute geht, möchte ich nach Hause gebracht werden.«

Tiffany zieht ihren Sohnemann hinter sich her und lässt eine verstörte Frau Huber an der Rezeption zurück. Wir steuern in Richtung der Aufzüge, als ich es wage, sie etwas zu fragen.

»Alles okay, Tiff?«

»Bitch. Die glaubt wohl, dass sie mich verarschen kann.«

Verwirrt bleibe ich neben ihr stehen und warte geduldig auf den Aufzug. Was meint Tiffany nur damit, dass die Huberin sie auf den Arm nehmen wolle?

»Sag mal, wie meinst du das? Warum sollte dich die Dame verarschen?«

»*Sydney Morning*. Blödsinn! Als ob die in Afrika schon Internet hätten.«

31
Fledermauspisse

Im Hafen von Belize ankern neben unserem Luxusliner noch vier weitere Kreuzfahrtschiffe, die allesamt so hoch sind, dass sie einen großen Teil der Stadt in Schatten hüllen. Diese Invasion von amerikanischen Schiffen hat etwas Martialisches, irgendwie Bedrohliches an sich. Das Ganze wirkt wie die Vorbereitung einer Invasion. Dann öffnet man die Tore, und sogleich brechen Menschenmassen aus den Bäuchen der Schiffe gen Land, um sich den gebuchten Touren anzuschließen. Mein Ziel ist es, eine Tour zu erwischen, bei der kein Passagier unseres Schiffs dabei ist. Ich möchte wenigstens einen Tag als Nicht-Blinder verbringen. Und siehe da: Mein Plan lässt sich leichter verwirklichen, als ich dachte. Der Menschenknäuel vermischt sich sehr schnell, und niemand weiß mehr, wer wohin gehört. Ich buche für hundertzwanzig US-Dollar eine Dschungeltour samt Höhlenschwimmen. Klingt super und nach einer ganzen Menge birkenfreien Sauerstoffs. Sicherheitshalber checke ich kurz nach Abfahrt unseres Busses, ob sich nicht doch ein bekanntes Gesicht von meinem Schiff unter den Anwesenden tummelt. Tut es nicht. Im Gegenteil. Anhand der einheitlichen Strandtaschen, die von den einzelnen Reedereien ausgegeben wurden, erkenne ich, dass niemand sonst von unserem Schiff mit im Bus sitzt. Entspannt atme ich aus und betrachte ganz ohne schlechtes Gewissen die am Fenster vorbeiziehende Landschaft.

Zunächst geht's am Friedhof vorbei, der direkt am Straßenrand liegt. Und damit meine ich auch am Straßenrand. Nicht hinter einem Zaun oder wenigstens durch ein Stück Rasen oder Bordstein von der Fahrbahn getrennt. Nein. Der gemeine Belizer pflegt seine Leichen fünfzig Zentimeter neben dem Fahrbahnrand zu verscharren. Das nenne ich mal ewige Ruhe.

Nach vierzig holprigen Minuten ganz ohne Stoßdämpfer biegen wir rechts von der Straße ab. Vorbei an zwei Obstständen und einem Händler mit Kokosnüssen halten wir auf einem großen geteerten Parkplatz mit der Aufschrift *Rainforest*. Aha, jetzt sind wir also im Regenwald. Das hört sich nicht nur wenig spektakulär an, sondern das ist es auch. Im Spessart sieht's auch nicht anders aus. Nur tummeln sich dort weniger Touristen um die spärlichen Klohäuschen des Parkplatzes. Ein Guide kommt sogleich auf uns zu und erklärt uns, dass es zunächst per Fuß quer durch den Dschungel geht, bevor wir uns in eine Höhle stürzen dürfen.

Auf dem dreißigminütigen Fußmarsch zeigt sich Belize jedoch noch von seiner dschungelartigen Seite: eine Luftfeuchtigkeit, dass mir die Lungenflügel wie einem Asthmatiker beim Joggen im Palmengarten rasseln, sowie Moskitos, die sich zu Hunderten auf jeden Quadratzentimeter nackte Haut stürzen. Zudem erklärt uns unser Guide, wie man im Dschungel überlebt. Hmm, ich weiß nicht, wie viel davon in Frankfurt seine Anwendung finden wird. Aber man weiß ja nie. Wenn das mit dem Klimawandel so weitergeht, könnte es gut sein, dass ich mal zwischen Dornbusch und Bockenheim an einer vierspurigen Hauptstraße Wasser aus einem Palmblatt pressen muss. Zudem wird uns gezeigt, welche Tiere des Waldes man essen kann – und zack habe ich 'ne Termite im Mund. Sie schmeckt nach Holz, was nachvollziehbar erscheint, wenn man bedenkt, dass Termiten ausschließlich Holz essen.

Als wir endlich angekommen sind, trifft mich beinahe der Schlag. Wir sind wohl nicht die einzige Gruppe, die diesen Trip gebucht hat. Geschätzte acht Milliarden Menschen, mit hauptsächlich weißem oder gar keinem Deckhaar, haben sich um die Lagune im Wald versammelt. Im Wasser warten aufgepumpte Luftschläuche darauf, von den Alten gekapert zu werden. Auch ich lasse mich vorsichtig in das Wasser auf einen der Reifen und im Anschluss hinein in die Höhle gleiten. Die stellt sich nicht nur als riesig, sondern auch als nicht ganz unbewohnt dar. Überall hängen Fledermäuse von den Felswänden. In solchen Situationen überkommen mich seltsamerweise immer blöde Ideen, und so überlege ich für einen Moment, ob ich mal laut in die Hände klatschen soll ... lasse es aber.

Stattdessen planschen wir dreißig Minuten durch das Höhlenlabyrinth, und nach Verlassen der Höhle stapfen wir noch mal dreißig Minuten weiter durch den Regenwald. Nett. Aber mehr auch nicht. Erst nachdem wir dem feuchten Nass wieder entstiegen sind, überlege ich, ob ich gerade wirklich hundertzwanzig US-Dollar dafür ausgegeben habe, um gut sechzig Minuten lang in Rentnerexkrementen und Fledermauspisse zu schwimmen. Ja, das habe ich.

32
Eisberg voraus

Da mein Höhlentrip recht früh beendet ist, bin ich weit vor dem Eintreffen der meisten anderen Passagiere wieder zurück an Bord. Wieder erblindet schaue ich als Erstes nach Romeo. Er scheint sich etwas gefangen zu haben, und ich entscheide, dass auch ihm etwas frische Luft guttun dürfte. Trotz seines Spezialeinsatzes zur Vernichtung aller Nasendrogen in unserer Kabine kann ich ihn ja nicht dort verhungern lassen. Außerdem habe ich eine Idee, wie ich vielleicht doch noch an etwas Meersalz für mein Riechorgan kommen kann.

Mit Romeo an der Leine gehe ich an Deck. Niemand außer uns ist zugegen. Wahrscheinlich schwimmt der Rest der Truppe noch immer durch karibische Fledermauspisse.

Deck vier ist das am tiefsten liegende, das man als Passagier frei betreten kann. Aus dem Bordshop habe ich mir eine Flasche Cola besorgt, deren Restinhalt ich nach drei großen Schlucken über die Reling schütte. Darüber hinaus habe ich mir einen unglaublich hässlichen Poncho mit dem Konterfei des Schiffs gekauft. Aber das ist egal, er dient einem übergeordneten Zweck. Ich habe nämlich eine Idee. Der Poncho ist aus dickem Zwirn gefertigt und lässt sich zu meiner Zufriedenheit sehr einfach am äußersten

Rand auffädeln. So gewinne ich nicht nur eine extrem hässliche, sondern auch eine extrem lange Schnur. Begeistert von meinem Plan knote ich das eine Ende um den Hals der Plastikflasche und lasse sie langsam zum Wasser hinab. Vielleicht kann ich so etwas Salzwasser schöpfen, das ich mir dann pur durch die Nase jagen kann. Vielleicht funktioniert es ja?! Ha, da soll noch einer sagen, diese Merchandisingartikel seien zu nichts zu gebrauchen. Die Flasche setzt schließlich auf dem Wasserspiegel auf und macht leider das, was eine Plastikflasche nach physikalischen Gesetzen eben so macht. Sie schwimmt oben auf dem Wasser und will einfach nicht eintauchen.

Mist! So war das nicht geplant. Ich beginne damit, an der Reling auf und ab zu laufen und dabei kreisende Bewegungen mit der Schnur zu vollführen. Es ist ein kläglicher Versuch, die Physik zu überlisten und so etwas Wasser in die Flasche zu lotsen.

In diesem Moment tritt die holländische Familie zur Disneyparade an. Heute trägt der Sohnemann ein *Aladin*-T-Shirt, auf dem bereits zwei große Schokoflecken um die Wunderlampe verschmiert sind. Schwesterherz hat sich heute neben einem Softeis in der Hand für ein *Beauty-and-the-Beast*-Kleidchen entschieden. Klein Aladin kommt sogleich zu mir, um mich auf Holländisch zu fragen, was ich denn dort mache. Zum Glück kann ich die Sprache nicht und hoffe, so um das Gespräch herumzukommen. Doch Papa will den Wissensdurst seines Sprösslings stillen und bietet sich ungefragt als Dolmetscher an.

»Mein Sohn Eddy mag von dich wissen, was du da machst.«

Zugegeben. Als kleiner Junge hätte mich auch interessiert, was ein Blinder mit einer Schnur anstellt, die über Bord hängt.

»Ich äh… angle«, stammle ich. Sogleich übersetzt Papa, und Eddy deutet mit klebrigen Fingern über die Reling auf meine Colaflasche. Erneut folgt eine unverständliche Frage.

»Eddy will wissen, was du da mit der Flasche lecker angeln willst?«

Mensch, könnt ihr mich nicht einfach in Ruhe lassen? Ich muss mir irgendwas ausdenken, damit dieser Naseweis nicht noch zwanzig Fragen stellt. Also ziehe ich den Klugscheißer-Joker.

»Plankton.« Ich betone das Wort, als ob es sich um angereichertes Plutonium handeln würde. »Ich untersuche rund um die Welt die Wasserqualität nach Plankton, das sich durch die subkontinentale Erderwärmung sowie den zyklischen Verlauf des Mondtrabanten umgekehrt proportional vermehrt hat.«

Diesmal dauert die Übersetzung länger. Eddy sieht etwas verwirrt aus, nickt dann aber und widmet seine Aufmerksamkeit nun doch lieber dem Eis seiner Schwester, das er ihr aus der Hand klauen will.

Na bitte, geht doch. Und auch Papa Disney winkt zum Abschied.

»Okay, dann wunsche ich dich noch viel Gluck.«

»Danke.«

Die Disneyparade löst sich auf, und ich widme mich wieder meiner Colaflasche, die sich derweil tatsächlich gefüllt hat. Und zwar mit viel mehr Wasser, als ich wollte. Schnell versuche ich, sie wieder nach oben zu ziehen. Die Schnur spannt und schneidet schmerzhaft in meine Handflächen, dann hebt sich die Flasche aus dem Wasser. Erst nur ein paar Zentimeter, dann einen halben Meter. Meine Nase kann das Meeressalz bereits spüren. Ich ziehe kräftiger. Noch einen Meter. Zwei. Dann reißt die Schnur, und meine Colaflasche fällt klatschend zurück auf die Wasseroberfläche. Enttäuscht ziehe ich den Rest der Schnur ein und gehe mit Romeo ins Restaurant. Ich brauche jetzt was für die Nerven: Mir ist nach einem Softeis.

Ohne Meerwasser, dafür aber mit genügend Softeis, begebe ich mich wieder an die frische Luft. Diesmal auf Deck sieben. Dort werde ich Zeuge einer besonderen Darbietung. Eine Notwasserübung der Crew. Genauer gesagt der philippinischen Crew. Es ist ein einzigartiges Bild voll ungewollter Synchronität. Alle Filipinos besitzen nicht nur die gleiche Frisur, sondern sitzen wie Zwölflinge mit ihren orangefarbenen Rettungswesten im Rettungsboot nebeneinander und versuchen, dieses mittels einer Kurbel ins Wasser abzulassen. Außer dass sie dabei aussehen wie eine Gruppe Monchichis auf Klassenfahrt geschieht aber rein gar nichts. Egal was die Chaostruppe auch probiert, nichts senkt sich zur Wasseroberfläche ab. Zum Gefühl von Sicherheit trägt dies jedenfalls nicht gerade bei. Man kann nur hoffen, dass das Eisbergaufkommen in der Karibik stabil niedrig bleibt. Bis diese Monchichis das Rettungsboot klargemacht hätten, kann man auch gleich ein Ruderboot vor Norderney losschicken. Es wäre definitiv schneller vor Ort, als die Filipinos die Rettungsboote gewassert hätten. Wahrscheinlich würden herbeigeeilte Rettungstaucher immer noch Filipino-Leichen unter Wasser finden, die sich krampfhaft, aber mit einem fröhlichen Lächeln im Gesicht an die Kurbel eines Rettungsboots klammern. Der Begriff *Seenot* existiert im philippinischen Wortschatz anscheinend nicht. Oder er hat eine andere Bedeutung und heißt so viel wie: Wenn du schon stirbst, dann geh mit einem Lächeln in den Tod!

33

Ein Römer namens Hubsi

Es wird Zeit für ein Lebenszeichen von mir. Daher gehe ich ins bordeigene Internetcafé. Jede Minute kostet hier zwar ein kleines Vermögen, aber Jana hatte mir in ihrem Brief ja geschrieben, dass sie sich per Mail melden wolle. Also bleibt mir nichts anderes übrig, als mein Geld in ein paar Internetminuten zu investieren. Ich schaue, ob mich jemand sieht. Ein Blinder am PC würde vermutlich für unangenehme Fragen sorgen, doch niemand ist zu sehen. Zwei Plätze sind frei, und ich wähle den weniger langsam anmutenden Rechner. Ein Fehler, wie sich bereits nach zwei Minuten herausstellt. Nach dem Einwählen – was gleichbedeutend mit dem Startschuss für die Gebühren ist – dauert es unendlich lange, bis sich meine Postfachseite aufbaut. Aufgrund der amerikanischen Tastatur tippe ich dazu noch zwei Mal ein falsches Passwort ein, was mich weitere zehn Dollar und meinen Bausparvertrag kosten dürfte. Dann endlich öffnet sich mein Posteingang, und ich sehe, dass Jana tatsächlich geschrieben hat. Und zwar schon gestern.

Hallo, mein Schatz,
es tut mir so leid, dass ich Hals über Kopf aufbrechen
musste, aber der Flug ging bereits eine Stunde später. Ich

hatte versucht, Dich zu erreichen, aber Dein Handy war
ausgeschaltet. Ich hoffe, bei Dir ist alles okay. Was macht
Romeo? Hat er unsere Wohnung schon verunstaltet?

Ich schreibe Dir mal die Telefonnummer meines Hotel-
zimmers hier in Schanghai auf: 0086-21-4432949. Dann
kannst Du ja vielleicht mal anrufen. Wähle aber die Billig-
vorwahl aus Deutschland, sonst wird's super teuer.

Liebe Dich,

Deine Jana

PS: Mensch, Robert, ich hätte es beinahe vergessen.
Könntest Du mir bitte einen großen Gefallen tun? Meine
Mutter hat doch Ende des Monats Geburtstag, und mein
Bruder und ich wollten ihr für ihre Sammlung von Römer-
gläsern was kaufen. Ich hatte drei Gläser bei Glas Fried-
richsen zurücklegen lassen, da die gerade um die Hälfte
reduziert sind. Sie sind bis heute Nachmittag reserviert.
Hier ist es zwar schon Abend, aber bei Euch ist es ja gerade
erst Mittagszeit. Könntest Du die bitte in der Stadt abho-
len? Danke, Du bist ein Schatz.

In Wellen breitet sich die Panik von meinen Füßen über
den restlichen Körper aus. Wie zur Hölle soll ich diese Gläser denn von Belize aus in der Frankfurter Innenstadt abholen? Zumal die Mail schon einen Tag alt ist. Wenn ich
das jedoch nicht auf die Reihe bekomme, wird mir Jana
definitiv auf die Schliche kommen. Sie wird Fragen stellen.
Viele Fragen. Und auf einige werde ich keine schlüssigen
Antworten finden. Das wird mein Ende sein. Ich muss es
irgendwie schaffen, diese verdammten Gläser abzuholen.
Aber wie? – Natürlich! Ich schlage mir mit der flachen Hand
vor die Stirn. Ich schicke jemanden hin, der sie für mich

holen kann. Wir liegen noch immer im Hafen, und ich habe somit Netz. Schnell suche ich in meiner Kabine nach meinem Handy und drücke die Wahltaste. Doch mein Mobiltelefon ist für das Ausland nicht freigeschaltet. Also muss ich irgendwo auf dem Festland telefonieren. Ich schaue auf die Uhr. Noch liegt das Schiff im Hafen. Also los. Keine fünfzig Meter vom Pier entfernt finde ich tatsächlich eine Telefonkabine und wähle die Nummer meiner Rettung. Und ich habe erneut Glück. Nach kurzem Klingelton meldet er sich.

»Hubert Scholz.«

Hatschi!

»Hallo?«

»Hubsi, entschuldige bitte. Hier ist Robert. Hör mir jetzt genau zu. Es ist unglaublich wichtig.«

»Servus, Robert. Wo bist denn? I hob scho a paar moi versucht, di anzurufen, aber du woarst nie dahaam.«

»Ist 'ne lange Geschichte, Hubsi. Und ich habe jetzt keine Zeit, sie dir zu erklären. Aber du musst mir einen großen Gefallen tun. Du musst für mich in die Stadt gehen und drei Römer-Gläser bei Glas Friedrichsen abholen. Die sind auf Janas Namen reserviert und sollten eigentlich bereits gestern Nachmittag abgeholt werden.«

»Ja gut, i versuchs. Du hörst di ja so ghetzt an. Bist aaf da Flucht oder wos? Jetzt sog hoid, wo d'bist.«

»In diesem Moment?«

»Ja.«

»In Belize.«

»Ah, dös kenn i. Is dös ned de klaane Bar unten in da Oidstadt?«

»Nein, ich meine nicht das Bell East in der Altstadt, ich

meine das Land Belize. In der Karibik. Ich bin wirklich dort.«

»Karibik? Ja, bist deppert? Wos machst dort?«

»Ich sag ja, ist 'ne lange Geschichte. Ich erzähl sie dir, wenn ich zurück bin.«

»Na, da bin i aber g'spannt.«

»Danke dir für deine Hilfe. Du rettest mir das Leben.«

»Basst scho. Hörst di ja fast scho so a wia a Agent.«

»Und zu niemandem ein Wort, wo ich gerade bin, okay?«

»Zu Befehl, Herr Bond.«

»Ciao, Hubsi.«

»Ja, und bass auf di aaf bei dene Wuiden.«

TEIL 4

Heureka

34
Hajo, also wirklich…

Das Essen an Bord ist zwar immer gleich gut, dadurch in seiner Vielfalt aber auch deutlich eingeschränkt. Es gibt heute die gleichen verdammt guten, aber eben auch verdammt gleichen Gerichte wie am Tag zuvor. Allerdings habe ich heute interessante Gesellschaft am Tisch. Das schweigende, still keifende Ehepaar vom Flughafen hat neben mir Platz genommen. Es sind tatsächlich Deutsche, und sie unterhalten sich heute sogar. Doch nur, um ihrem Hass eine weitere Episode hinzufügen zu können. Ich mische mich nicht ein und bedanke mich bei dem Tischabräumer absichtlich auf Englisch, um die beiden in der Sicherheit zu wiegen, ich könne sie nicht verstehen. Nach Kurzem habe ich aufgeschnappt, dass die beiden auf die Namen Hajo und Gitte hören. Und zwar, weil jeder dritte Satz von Gitte mit dem Zusatz: *Hajo, also wirklich…* beginnt oder endet. Und Hajo antwortet stets mit dem ebenso einfachen wie wirkungslosen Satzkonstrukt: *Ach Gitte.* Ich treibe es sogar so weit, dass ich sie verfolge, als sie sich noch einen Nachschlag am Buffet holen gehen. Ein Herz und eine Seele, die beiden, wie sie da vor der Pastastation stehen und sie ihm mit hochrotem Kopf erklärt, was er nehmen möchte und was nicht. Das muss Liebe sein!

Zurück am Tisch geht es ohne Unterlass weiter. Gitte wirft Hajo vor, in Belize Postkarten gekauft zu haben. Ein egoistischer Alleinritt sondergleichen, der Gitte sogleich wieder auf den Plan ruft.

»Hajo, also wirklich, wir hatten doch ausgemacht, diesmal keine Karten zu schreiben.«

»Ach Gitte, es sind doch nur drei.«

»So ein Blödsinn. Wir sind doch schneller wieder in Deutschland als die Karten von dieser Hinterweltinsel.«

»Belize ist keine Insel, Gitte.«

»Ach, und woher willst du das jetzt wieder wissen? Bist wohl außen herum gelaufen, was? Alles musst du immer besser wissen. Furchtbar. Und überhaupt, wann und wo willst du die Karten denn einwerfen? Morgen in Honduras oder wie?«

»Warum nicht?«

Gitte beugt sich bedrohlich nah zu Hajo herüber und fixiert ihn wie eine giftige Speikobra.

»Weil es völlig hirnrissig ist, Karten aus Belize in Honduras in den Postkasten zu werfen. Da ist dann doch ein ganz falscher Stempel drauf. Was sollen unsere Freunde von uns denken? Die sind doch sowieso schon neidisch auf uns. Die Hanselmanns warten zum Beispiel nur darauf, dass wir irgendetwas Schwachsinniges machen.«

»Ach Gitte, ich bitte dich.«

»Es ist doch so. Aber auf dich können sich die Hanselmanns ja wie immer verlassen. In Sachen Schwachsinn bist du ja ein verlässlicher Experte.«

Hajo schnauft über seinen Rigatoni wohl einen entnervten Halbton zu auffällig, denn Gitte sieht dies als Kritik an sich, ihrer Meinung und überhaupt ihrem ganzen Leben.

»Jetzt schnaub nicht wieder so. Das kann ich ja grad leiden. Erst so einen Blödsinn fabrizieren und dann noch nicht einmal dazu stehen.«

»Ich habe nur die Rigatoni angepustet, weil sie so heiß sind.«

Jetzt schnaubt Gitte. Kopfschüttelnd probiert sie mit ihrer Gabelspitze von dem kleinen Nudelberg vor ihr und legt das Besteck sofort wieder zurück neben den Teller.

»Eiskalt«, zischt sie brüskiert.

Hajo versteht zunächst nicht und hebt fragend die Schultern. Doch Gitte ist schon mitten in ihrem Erklärungsfuror und deutet mit beiden Zeigefingern auf ihren Teller.

»Die Nudeln. Die sind ja eiskalt. Das ist doch wohl das Letzte. Das nächste Mal fahren wir wieder mit der *Queen Mary*, so etwas gab es dort nie.«

Stillschweigend verharrt Hajo einen Moment und scheint zu überlegen, ob er seinen Gedanken aussprechen oder Gittes Unmutsäußerung erdulden soll. Er schafft es nicht und räuspert sich, bevor er Stellung gegen Gittes zu erwartende Verbalattacken bezieht.

»Natürlich sind die kalt. Das ist ja auch Nudelsalat.«

Mutig, mein lieber Hajo, das muss ich schon sagen. Er hat zwar recht, aber wen interessiert das in Gittes Bannmeile. Doch zu meiner Überraschung zieht sie ihr letztes Ass aus dem verschwitzten Ärmel. Niemals würde sie ihren Fehler eingestehen, aber zumindest gesteht sie Hajo zu, dass dies wohl ein Scherz gewesen sei, und begibt sich zurück auf das wohlbekannte Floskelniemandsland.

»Hajo, also wirklich ...«

Und auch Hajo scheint zufrieden und kontert mit seinem unwiderstehlichen: »Ach Gitte.«

Diese tiefgründige Poesie des Augenblicks lässt mich unweigerlich an Jana denken. Ob wir irgendwann auch mal so enden werden? Streitend über drei Postkarten und über die Temperaturunterschiede unserer Nudelteller? Ich vermisse sie.

Kuba und Leonardo di Caprio

Die Nacht war geprägt von Niesattacken und tränenden Augen. Selbst meine Nasendusche kann ich ja nun dank Romeo nicht mehr einsetzen. Und ebenso wie ich braucht der Kater dringend mal frische Luft. Ich werde ihn heute beim Landgang in die honduranische Hafenstadt Roatan mitnehmen. Der feste Boden unter den Pfoten wird ihm guttun.

Aber erst mal ein Frühstück einnehmen. Irgendwas Gesundes wie Äpfel oder Melonen. Auf dem Weg zum Frühstücksraum kommt mir eine Frau mit mächtigem Schnäuzer entgegen. Und ich meine nicht etwa ein Damenbärtchen. Ich rede hier von einem stattlichen, dicht und lang gewachsenen Schnauzbart! So etwas habe ich in meinem ganzen Leben noch nicht gesehen. Die Lady wäre im Mittelalter sofort auf den Scheiterhaufen gestellt worden. Heutzutage könnte man sie als Attraktion auf der Dippemess oder im Mittagsprogramm von RTL ausstellen und damit eine Menge Geld machen. Ob die hier an Bord auch Hormonbehandlungen durchführen? Ich werde das jedenfalls weiter beobachten. Beim Frühstück selbst sehe ich, wie Nelson Mandela am Nebentisch das Geschirr abräumt. Auf seinem Namensschild steht zwar Julius Frederick, und er kommt angeblich aus Trinidad. Aber ich glaube ihm kein Wort und mache mich nach einem Drei-Eier-Omelett und zwei Toasts auf den Rückweg in meine Kabine.

»Hallo, Robert.«

Eine deutlich gesünder und zufriedener aussehende Tiffany steht vor mir. Sie trägt ein etwas zu enges Bikinioberteil, was mich daran erinnert, dass ich eigentlich Melonen essen wollte.

»He, Tiff, du siehst toll aus ... äh, ich meine, du hörst dich toll an.«

»Wow, wie du solche Sachen aus einem einfachen *Hallo* raushören kannst. Du solltest ins Fernsehen.«

»Alles nur Erfahrungswerte. Aber dir scheint es wieder besser zu gehen.«

»Ja, zum Glück. Diese Frau von der Rezeption hatte recht. Ich war wohl ein wenig seekrank, aber das ist jetzt vorbei. Was machst du heute?«

»Noch keine Ahnung. Vielleicht einen kleinen Landgang, und du?«

»Jerry liegt mir in den Ohren, dass er unbedingt mit einem Delfin schwimmen will.«

»Ach, und das kann man hier in Roatan machen?«

»Nein, das ist ja das Problem. Das einzig Gute ist, dass er keine Ahnung hat, wie Delfine aussehen. Ich werde also mit ihm zum Schnorcheln gehen und ihm den erstbesten Fisch als Delfin vorstellen.«

Tiff lacht auf, und ich befürchte, dass das ihr Ernst war und ihr Sohnemann einen heftigen Schock bekommen wird, falls meine Lieblingskinderserie *Flipper* mal wieder ausgestrahlt werden sollte.

»Na dann, viel Glück.«

»Danke. Wir treffen uns heute Abend in der Martinibar, oder?«

»Na klar.«

Wir verabschieden uns, und ich steuere meine Kabine an. Leichter gesagt als getan, denn vor mir taumeln zwei Rentner durch den Gang und nehmen diesen komplett ein. Keine Chance auszuscheren, um zu überholen. Demütig fädele ich in den stockenden Rentnerverkehr ein und gehe Schritt für Schritt hinter ihnen her wie auf einer katholischen Osterprozession zum See Genezareth. Nachdem die Pilger kurz hinter dem Ölberg endlich in den Fahrstuhl stolpern, habe ich wieder freie Fahrt. Sofort überprüfe ich, ob in der Zwischenzeit meine Beinmuskulatur atrophiert ist oder bereits ein neues Jahr angebrochen ist. Beides ist nicht der Fall, und ich kann endlich meine volle Schrittlänge ausschöpfen.

Von der Gangway aus hat man einen herrlichen Blick über den Hafen. Nur ist dieser Blick auch schon das einzig Schöne daran. Denn Roatan ist einer der hässlichsten und erbärmlichsten Orte, die ich in meinem ganzen Leben gesehen habe. Und ich weiß, wovon ich rede, ich kenne Offenbach. Da muss Frau Beilenstein vom Reisebüro wohl ein falsches Foto in die Broschüre gerutscht sein. Bevor ich mich jedoch den versteckten Schönheiten Roatans widme, muss ich zunächst Jana anrufen und begebe mich geradewegs in das Gebäude am Anleger. Dort, so sagte man mir an Bord, gäbe es meist Telefonkabinen für Ferngespräche. Diese seien zwar etwas teurer, stellten aber die einzige Möglichkeit dar, in die Heimat zu telefonieren. Und bereits nach wenigen Metern an Land weisen mir diverse Schilder den Weg. Auf einer alten

Schiefertafel hat man, zwar versteckt, aber dafür in spanischer Sprache, die Preise angebracht. Ich überschlage, dass dieses mittelamerikanische Land zwei Drittel seines Bruttosozialprodukts aus den Telefonaten seiner Touristen erwirtschaftet, da jede angefangene Minute vier US-Dollar kostet. Da sage noch einer, die Drogenmafia sei das größte Problem in diesen Ländern. Ich klopfe an ein verschmiertes Fenster, hinter dem ein noch verschmierter wirkender Mann mit mächtigem Schnauzbart sitzt. Er könnte der Bruder von der Dame beim Frühstück sein. Ohne das Fenster zu öffnen, nickt er mir mürrisch zu und reckt zwei Finger in die Höhe. Es folgt eine Handbewegung, die zur Rückwand des Kabuffs zeigt. Dort befinden sich die Sprechkabinen, deren hygienischer Standard dem einer Oktoberfesttoilette am späten Abend entspricht. Dazu sind sie eng und muffig. Ich nehme Romeo sicherheitshalber auf den Arm. Nicht, dass er sich hier noch einen Fußpilz einfängt. Dann krame ich einen Zettel hervor, auf dem ich mir die ellenlange Nummer von Janas Hotel notiert habe. Es rattert und klickt wie in einem Humphrey-Bogart-Film der Dreißigerjahre, und ich warte auf ein Freizeichen. Und tatsächlich, trotz aller vorsintflutlichen Technik klingelt es am anderen Ende. Ich hoffe, Janas Stimme zu hören, doch es klingelt stupide weiter. Als ich bereits wieder auflegen will, knackt es, und eine verschlafene Stimme meldet sich.

»Hallo?«

»Hallo, Schatz, ich bin es. Wollte mal hören, wie es dir geht.«

»Robert?«, kommt es zögerlich zurück.

»Ja. Ich bin es.«

»Sag mal, weißt du, wie viel Uhr es ist?«

»Um ehrlich zu sein, nein. Aber ich dachte, du freust dich, meine Stimme zu hören.«

»Ja, tu ich auch. Aber ich hätte mich am helllichten Tage noch ein wenig mehr darüber gefreut.«

»Wie viel Uhr habt ihr denn?«

»Warte, ich schau mal.« Bettwäsche raschelt, dann ertönt ein deutliches Stöhnen. »Vier Uhr morgens.«

»Oh, das ist echt früh.«

»Ja, allerdings. Wie läuft es denn zu Hause?«

»Alles prima. Keine Probleme.«

»Und Romeo? Vertragt ihr euch gut?«

Romeo schaut mich fast weise an.

»Auf jeden Fall. Ich habe ihn … äh … total im Griff.«

»Sag mal, hat das mit den Gläsern für meine Mutter geklappt?«

»Na klar, kein Problem. Weißt doch, dass du dich auf mich verlassen kannst.«

Im Stillen danke ich Hubsi für seinen Gläsereinsatz.

»Super, danke. Die sind sonst so wahnsinnig teuer, und wenn die um die Hälfte reduziert sind, habe ich die nächsten drei Geburtstage Ruhe.«

»Hab ich doch gerne gemacht.«

Huuuuuuuuuuuuuuuuuup!!!!!!!!!

Ein ohrenbetäubender Ton lässt den Hafen erschaudern. Das Schiff neben unserem signalisiert soeben seinen Passagieren, dass es nun zum Auslaufen bereit ist.

»Was war das denn?«, fragt Jana.

»Was?«

»Das Geräusch eben. Hat sich angehört wie ein Schiff.«

»Ja.«

»Was, ja?«

»Nein ... ich meine ja. Richtig. Das war ein Schiff. Ich, ich, ich schaue gerade *Titanic*«, antworte ich und hoffe, dass irgendwo in diesem blöden Film tatsächlich ein Schiff gehupt hat.

»Du magst den Film doch überhaupt nicht.«

»Aber Leonardo di Caprio spielt da mit.«

»Aber den magst du auch nicht.«

»Stimmt. Aber du. Und so fühle ich mich dir einfach näher.«

Was für eine klägliche Lüge. Doch zu meiner eigenen Überraschung funktioniert sie bestens.

»Oh, das ist ja süß. Ich muss wohl öfter mal wegfahren.«

Eine fünfköpfige Familie schiebt sich mit ihren Kindern an den Telefonhäuschen vorbei, wobei die Mutter der Bande den Kindern in spanischer Sprache lauthals den Weg frei schreit.

»Hast du Besuch?«

»Besuch? Quatsch ... nein. Das ist nur ...« Es ist nicht leicht, unter Druck eine plausible Erklärung zu finden, warum in unserem Wohnzimmer spanisch gesprochen wird. Also suche ich nach einer Lösung. »Ich schau den Film auf Spanisch.«

»Was? Warum das denn?«

»Warum, warum ... Frag doch nicht so.«

»Doch.«

»Ich lerne halt Spanisch. Das funktioniert doch am besten, wenn man Filme in Originalsprache schaut.«

Es folgt eine kurze Pause, in der ich befürchte, dass mein Kartenhaus im nächsten Moment einstürzen wird. Doch Janas Antwort klingt weder sauer noch misstrauisch, sondern vielmehr gerührt.

»Es ist wegen Kuba, stimmt's?«

Kuba? Wieso kommt sie gerade jetzt auf Kuba? Na klar, wegen des Urlaubs! Jana liegt mir schon seit langer Zeit wegen des Urlaubs in Kuba in den Ohren. Das passt.

»Genau, wegen Kuba. Jetzt hast du die ganze Überraschung kaputt gemacht.«

»Robert, das ist ja so süß von dir, dass du jetzt Spanisch lernst.«

»Ja, so bin ich.«

»Du, ich freu mich schon wahnsinnig auf dich. Hier läuft's super. Eilhoff wird Augen machen, wenn wir ihn wieder treffen.«

»Ja, das wette ich.«

»Okay, ich muss jetzt aber noch ein wenig schlafen. Muss früh raus und habe so viel zu erledigen heute.«

»Du schaffst das.«

»Danke.«

»Ich muss auch los. Das Frühstück ruft.«

»Das Frühstück? Es ist bei euch doch später Abend.«

Immer wieder diese Zeitzonenfalle. Verdammt!

»Für ein gutes Frühstück ist es nie zu spät.«

»Du Spinner.« Ich höre Jana lachen. Glück gehabt. »Ich drück dich ganz lieb.«

»Ich dich auch.«

»Und pass mir gut auf Romeo auf.«

»Klar, kein Problem.«

»Ich liebe dich, Robert.«

»Ich dich auch.«

»Ciao, bis bald.«

»Ja, ciao oder *hasta luego*, wie der Spanier so sagt ...«

36 Der heilige Robert

Das hat doch mal super geklappt. Nun kann ich mich auch entspannt auf die Suche nach den versteckten Schätzen des Hafenstädtchens machen. Dennoch möchte ich keine geführte Tour buchen, sondern mit Romeo Roatan auf eigene Faust erkunden. Also ziehen wir los und tingeln durch die Straßen. Machen wir es kurz: Roatan ist nicht gerade das, was man eine pulsierende Metropole nennen würde. Und die von Frau Beilenstein angekündigten *versteckten Schätze* scheinen so gut verborgen, dass ich sie nicht zu finden vermag. Aber die Einheimischen sind sehr nett und gar nicht so penetrant, wie ich dachte. Zwar werde ich innerhalb einer halben Stunde dreimal auf Kokain und Haschisch angesprochen, aber landestypische Sitten und Gebräuche muss man halt akzeptieren. Nach einer weiteren halben Stunde habe ich alles abgeklappert, was man als interessierter Tourist gesehen haben sollte, und ich beschließe, mich irgendwo in eine Bar zu setzen. Es ist kurz nach zehn, als ich ein Angebot sehe, das da lautet:

5 beer for ten Dollar, nachos included

Ui, kann man als Touri alkoholmäßig so früh am frühen Morgen schon die Jalousien runterlassen? Scheiß drauf, warum eigentlich nicht! Ich lasse mich von Romeo in den Laden zu einem Tisch leiten. Zumindest sieht es danach aus. Stattdessen setze ich mich einfach an den Tisch, an dem er zufällig kurz anhält.

»Hajo, also wirklich…«, vernehme ich eine bekannte Stimme von einem Tisch einige Meter entfernt.

Verdammt! Tatsächlich. Hajo und Gitte haben sich ebenfalls einem kleinen Frühschoppen verschrieben. Sie können mich zwar nicht direkt sehen, dennoch bedeutet das für mich, dass ich auch in dieser Bar dem blinden Robert treu bleiben muss. Und sogleich bemerke ich noch etwas: die bewundernden Blicke der Einheimischen. Einen blinden Mann mit Katze sieht man demnach auch in diesem Teil der Welt eher selten. Kurz überlege ich, ob es nicht ein schlechtes Vorbild für die anwesenden Kinder darstellt, sich als blinder Mann zwischen all den Frühstücksgästen die Lichter auszuknipsen. Na ja, ein schneller Drink sollte doch okay sein. Dann lasse ich Hajo, Gitte und den Rest der Truppe in Frieden und ziehe weiter.

Also treffe ich eine Kompromissentscheidung, die da lautet: *STRAWBERRY MARGERITA*.

Der Glasinhalt wirkt durch das freundliche Erdbeerrot eher harmlos, hat aber eine solide Wirkung. Nebeneffekt meines vorangegangenen Spaziergangs bei einunddreißig Grad in der Morgensonne: Ich trinke die *STRAWBERRY MARGERITA* etwas zu schnell! Und da ist er wieder, dieser Schmerz direkt hinter den Augen, wenn man kalte Shakes oder Frozen Margeritas zu gierig in sich hineinschüttet. Ich lege der Bedienung einen Fünf-Dollar-Schein unter den Salzstreuer und bücke mich zu meinem Begleiter. Er scheint noch immer etwas übel gelaunt. Dazu ist es trotz der frühen Tageszeit unerträglich heiß. Vielleicht sollte ich ihn mal kurz von seiner Leine befreien. Ich löse die Sicherungsschnalle und streife ihm das Katzengeschirr über den Kopf. Trotz meiner Allergie streichle ich sogar über sein Fell, worauf ich sofort ein Kribbeln in der Nase spüre und laut niese. Und genau das weckt auch Romeo aus seinem Schlafmodus. Wirkte er eben noch unschuldig und halb tot, nutzt Romeo nun die Gunst des Augenblicks und schießt wie von der Tarantel gestochen unter dem Tisch hervor in Richtung Straße. Sofort hetze ich hinterher und ziehe dadurch die erstaunten Blicke der Einheimischen auf mich. Man hat hier wohl nur sehr selten einen Blinden so durch die Stuhlreihen jagen sehen. Elegant springe ich über einen umgefallenen Stuhl und sprinte los, als hinter mir die höchstwahrscheinlich streng katholischen Gäste auf die Knie fallen und sich bekreuzigen. Sie falten die Hände, und zwischen die bekannten, germanischen Sprachfetzen: *Hajo, also wirklich…* und *Ach Gitte!,* mischen sich immer wieder die spanischen Worte *vaya Milagro, vaya Milagro.* Dazu strecken die Einheimischen immer wieder ihre Hände gen Himmel. Ich verharre kurz und schüttele ungläubig den Kopf. Dann verstehe ich die Aufregung. Man geht hier von einer Wunderheilung Gottes aus. Der blinde Mann trinkt von der Margerita und kann wieder sehen.

Ein Wunder!

Un Milagro!

Der heilige Robert!

Santo Roberto!

Nur Hajo und Gitte sind so auf ihre üblichen Streitereien

konzentriert, dass sie von dem ganzen Schauspiel nichts mitbekommen.

Der Barbetreiber wird seine Strawberry Margerita von nun an sicherlich als Heilwasser anpreisen. Nur allzu gerne würde ich mir noch etwas von der roten Erdbeermargerita in die Handflächen träufeln, um mit meinen Wundmalen die Illusion zu perfektionieren, doch auf all meine sakrale Wirkung kann ich keine Rücksicht nehmen. Der Kater ist mein Heiliger Gral. Und das Schlimmste wäre natürlich, wenn ich ganz ohne diesen Gral meine Heimreise antreten müsste. Das wäre das Ende. Für mich, für Janas Beförderungschancen, für unsere neue Wohnung, für die Ruhe der Eheleute Eilhoff... Aber was soll ich tun? Die fromme Gemeinde erwartet etwas von mir.

Also gut. Ich zeichne mit der Hand die Umrisse eines Kreuzes in die Luft und segne die anwesende Gesellschaft, indem ich rufe: »Sanctus, Sanctus!« Dann laufe ich zur Straße, wo ich gerade noch Romeos Schwanz um die gegenüberliegende Häuserecke verschwinden sehe. Mit langen Schritten versuche ich mitzuhalten, vorbei an Mofas, Fahrrädern und Autos. Doch nach zwei Blocks verliere ich ihn aus den Augen. Romeo ist wie vom Erdboden verschluckt.

»Rooomeeeooo...« Lang gezogen rufe ich den Namen in fast jede Gasse der Stadt. Doch außer einigen Personen, die nur den Kopf schütteln, reagiert niemand auf mein Rufen. Ich habe hinter Mülltonnen gestöbert, in Hinterhöfen gesucht und sogar auf einem Markt nachgeschaut, auf dem man Haustiere in fürchterliche Käfige gepfercht zum Kauf anbot. Zum Glück fand ich ihn auch dort nicht.

Von der gegenüberliegenden Straßenseite kommt mir

eine Frau entgegen. Sie ist ganz aufgeregt und faltet immer wieder ihre Hände, als sie sich nähert. Jetzt erkenne ich, dass es eine der Personen war, die vorhin bei meiner Heiligsprechung zugegen war. O nein, auch das noch ...

Sie brabbelt etwas auf Spanisch, was ich nicht verstehen kann. Erst als sie ihren Kopf zur Seite neigt und die Worte *Miau- Miau* ausspricht, verstehe ich, dass sie Romeo gesehen hat und mir helfen will.

»Ja, ja, genau. Miau-Miau. Wo? Wo ist Miau-Miau?«

Sie deutet zurück in die Gasse, aus der sie gekommen ist, und zerrt mich dort hin. Und tatsächlich. Schon von Weitem höre ich etwas. Es ist ein rolliges Jaulen und Jammern. Ich kenne dieses Geräusch mittlerweile sehr gut und folge dem Geschrei. Und dann sehe ich ihn tatsächlich. Neben einer Mülltonne mit Essensresten bockt er sich hinter einer Katze auf und begattet sie, als ob es kein Morgen gäbe.

»Esto es el Diabolo«, sagt die Frau, deutet auf Romeo und wirft sogar einen kleinen Stein in seine Richtung. Doch Romeo interessiert das wenig. Er lässt sich von seinem lustvollen Tun nicht abbringen. Die Frau denkt allem Anschein nach, dass der Teufel in Romeos Körper gefahren ist und ich ihn austreiben wolle. Dass ich deswegen hinter ihm hergerannt bin.

»No, no. No diabolo. Miau-Miau ist nur ... äh ... rollig. Bum-bum, Sie verstehen?«

»Si, si, Bum-bum. Esto es el diabolo«, antwortet die Frau erregt und lässt weitere spanische Wortfetzen folgen. Zu guter Letzt spuckt sie in Romeos Richtung und überlässt die Gasse und den teuflischen Romeo mir. Als ich mich nähern will, lässt Romeo seine Gespielin einfach stehen, und eine erschöpfte Katze bleibt mit gebrochenem Herzen zurück. Die Katze scheint ein Streuner zu sein. Sie sieht schmutzig und abgemagert aus, und als ich genauer hinsehe, erkenne ich, dass es sich bei der Katze um gar keine Katze handelt. Es ist ebenfalls ein Kater. Ich bin also mitten in Honduras nicht nur auf der Suche nach einem rolligen, sondern auch noch schwulen Blindenkater, der mir entlaufen ist. Hubsi und Emile wären stolz auf Romeo. Auch das noch.

»Romeo, du Scheißkater. Diabolo«, brülle ich Romeo hinterher und werfe ihm den kleinen Stein der Frau nach.

»Was Sie suchen, Senôr?«

Ein Mann mit einem Reisekoffer, wie ich ihn für Romeo habe, ruft mir von einigen Metern Entfernung aus zu. Noch einer meiner Jünger?

»Ich? Ach, das ist eine lange Geschichte. Sie sprechen Deutsch?«

»Ein bisschen. Habe studiert Tiermedizin in Deutschland. Mein Name ist Raul Brandao von Organisation *Ciudadanos para los animales*.«

Er reicht mir eine Visitenkarte, auf der nicht nur sein Name, sondern auch die Homepage und die Bankverbindung der Tierschutzorganisation aufgeführt sind.

»Ach, Gott sei Dank. Ich dachte schon, Sie denken, ich sei ein Heiliger.«

»Perdone, ich nicht verstehe, Senôr.«

»Schon okay«, antworte ich und strecke ihm meine Hand entgegen. »Angenehm, Robert Süßemilch. Ich suche meinen Kater.«

»Romeo ist ein Kater?«

»Genau.«

»Wie konnten Sie verlieren, Senôr? Touristen mit Tieren ist nix gut für unsere Tiere hier.«

»Wieso?«

»Tiere bringen fremde Krankheiten und so was mit, nix gut.«

»Verstehe, tut mir leid. Es war ja auch keine Absicht. Er hat sich losgerissen...«

»Und nun macht er alle Katze von Stadt verruckt.«

»Nicht nur Katzen...«

»Wie meinen Sie das, Senôr?«

Ich schweige zu Romeos homosexuellen Neigungen und winke ab.

»Ach, nichts. Wie gesagt, es tut mir leid. «

»Wir hier haben nix Organisation wie in Deutschland. Ich helfen den Tieren auf die Straßen hier, weil sonst keiner macht. Hunde, Katzen, Esel, alle werden gemacht tot oder gequält, weil Touristen kaufen nur kleine, suße Babys von Tieren.«

Ich kann Raul Brandaos Ärger gut verstehen. Sicher hätte er Besseres zu tun, als durch die dreckigen Gassen Roatans zu streifen und nach streunenden Tieren zu schauen oder sie aus den Fängen von Händlern zu befreien. Und ich Idiot sorge auch noch dafür, dass Romeo womöglich Krankheiten aus Deutschland einschleppt und für weiteren Nachwuchs sorgt.

»Verstehe«, antworte ich beschämt.

»Nein, nein. Isse schon gut. Haben Sie nicht gemacht mit Absicht, aber jetzt wissen Bescheid, okay?«

»Auf jeden Fall.«

»Und nix mehr laufen lassen frei.«

»Bestimmt nicht.«

»Wenn ich finde Kater, können Sie schauen auf Home-page von Organisation. Und dann kommen zu mir abholen, okay?«

Ich bezweifele, dass ich in nächster Zeit für einen entlaufenen Kater wieder von Deutschland einfliegen werde, verschweige aber dieses Detail.

»Super, danke, Herr Brandao.«

»Viel Gluck, adioz.«

Raul Brandao verschwindet um die nächste Ecke, und ich bin bei meiner Suche wieder auf mich allein gestellt. Die Zeit läuft erbarmungslos gegen mich. Meine Uhr zeigt nun bereits 12:43 Uhr an. Verdammt. In nicht einmal zwanzig Minuten muss ich zurück auf dem Schiff sein, da es ablegen und Romeo und mich für immer trennen wird. Ich gehe in Richtung des Hafens, wo ich bereits die Aufbauten des Schiffs sehen kann. Es nützt nichts. Ich muss mir für Jana und die Eilhoffs eine Ausrede überlegen, warum es keinen Romeo mehr gibt. Hauptstraßenunfall? Das würde auch nicht gerade für meine Fürsorge sprechen. Es muss irgendwas sein, auf das ich keinen Einfluss habe. So was wie... Suizid. Gibt es Tiere, die sich selbst umbringen? Burn-out...? Gemobbt von den anderen Katzen der Straße?

Hatschi!

Ich blase meinen ganzen Katerfrust in mein Taschentuch, und noch bevor ich weiter an einer plausiblen Ausrede feilen kann, ruft mir einer der Matrosen des Schiffs von Weitem zu, der bereits die Gangway einholen will. Ich bin anscheinend nicht nur der bescheuertste, sondern auch der letzte Passagier, der an Bord will.

»Hurry up, Sir. We're leaving Honduras.«

Oh, verdammt, ich hätte beinahe meine Tarnung aufgegeben. Schnell rücke ich meine dunkle Brille zurecht und winke zurück.

»Sorry, I'm blind. Give me a second.«

Gerade als ich die Gangway betrete, sehe ich, wie ein pelziger Schatten in Richtung des Schiffs rennt. Romeo?

»Stop. One moment, please. My cat.«

Der Matrose scheint erstaunt, dass der blinde Mann etwas gesehen haben will, was selbst seinen Augen verborgen blieb.

»Where? I can't see anything.«

»Äh, but I can feel it.« Ich stottere etwas und deute in Richtung eines rostigen Containers, hinter dem ich Romeo vermute. »Somewhere over there.«

Und tatsächlich. Der Matrose entdeckt Romeo und schiebt die Gangway so weit zurück, dass Romeo zu mir auf die unterste Stufe springen könnte. Doch der zögert.

»Komm schon, Romeo. Spring.«

Und dann springt Romeo. Und landet genau in meinen Armen. Er sieht unglaublich scheiße aus und stinkt wie ein Güllefass. Das Fell ist zerpflügt, und auch einige blutende Wunden zieren seinen Körper. Doch ich bin glücklich, dass er nicht einem der von Herr Brandaos beschriebenen Täter zum Opfer gefallen ist, die ihm das prämierte Fell über die Ohren gezogen haben. Seine Kampfspuren sind allerdings unübersehbar. Er scheint nicht nur einen Akt der Liebe vollzogen zu haben. Aber was erwartet man auch von einem schwulen Katergangbang in Honduras.

37
Katzentripper

Herr Süßemilch, nicht wahr? Wie kann ich Ihnen helfen?«

Dr. Bromsen scheint ein höflicher Mann zu sein. Er führt mich an seinen Schreibtisch, und ich nehme Platz. Zum Glück hatte ich ja bereits einen Termin ausgemacht. Eigentlich war dieser gedacht, um etwas gegen Romeos Übelkeit zu bekommen, aber seit wir wieder zurück an Bord sind, leckt sich der Kater alle Augenblicke an seinen Geschlechtsteilen.

»Ehrlich gesagt will nicht ich etwas von Ihnen, sondern mein Begleiter.«

Ich deute mit dem Blindenstock vage in Romeos Richtung.

»Ich habe schon von Ihnen und Ihrem Kater gehört, Herr Süßemilch.«

»Tatsächlich?«

»Natürlich. Wir sind auf einem Schiff. Da spricht sich so etwas schnell herum. Aber gut, dann wollen wir uns Ihren Kater mal genauer ansehen. Er sieht ziemlich mitgenommen aus.«

»Er hat sich gestern übergeben und war heute beim Landausflug etwas wild. Und seither leckt er sich den Unterleib.«

»Wild? Was meinen Sie genau damit?«

»Er ist rollig.«

»Kater werden nicht rollig, nur Katzen.«

»Äh, ja, das habe ich auch schon gehört. Ich nenne es nun mal trotzdem so. Jedenfalls hat Romeo sich ... na ja, wie soll ich sagen, sexuell aktiv verhalten.«

»Aha. Er hatte also Geschlechtsverkehr.«

»Ja.«

»Und seither leckt er sich?«

»Unentwegt.« Wie aufs Stichwort steckt Romeo erneut seinen Kopf in den Schoß und legt los. »Sehen Sie, genau das meine ich.« Sofort rufe ich mich zur Ordnung. »Nun, ich kann es hören. Er leckt sich doch gerade wieder, oder?«

»Ja, das tut er. Erstaunlich.«

»Ja, ich habe auch keine Ahnung, was das soll.«

»Nein, das meine ich nicht. Ich finde es erstaunlich, dass Sie nur aufgrund der Akkustik zuordnen können, dass sich Ihr Kater leckt. Noch dazu, wo er sich gerade leckt.«

»Oh, ich kann Ihnen versichern, dass das viel weniger erstaunlich ist, als Sie denken.«

Das dürfte das erste wahre Wort in diesem Gespräch sein. Doch Dr. Bromsen scheint mit meiner Erklärung zufrieden und widmet sich nun Romeo.

»Ich bin zwar kein Tiermediziner, aber ich versuche mein Bestes.«

»Vielleicht sollte ich noch erwähnen, dass er sich gleichgeschlechtlich verlustiert hat.«

»Gleichgeschlechtlich? Sie meinen, Ihr Kater ist homosexuell?«

»Es scheint so.« Jetzt wird aber dringend wieder eine Erklärung nötig. Dass ich das Lecken hören kann, ist ja schon starker Tobak. Dass ich aber auch noch die sexuelle Orientierung meines Katers hören kann, wäre etwas zu dick aufgetragen. »Ich selbst habe es natürlich nicht gesehen. Aber eine Begleiterin hat mir davon erzählt.«

»Verstehe. Nun dann.«

Dr. Bromsen hebt Romeo vor sich auf den Tisch und beginnt mit einigen arzttypischen Handgriffen. Romeo lässt alles geduldig über sich ergehen. Er schnurrt sogar, als ihn der Arzt im Intimbereich untersucht. Ja, er muss schwul sein.

»Und?«, frage ich.

»Wie gesagt, ich bin kein Facharzt für Tiermedizin, aber ich denke, das Übergeben rührt nur daher, dass Ihr Kater einfach seekrank ist. Das müsste sich aber bessern, da wir nun in ruhigeren Gewässern fahren.«

»Okay. Und das andere?«

»Ja, das andere.« Dr. Bromsen fingert in Romeos Intimbereich umher. Bei so einem Kater hängt das Gemächt nun mal nicht so prominent im Schaufenster wie bei uns Menschen. Er betrachtet sich Romeos Penis ein weiteres Mal, dann zieht er die Augenbrauen nach oben. »Der Penis ist leicht gerötet und wund. Ich würde behaupten, dass sich Ihr Kater etwas eingefangen hat.«

»Was meinen Sie mit *etwas eingefangen*?«

»Eine Geschlechtskrankheit. Wahrscheinlich so was wie einen Tripper.«

»Einen Tripper? Gibt's denn so was bei Tieren?«

»Es sind Säugetiere. Warum sollten sie das nicht bekommen?«

»Ja, und jetzt?«

»Ich lege dem Kater eine Halskrause an, damit er sich

nicht mehr lecken kann, und gebe Ihnen eine Salbe mit, die Sie zweimal täglich auf die betroffenen Stellen auftragen müssen.«

»Aber er hat einen Tripper. Das würde ja bedeuten, dass ich...«

Bromsen zuckt mit den Schultern, als wäre ihm das egal. Ist es vermutlich auch.

»...dass Sie Ihrem Kater den Penis einsalben müssen. Zweimal täglich für mindestens eine Woche. Dann sollte alles wieder in Ordnung sein.«

»Aber ich bin blind.«

»Vielleicht hilft Ihnen jemand von der Kabinencrew. Wenn Sie nett fragen. Ich kann das leider nicht für Sie übernehmen. Ich habe hier zu viel zu tun.«

Dr. Bromsen kramt etwas aus seinem Schränkchen, reicht mir eine Tube und drückt sie mir in die Hand.

»Sie haben hier tatsächlich eine Creme für Katerpenisse?«

»Wir haben hier Medikamente gegen Diabetes, Bluthochdruck und circa sieben verschiedene Cremes gegen Hämorrhoiden. Eine spezielle Creme für Katzentripper haben wir nicht, aber etwas, das ebenso gut wirken sollte. Es könnte höchstens sein, dass sich durch das Penicillin kurzzeitig Reaktionen bei Romeo zeigen. Veränderungen...«

»Und das heißt...«

»Hautirritationen. Müdigkeit. Sie sollten ihn auch von intensiver Sonneneinstrahlung fernhalten. Bis das Medikament wieder aus dem Körper gespült ist, könnte es bis zu einer Woche dauern.«

38
Die US-Stunt-Rentner

Die nächsten Tage und Abende verlaufen weitestgehend nach einem ähnlichen Schema. Romeo versucht, sich um seine Halskrause herum zu lecken, ich creme einen wunden Katerpenis und niese dazu ungefähr achthundert Mal im Rhythmus eines Hürdenläufers. Dennoch habe ich nach den ersten Tagen an Bord einige Lösungen für die alltäglichen Kreuzfahrtprobleme gefunden. Zum Beispiel, wie ich mich sowohl mit meinen Tischnachbarn als auch mit meiner Toilettenspülung arrangieren kann. Zum Essen gehe ich nicht mehr in das vornehme Hauptrestaurant, sondern bevorzuge das Buffet im Rainbow Restaurant. Das beheimatet weitaus weniger ukrainische Gäste, und dank Gitte und Hajo ist es manchmal sogar richtig lustig. Außerdem verfügen die dortigen Toiletten über weitaus weniger Saugkraft als ihre großen Brüder in den Kabinen. Einzig für meine Multi-Allergie habe ich bislang keine Lösung gefunden. Das Tischsalz funktioniert nicht, und das Meersalz stellt auch keine wirkliche Option dar.

Die Abende verbringe ich meist unter starkem Alkoholeinfluss mit Tiff an der Bar oder in der letzten Reihe des Theaters. Man hat von hier aus den mit Abstand besten Rundumblick auf die Geschehnisse. Eigentlich ist es mittlerweile mehr eine Art Forschungsreise. Im Mittelpunkt meiner Beobachtungen steht eine Spezies, die jeden Abend im wahrsten Sinne des Wortes vom Aussterben bedroht ist: der Greis.

Meine bisherigen Forschungsergebnisse lassen sich folgendermaßen zusammenfassen. Egal ob Frankfurt, Miami, das Straßencafé um die Ecke oder eben auf einem Kreuzfahrtschiff: Der gemeine Greis agiert immer und überall nahezu deckungsgleich. Er begehrt gegen jedwede Art der Bevormundung auf. Vor allen Dingen die abendaktiven Exemplare zeigen sich besonders widerspenstig. So kann der Greis sich zum Beispiel nicht einfach auf die Sitzplätze niederlassen, die eigens für ihn im gut erreichbaren Eingangsbereich reserviert wurden. Diese unterscheiden sich weder in Form noch Farbe von den sechshundert weiteren Sitzplätzen des Theaters weiter vorn. Sie sind schlichtweg einfach nur besser zu erreichen. Doch der Greis denkt nicht einmal im Traum daran, auf den für ihn reservierten Sitzen Platz zu nehmen. Wie von einer fremden Macht befohlen, zieht es ihn quer durch das gesamte Theater, über alle Treppen und Teppichkanten hinweg wankt er in die entlegensten Sitzreihen. Ich für meinen Teil begebe mich immer schon einige Minuten früher in das Theater und nehme einen strategisch günstigen Platz ein, von dem aus ich das gesamte Szenario überblicken kann.

Die eigentliche Show beginnt schließlich bereits vor dem Hauptevent auf der Bühne. Dann, wenn die Unverbesserlichen Abend für Abend mit ihren Gehstöcken und Rollatoren die vorderen Reihen des Theaters stürmen wollen. Vielleicht befinden sich sogar einzelne Exemplare in der Meute, die gar nicht dorthin wollen. Doch der Herdentrieb der Greise drängt sie zu ihrer Wasserlochstelle in die vorderste Reihe. Und dann kommt er, der große und alles entscheidende Augenblick: Das Saallicht geht aus!

Durch die plötzliche Dunkelheit überrascht verfallen die meisten in der Rentnerherde in eine Sekundenpanik, die sie im wahrsten Sinne des Wortes *anfällig* macht. Nachdem Dunkelheit eingetreten ist, vernimmt man die Abfolge eines immer gleichen Klangteppichs: der *Krücken-Körper-Zweiklang*. Ein Dominoeffekt des Stürzens. Zunächst ertönt das Geräusch von Metall, das aufeinanderfällt. Das kann wahlweise durch Krücken, Rollatoren oder ähnliche Gehhilfen erzeugt werden. Direkt darauf folgt der durch den Teppichboden leicht gebremste, dumpfe Aufschlag alten, menschlichen Fleischs.

Im Anschluss folgen: Aufschrei der umliegenden Passagiere; Herbeieilen von diversen Gentlemen, die den gestürzten Damen und wie Schildkröten hilflos auf dem Rücken Liegenden wieder aufhelfen; Bestätigung vonseiten des gestürzten Greises, dass wirklich alles in Ordnung sei; und bei besonders dankbarem Publikum erfolgt hin und wieder sogar ein kurzer Applaus.

Nie verletzt sich wirklich jemand. Es ist wohl wie so vieles in den Vereinigten Staaten: eine große Show. Die Greise haben wahrscheinlich vor ihrer Reise einen Crashkurs in Sachen Sturz- und Falltechnik in ihren Altersheimen besucht, nur um hier ein letztes Mal einige Sekunden im Rampenlicht zu stehen. Und sich vielleicht am Abend mit einem Eierpunsch bei den Gentlemen für ihre Hilfe zu bedanken. Clever. Vor allem der weibliche Greis. Sehr clever.

39 I werd narrisch

Über Nacht passieren immer wieder fantastische Dinge. Wie von Geisterhand wird unser Schiff von einem Land in das nächste gehoben. Am darauffolgenden Tag liegen wir dann stets in einem neuen Hafen, sodass man sich fragen könnte, ob das Schiff denn wirklich fährt oder nur über Nacht der längsseitige Hafen schnell umgebaut wird und mit einem neuen Namen aufwartet. Heute ist es der Hafen der Holländischen Antillen. Besonders meine holländische Disneyfamilie dürfte hier auf ihre Kosten kommen. Wir befinden uns mitten in der Karibik, und doch können sie ihren Holzschuhtanz aufführen. Es sei ihnen gegönnt.

Mein Tag beginnt mit Obstsalat und Pancakes. So langsam gewöhne ich mich an das Leben an Bord. Im Anschluss beschließe ich, kurz an Land zu gehen, um bei Hubsi wegen der Gläser nachzufragen. Also laufe ich über die Gangway auf den Pier und suche nach der nächsten überteuerten Telefonmöglichkeit für Schiffstouristen. Hier auf den Antillen macht sich der europäische Einfluss positiv bemerkbar, denn die Telefonkabinen sind in einem deutlich reinlicheren Zustand als die versifften Verschläge in Roatan. Ich wähle Hubsis Nummer, der schon nach einmaligem Klingeln abnimmt.

»Grüß dich, Hubsi, ich wollte nur noch mal hören, ob mit den Gläsern alles geklappt hat.«

»Mensch, Robert, endlich. A Schaaß hod geklappt. I konnt di jo ned erreichen. Dös mit dene Glaserln hod ned hinghauen.«

»Was heißt das?«

»De woarn leida scho wieda vakaaft, weils hoid im Angebot woarn.«

»Das ist nicht dein Ernst, oder?«

»Doch, wenn i dir dös sog.«

»Aber ich habe Jana schon gesagt, dass ich sie gekauft habe.«

»Bist deppert? Wie konnst dös sogn? Und was mach mer jetzt?«

»Keine Ahnung. Ich brauch die bis nächste Woche. Da hat ihre Mutter Geburtstag.«

»I hob aa Idee. Bleib grad dran. I ruf gschwind mit dem Handy im Laden o und frag obs de Glaserln bstellen können.«

»Okay, super Idee, Hubsi. Danke.«

Ich höre, wie er das Telefon zur Seite legt, und kann die Dollars geradezu durch die Leitung fließen sehen. Nach vier Minuten und einem Minikredit bei der Telefongesellschaft meldet sich Hubsi zurück.

»Oiso, bass auf. I hob die Frau grad no am andern End. Sie frogt, woiche Glaserln vo der Serie sand na dös.«

»Keine Ahnung, ich nehm die komplette Serie.«

»Sie sogt, dass se dös bis nächste Wochen ned schaffen.«

»Aber ich brauch die Gläser.«

»Moment. I gebs weiter.« Hubsi wendet sich der Dame

aus dem Geschäft zu, und ich kann seine Stimme deutlich hören.

»Hörens die Dame, er braucht de Glaserln dringend.«

Kurzes Schweigen, dann bin ich wieder dran.

»Sie sogt, es tut ihr leid, aber koane Chancen. Dös Werk liefert nur mittwochs aus.«

»Wo ist das Werk?«

»Moment... er mog wissen, wo dös Werk is.«

»Sie sogt, dös Werk is in Ingolstadt.«

»Kann man dort ab Werk die Gläser kaufen?«

»Moment... er mog wissen, ob man dort ab Werk de Glaserln kaufen ko.«

»Sie sogt, jo, dös geht.«

»Kannst du vielleicht dort hinfahren?«

»Moment... er mog wissen, ob Sie vielleicht hinfoahrn könntn?«

»Nein«, rufe ich in den Hörer. »Ich meine, ob du hinfahren kannst.«

»Wos? Ach so, ja, Moment... jo, dank schön für Ihre Hilfe, gnädige Frau.«

Hubsi beendet das zweite Gespräch und widmet sich wieder mir.

»Bist du narrisch? Meinst, i foahr wegen deiner Scheißglaserln durch hoib Deitschland.«

»Hubsi, bitte. Du wolltest doch schon immer mal mit Emile ein Wochenende in Bayern verbringen.«

»Hm.«

Er zögert. Das ist meine Chance. Ich muss nun nachlegen.

»Ich zahl dir die Fahrt.«

»Na, i waaß ned.«

»Ich bitte dich.«

»Zahlst auch de Übernachtung?«

»Meinetwegen.«

»Fünf-Sterne-Hotel?«

»Vier.«

»Abgmacht. I hol dir daane depperden Glaserln.«

»Du bist der Beste.«

»Ja, i waaß. Un du bist a Spinner, dös waaßd hoffentlich a, oder?«

»Ja, das weiß ich.«

40
Ein Minipanda

Heute hat mein Schicksal wieder Happy Hour. Zurück in der Kabine bekomme ich nach dem Gläser-Chaos den nächsten Schock versetzt. Die von Dr. Bromsen angekündigte Hautreaktion Romeos auf das Penicillin hat vergangene Nacht deutlich eingesetzt. Sein preisgekröntes, anthrazitfarbenes Fell hat an diversen Stellen nicht nur seinen Glanz, sondern gänzlich seine Farbe verloren. Romeo trägt die Haarfarbe, die die meisten hier an Bord ihr Eigen nennen: Rentnerweiß.

Sein Fell hat sich über Nacht von den Hinterläufen bis zum Bauch weiß gefärbt und erinnert in seinem Farbspiel nun an einen zur Strecke gebrachten Minipandabären. Das sieht nicht gut aus. Niemand sieht so komisch gescheckt gut aus. Außer vielleicht ein Zebra und Lady Gaga. Viel schlimmer ist allerdings die bittere Erkenntnis, dass diese Fellvariante die Jury bei der nächsten Meisterschaft nicht gänzlich überzeugen dürfte. Und auch Herr und Frau Eilhoff werden die ungewollte Typveränderung ihres Haustiers mit wenig Applaus begrüßen.

Verdammt. Das darf doch nicht wahr sein. Das könnte Janas und meine Pläne zum Scheitern bringen. Nach einer Niesattacke beschließe ich, Maßnahmen einzuleiten.

Und ich weiß auch schon, welche: Ich bekämpfe Feuer mit Feuer.

Der schiffseigene Wellness-Spa-Bereich verfügt natürlich auch über einen Friseursalon mit dem französischen Namen *Le beau*. Und genau dieser Waschen-Legen-Föhnen-Tempel könnte meine Rettung sein. Am Empfang werde ich höflich von einer jungen Dame mit den weißesten Zähnen des Universums angesprochen. Auf ihrem Namensschild steht Penelope Vasquez. Sie stammt aus Liechtenstein und spricht zu meinem Glück perfekt Deutsch. Ich stelle mich ebenfalls vor, weise auf mein tatsächlich neu aufgetretenes Problem des Haarausfalls hin und buche für mich das teuerste Paket, das der Salon im Angebot hat. Ich will die Scherengöttin möglichst gnädig und gut gelaunt stimmen, bevor ich mit meinem eigentlichen Vorhaben herausrücke.

»Außerdem wollte ich fragen, ob Sie auch eine Anwendung bei meiner Katze durchführen könnten.«

Zu meinem Erstaunen weiten sich die Augen der Dame keinesfalls voller Überraschung.

»Kein Problem. Ich habe als Teenager in einem Hundesalon gearbeitet. Das dürfte kein großer Unterschied zu einer Katze sein. Allerdings kostet das etwas mehr.«

»Kein Problem.«

»Was hätten Sie denn gerne? Waschen?«

»Waschen wäre super ... und, äh, färben.«

»Färben?« Sie zuckt merklich zurück.

»Ja, wissen Sie, Romeo ist mittlerweile nicht mehr der Jüngste. Auch er bekommt schon graue Haare. Jedoch ist er der eitelste Kater, den ich kenne. Er leidet sehr unter seinen grauen Haaren. Daher färben wir ihn in Deutschland

regelmäßig nach. Vielleicht könnten Sie das nun übernehmen?«

»Romeo heißt er?«

»Ja, wie bei Shakespeare.«

»Und Romeo ist nicht nur eitel, sondern auch traurig,
weil er graue Haare bekommt?«

»Genau.«

Penelope scheint ein wenig erstaunt, hält mich aber immer noch nicht für völlig gaga. Dann bückt sie sich zu
Romeo und streichelt ihn hinter seinem Kratz-Leckschutz
an den Ohren.

»Aber das Ding müssen wir ihm abnehmen.«

»Kein Problem, seit ich ihn eincreme, kratzt er sich kaum
noch.«

»Sie cremen ihn ein?«

»Ja.«

»An den Ohren?«

»Äh, nein.«

»Wo denn?«

»Ach, lassen wir das. Sie können das also machen?«

»Es ist zwar etwas ungewöhnlich, aber ich müsste die
Farbe zusammenstellen können. Ich hatte gerade erst vor
zwei Tagen eine Lady aus Texas, die einen ähnlichen Ton
verlangte.«

Ich bin baff. Erstens, weil Penelope kein großes Aufhebens um meinen Wunsch macht. Und zweitens, dass auf
dem Schiff eine Person mit der gleichen Haarfarbe wie Romeo umherläuft.

»Ja, das ist ja großartig«, sage ich. »Sie glauben ja gar
nicht, wie sehr Sie mir damit helfen.«

»Kein Problem. Mach ich gerne. Ist mal was anderes.«

41
Porno-Tiff

Zwei Stunden später verlassen Romeo und ich durch-
gestylt den Salon *Le beau*. Romeo in perfekt durchgängi-
ger Fellzeichnung der Saisonfarbe Anthrazitgrau. Ich mit
einem Tütchen Pflegeprodukten gegen Haarausfall in der
Hand, gezupften Augenbrauen und mit durchgestuftem
Schnitt, den Penelope als letzten Schrei in Miami bezeich-
nete. Ich finde die Frisur unendlich schwul. Aber ich wollte
sie nicht in ihrem Überschwang bremsen und nickte alles ab,
was sie mir empfahl. Daher haben meine Augenbrauen seit
einer Viertelstunde die Kontur eines sichelförmigen Bo-
gens angenommen, der für meinen Geschmack jedoch deutlich zu dünn verläuft. Penelope berief sich auch hier auf den
letzten Schrei und Miami; ich schwieg erneut und wurde
noch ein wenig mehr zur schwulen Blindenikone. Dem sowieso schon unverschämten Preis folgte ein üppiges Trinkgeld, und schon sitzt die blindeste Schwuppe der Karibik
mit ihrem Kater Romeo wieder in der Kabine. Wir machen
uns fertig für die große *White Night*. Laut Aktivitätenpro-
gramm eines der absoluten Highlights der Kreuzfahrt. Ich
wähle ein weißes Leinenhemd mit passender Hose und ver-
sehe Romeo mit einem weißen Schleifchen um den Hals.
Wenn ich nun schon als schwuler Katerhalter angesehen

werde, dann auch richtig. Hubsi und Emile wären stolz auf mich. Zur Feier des Tages trällere ich das Lied »I can see clearly now« von Johnny Nash und bin trotz mehrmaligen Niesens und Naseputzens beinahe glücklich.

Bei der *White Night* handelt es sich um eine Art Kostüm-abend, bei dem alle Gäste und Angestellten in weiße Klei-dung gewandet sind. Selbst der Kapitän trägt seine weiße Ausgehuniform, was mich für einen kurzen Augenblick an einen äußerst unappetitlichen Abend in einem Veganer-Restaurant erinnert, bei dem ich Jana zu Beginn unserer Beziehung mit einer solchen Uniform beeindrucken wollte. Der Erfolg war damals jedoch eher kläglich.

Ich habe mich mit Tiffany verabredet. Mit Romeo an der Hand stehe ich um sieben vor ihrer Kabine und klopfe.

»Die Tür ist offen. Ich bin gleich so weit.«

Tiff ist noch im Bad, und ich setze mich so lange auf einen Stuhl. Überall liegen ihre Klamotten verstreut her-um. Blusen, Schuhe, sexy Bikinis, BHs, Slips. All das sehe ich offiziell natürlich nicht.

»Und, was wirst du heute anziehen?«, frage ich neugierig.

»Das ist ja das Problem. Ich bin mir einfach nicht sicher. Ich habe mich schon drei Mal umgezogen. Was denkst du, etwas Geschlossenes oder lieber etwas mit Ausschnitt?«

»Ich denke, etwas mit Ausschnitt steht dir bestimmt toll. Auch wenn ich es leider nicht sehen kann.«

»Ja.« Tiff lacht. »Als Berater taugst du nur bedingt. Aber du hast recht.«

»Mit was?«

»Mit dem Ausschnitt. Ich bin noch jung, habe eine brauch-bare Figur. Warum sollte ich das also verstecken?«

»Ebendrum. Sag ich doch.«

»Okay, dann muss ich mich doch noch mal schnell umziehen. Wir haben doch noch ein paar Minuten, oder?«

Gerade als ich ihr sagen will, dass dies kein Problem ist,
kommt Tiff aus dem Bad zu mir in die Kabine und beginnt,
ihre hochgeschlossene Bluse aufzuknöpfen.

»... oder, Rob?«

»Wie bitte?« Ich stottere.

»Wir haben noch ein paar Minuten, oder? Dann ziehe ich
mir doch lieber was mit Ausschnitt an.«

»Auf jeden Fall.«

Und Tiff beginnt, sich ihrer gesamten Kleidung zu ent-
ledigen. Auch der BH fällt. Schließlich steht sie nur noch
mit Mini-Slip bekleidet vor mir. Und ich muss sagen, dass
mich der Anblick umhaut. Tiff hat eine Mörderfigur, und
selbst Romeo beginnt zu schnurren.

»He, Romeo scheint zu gefallen, was er sieht.«

»Ja, er ist eben auch nur ein Mann.«

»Ich finde es toll, dass ich mich hier vor dir umziehen
kann, ohne dumm angestarrt zu werden. Sonst gaffen mir
immer alle auf die Titten und meinen Arsch, verstehst du?«

»Und wie ich das verstehe.«

»Bitte?«

»Ich meinte, dass ich dich verstehe. Das muss nervig
sein. Aber bei mir brauchst du dir da keine Sorgen zu machen.«

Mein Hals fühlt sich plötzlich staubig und trocken an.

»Genau das meinte ich.« Tiff kommt zwei Schritte auf
mich zu und wirft sich einen halben Meter vor mir in
Pose. »Weißt du, ich steh jetzt gerade halb nackt vor dir,
und selbst wenn ich, wie jetzt, meine Brüste in die Hände

nehme und sie streichle, geht dir das komplett am Arsch vorbei.«

»Ja, eine Schande. Aber so ist es nun mal.«

Bitte hör auf, Tiffany, flehe ich heimlich, doch sie treibt es noch weiter und tanzt mit leicht gespreizten Beinen vor mir und leckt sich mit ihrer Zunge über ihre Brustwarzen. Wohl ein Test ihrerseits. Oder Berufskrankheit. Ich darf mir jetzt nichts anmerken lassen.

»Keine Ahnung, was du gerade machst, aber es sieht bestimmt sexy aus …« Ich lache auf.

Das Lachen klingt ebenso unecht, wie Tiffs Brüste aussehen. Aber ich bin zu sehr damit beschäftigt, meine Erektion in der weißen Leinenhose zu bändigen.

»Ha, ich habe nur getestet, ob du mir nicht doch nur was vorspielst, und hab mich ein wenig befummelt. Aber du hast nicht mal gezuckt. Du bist ein toller Mann, Robert. Ich beneide deine Freundin. Sie muss wahnsinnig stolz auf dich sein.«

Ich hechle mir meine Erektion so gut es geht auf ein vertretbares Maß runter und stimme ihr zu.

»Ja, sie ist toll.«

Tiff schlüpft in ein hautenges Kleid, das anscheinend ohne BH getragen wird. Dann kommt sie wieder zu mir, nimmt ihre Haare mit den Armen nach oben und dreht mir den Rücken zu.

»Könntest du mir bitte den Reißverschluss zumachen?«

»Ich versuche es.«

Ich taste ihren nackten Rücken ein wenig länger ab, als selbst ein Blinder es tun müsste. Die Haut ist weich, und ich kann einen Hauch von Pfirsichduft wahrnehmen. Dann ziehe ich den Verschluss hoch und beende diese Privatvorstellung. Tiffany geht ins Bad und frischt ihr Make-up auf, während Romeo versucht, sich den Penis zu lecken. Ich beneide ihn um diese Fähigkeit.

»Ich kann dich gut verstehen, Romeo, mir geht's auch nicht anders.«

Als er sich aber immer heftiger windet und kratzt, wird mir bewusst, dass ich heute vor lauter Stress vergessen habe, ihn mit der Cortisonsalbe einzucremen. Verdammt, das kann mir den ganzen Abend versauen. Also krame ich in meiner Tasche nach dem kleinen Beutel mit der Creme, die ich immer bei mir führe, und beginne damit, den täglichen Kampf zu fechten. Denn Romeo mag es überhaupt nicht, und der Erfolg ist ohnehin meist nur von kurzer Dauer. Gerade als ich wieder mit einer Fingerspitze zwischen seinen Beinen reibe, steht plötzlich Tiffany vor uns.

»Sag mal, was machst du denn da?«, fragt sie entsetzt. »Hat dich unser Gespräch eben so scharf gemacht?«

»Nein, es ist nicht so, wie es aussieht. Ich bin nicht pervers.«

»Sondern? Rob, du fummelst Romeo gerade an seinem Penis herum.«

Mit der Creme auf der Fingerspitze sitze ich vor ihr und versuche, ihr die Situation zu erklären.

»Das ist eine lange Geschichte.«

»Oh, wenn in meiner Kabine ein Mann mit Creme auf seiner Hand einem Tier an den Geschlechtsteilen herumspielt, wird sie mich bestimmt interessieren.«

»Okay. Ich hatte Romeo mit beim Landgang in Roatan. Und da hat er sich losgerissen und hat mit allem Sex gehabt, was bei drei nicht auf den Bäumen war. Jetzt hat er so eine Art Katzentripper, und ich muss ihm seinen Penis mit einer Creme einschmieren. Er wehrt sich immer dagegen und mag das überhaupt nicht. Ich übrigens auch nicht.«

»Geht das denn? Du siehst doch nichts.«

»Schwierig. Aber wir versuchen unser Bestes.«

Hatschi!

»Und allergisch bist du doch auch noch. Warum hast du mir nichts davon gesagt?«

»Wie? Warum sag ich dir was nicht?«

»Dass du ihn behandeln musst. Da kann ich dir doch helfen?«

»Na ja, ich weiß nicht.«

»Rob, wir sind Freunde, oder?«

»Ja klar, aber ...«

»Fuck, Robert! Freunde helfen einander. Und außerdem weißt du doch, was ich für einen Beruf habe, oder?«

»Schon, aber ...«

»Glaub mir, ich hab schon 'ne Menge hässlichere Penisse eingerieben als den hier.«

»Na, wenn du denkst, du hast damit mehr Glück.«

Ich reiche Tiffany die Tube mit der Creme, die sie sogleich fachmännisch aufträgt und verreibt. Und Romeo? Dieser Drecksack sitzt während der gesamten Salbung seelenruhig da, schnurrt wohlig und verdreht zufrieden die Augen. Du verdammter Pornokater.

»Okay, ich bin fertig. Wir können los.«

Tiffany streichelt ihm zum Abschluss noch ein wenig das Köpfchen und den Bauch.

»Das gibt's doch gar nicht. Bei mir macht er immer so einen Terror.«

Tiff zieht sich noch einmal den Lippenstift nach. Dann geht sie zur Kabinentür und greift mir im Vorbeigehen kurz in den Schritt.

»Tja, Rob, in diesem Bereich bin ich halt ein Profi.«

Ich bin sprachlos und bleibe mit offenem Mund zurück.

»Kommst du jetzt, oder willst du auch noch eine Behandlung?«

Ich ziehe Romeo hinter mir her und nicke.

»Nein, nein, ich komme. Also, ich meine ...«

Sie lacht. »Schon okay, Rob. Meine Güte, du bist aber schnell aus der Fassung zu bringen.«

Wer isst schon Schmetterlinge?

Wir entscheiden uns dazu, zur Feier des Tages in einem der Hauptrestaurants zu dinieren. Ein durchaus stimmungsvolles Bild breitet sich vor uns aus, als wir die Stufen hinab ins Restaurant gehen und wirklich jeder in seinen feinsten weißen Zwirn gekleidet ist. Mit einer einzigen Ausnahme: Hajo und Gitte. An den beiden scheint das Motto des Abends irgendwie vorbeimarschiert zu sein. Wir setzen uns an einen Nebentisch, so, dass ich etwas lauschen kann. Und schon nach zwei Sätzen kann ich die Erklärung für ihr unangepasstes Outfit herausfiltern. Da sie beide fast kein Englisch sprechen und Hajo auch nicht in der Sprechstunde der deutschen Reisebegleitung war, haben sie es schlicht und einfach verpasst, dass heute *White Night* ist. Hajo trägt immerhin aus Zufall ein helles Hemd mit gelbem Pullunder. Mit viel Fantasie also immerhin ein Dunkelweiß. Gitte eine lila Bluse mit farblich passendem Rock. Sehr schick… aber halt überhaupt nicht weiß! Nachdem sie ihn mehrfach angemotzt hat, dass er das doch wissen müsse, da er doch gestern mit der Reisebegleitung gesprochen habe, hat sie sich nun auch noch bei ihm beschwert, dass er schon wieder das Gleiche wie gestern essen will. Er solle doch mal was anderes ausprobieren. »Hajo, also wirklich…«

Die Karte des Abends hält für jeden Geschmack etwas bereit. Als Vorspeise Tomatensuppe, ein Salatteller oder einen Früchtecocktail; als Hauptgang gibt es neben den täglichen Menüs heute auch noch drei spezielle Gerichte: Filet Mignon vom argentinischen Hochlandrind mit Sauce béarnaise und jungem Gemüse, Farfalle-Nudeln mit Kapern an frischem Spinat mit einer Käse-Sahne-Soße sowie ein vegetarisches Gericht für die Eilhoffs dieser Welt.

Tiffany liest mir vor, klappt die Karte zu und legt sie vor sich auf den Tisch.

»Ich habe irgendwie gar nicht so einen großen Hunger. Wie sieht's bei dir aus?«

»Oh, ich habe Hunger. Ich denke, ich nehme das Filet. Das hört sich lecker an.«

»Ja, aber das ist bestimmt wahnsinnig fettig mit der Soße. Ich muss da ein wenig auf meine Figur achten. Sonst bekomme ich keine Rollenangebote mehr.«

»Rollenangebote?«

»Na ja, ich sollte beim Vögeln vor der Kamera doch wohl besser nicht so aussehen, als ob ich zur Schlachtbank geführt werde, oder?«

»Verstehe.«

Der zuständige Ober kommt an unseren Tisch, stellt sich uns vor und möchte zunächst unsere Getränkebestellung aufnehmen. Er hat uns anscheinend bereits reden gehört, denn er spricht mich auf Deutsch an.

»Was darf es sein, Sir?«

»Ähm, für mich bitte ein Bier.«

Der Ober, ein junger, breitschultriger Kroate namens Herr Grilic, notiert etwas auf seinem Block und hebt darauf wieder seinen Kopf.

»Pils oder Lager?«

»Pils.«

»Darf's ein deutsches Bier sein?«

»Perfekt.«

»Und die Dame?«

»Für mich bitte eine kleine Cola.«

»Gerne.«

»Haben Sie hier Pepsi oder Coca-Cola?«

»Pepsi.«

Tiff schmollt und zieht ihre Stirn kraus.

»Ich mag ja lieber Coca-Cola.«

»Tut mir leid. Wir haben, wie gesagt, nur Pepsi.«

»Na gut, dann eben 'ne Pepsi.«

Herr Grilic notiert auch dies und möchte gerade zum nächsten Tisch, als Tiff ihn doch noch mal zurückwinkt.

»Ach, noch eine Sache«, sagt sie. »Die Pepsi bitte ohne Eiswürfel.«

»Kein Problem.«

»Und mit zwei Scheiben Zitrone.«

»Gerne.«

»Haben Sie Pepsi light?«

»Leider nein. Nur normale Pepsi.«

»Und wie sieht's mit Coke Zero aus?«

»Nein. Wie gesagt, wir haben nur Pepsi, und soweit ich mich erinnere, ist Coke Zero ein Produkt von Coca-Cola.«

Tiffany spitzt ihre Lippen, und ich befürchte, dass sie nun eine ähnliche Szene wie am Anfang unserer Reise an der Rezeption macht. Aber sie scheint das ganz locker zu sehen und nervt weiter.

»Ach, wissen Sie was, dann nehme ich doch lieber einen Tee.«

Herr Grilic streicht die Pepsi und notiert neu.

»Wie die Dame wünscht. Was darf es denn für ein Tee sein? Minztee, Schwarzer Tee oder vielleicht ein Früchtetee?«

Ich ahne Fürchterliches.

»Haben Sie Roibusch-Vanille?«

Dachte ich es mir doch.

»Nein, leider nicht.« Herr Grilic zieht entschuldigend seine Mundwinkel nach oben und wirkt dabei sogar ehrlich betroffen. »Nur die eben genannten Sorten.«

»Keinen Roibusch?«

»Nein. Keinen Roibusch.«

»Und auch keinen Vanille?«

»Auch keinen Vanille.«

»Puh, na dann nehme ich vielleicht doch lieber einfach ein Wasser.«

Wieder streicht Herr Grilic und notiert neu. Er scheint ein geduldiger Mensch zu sein.

»Ein Wasser. Gerne. Still oder mit Kohlensäure?«

»Still und ohne Eiswürfel.«

»Gerne. Auch mit zwei Scheiben Zitrone wie bei der Cola?«

»Cola? Ich denke, Sie haben keine Coca-Cola?«

»Haben wir auch nicht. Entschuldigen Sie. Ich meinte natürlich wie bei der Pepsi.«

»Nein, beim Wasser natürlich nur eine Zitrone.«

»Natürlich.«

Herr Grilic darf sich nun tatsächlich verabschieden und lässt mich schweigend zurück. In Gedanken stelle ich mir vor, wie dieses Gespräch wohl in einem Frankfurter Äppler lokal ausgesehen hätte, die bekannt für ihren rustikaleren Umgang mit Gästen sind.

»Ach, Herr Ober. Haben Sie Coca-Cola oder Pepsi?«

»Was frachste misch da? Guck halt uff die Flasch von dem Zuckerwasser.«

»Okay, dann hätte ich aber gerne nur eine kleine Flasche.«

»So Förz hamme hier net.«

»Haben Sie vielleicht auch Cola light?«

»Light? Isch bins gleisch leid mit deiner Fragerei, mein Zuckerpüppsche.«

»Und die Cola bitte ohne Eis.«

»Simmer hier bei McDonald's oder was?«

»Ach nein, dann doch lieber ein stilles Wasser.«

»Isch dengel dir gleisch ei, mei Engelsche. Dann is endlisch net mehr nur dei Scheißwasser still.«

»Ach ja, und mit zwei Scheiben Zitrone.«

»Zwei Scheibsche Zitrone will des Prinzessssche? Na, da wird's wohl des Beste sein, wenn isch der Madame gleisch ein ganzes Netz Zitrone in die Tass nei schnibbel. Dann gibst du hoffentlisch endlisch mal Ruh, du Handkäs-Zigeunerin.«

Ich schmunzele und bewundere Herrn Grilic für seine ausgeglichene Art. Vielleicht liegt das Geheimnis für seine Geduld aber auch in Tiffs Dekolleté begründet. Durch meine dunkle Brille kann ich an den umliegenden Tischen beobachten, wie diverse Ehefrauen ihren Gatten den Ellenbogen in die Seite stoßen. Vermutlich haben die Männer etwas zu lange in Tiffanys Richtung gestarrt. Sie ist und bleibt nun mal der optische Blickfang des Schiffs. Und ich durfte ihr Kleid schließen.

Herr Grilic kommt mit dem Bier und einem stillen Wasser zurück und zückt sogleich seinen Notizblock für unsere Essensbestellung. Die sollte aufgrund von Tiffanys nicht vorhandenem Hunger zügiger vonstatten gehen.

»So, das Bier und ein Wasser für die Dame. Was darf es denn zum Essen sein?«

»Ich nehme das Filet.«

»Eine gute Wahl, Sir. Medium?«

»Ja, bitte.«

Handgestoppte zwölf Sekunden. So muss eine Bestellung aussehen. Wenn man Hunger hat, hat man keine Zeit zu verschenken.

»Und die Dame?«

Gerade möchte ich ihm die Karte zurückgeben, da schlägt Tiff ihre Menükarte noch einmal auf und deutet mit ihrem French-Nail-Zeigefinger auf das Farfalle-Gericht.

»Ich hätte ja eigentlich schon gerne die Nudeln ...«

O nein, meine Hoffnung auf eine schnelle und unkomplizierte Bestellung war verfrüht.

»Aber ...?«, fragt Herr Grilic.

»Aber die Farfalle mag ich nicht. Das sind doch die Nudeln, die so aussehen wie Schmetterlinge, oder?«

»Ja, Madame. So könnte man sie bezeichnen.«

»Aber Schmetterlinge sind meine Lieblingstiere. Die will ich nicht essen.«

Ich lehne mich zurück und kreuze die Arme vor der Brust. Wir hätten ins Buffetrestaurant gehen sollen.

»Ich verstehe. Dürfte ich Ihnen vielleicht anstatt der Farfalle eine andere Nudelsorte anbieten? Vielleicht Penne?«

»Wie sehen die aus?«

»Kurze, hohle Nudeln. Wie ein schräg zerschnittener Strohhalm.«

Herr Grilic kann sogar noch scherzen. Ich bewundere ihn dafür.

»Aber nicht wie Schmetterlinge?«

»Auf gar keinen Fall, da kann ich Sie beruhigen.«

»Dann nehme ich die.«

»Gerne.«

Ich beuge mich vor und möchte mich wieder in das Gespräch einbringen, als Tiffany noch eine winzige Änderung ihrer Bestellung vornehmen möchte.

»Aber ohne Kapern.«

Ich lehne mich wieder zurück.

»Kein Problem.«

Herr Grilic notiert und lächelt abschließend. Ich beuge mich abermals vor. Durch meinen leeren Magen und das viele Hin-und-Her-Wippen wird mir bereits etwas flau im Magen.

»Und was war noch mal die Soße?«

Und wieder zurück. Ich komme mir etwas autistisch vor.

»Frischer Spinat und Käse-Sahne-Soße.«

»Sahnesoße? Das geht gar nicht.« Tiff winkt ab und deutet auf ihre schlanke und vermutlich abgesaugte Hüfte.

»Wissen Sie, ich muss auf meine Figur achten.«

»Madam, ich würde zwar behaupten, dass dies bei Ihnen nicht nötig ist, aber wir können die Soße natürlich gerne weglassen.«

Ich gründe einen Grilic-Fanklub. Der Mann ist nicht nur wahnsinnig geduldig, er macht ihr sogar noch Komplimente. Tiffany zahlt es ihm mit einem vielsagenden Augenaufschlag zurück.

»Sehr charmant.«

»Nur die Wahrheit, Madam. Also nur mit Spinat.«

»Nein, das ist doch viel zu trocken. Könnte ich vielleicht die Tomatensuppe der Vorspeise als Soße haben?«

»Wenn Sie möchten, bringe ich Ihnen gerne eine Tasse Tomatensuppe, die Sie sich dann nach Ihren Wünschen mischen können.«

Endlich nimmt Tiff ihre Hände von der Karte und scheint zufrieden. Ich pendele derweil wieder als menschliche Schiffschaukel in meine Ausgangsposition zurück.

»Das klingt klasse. Dann können Sie eigentlich den Spinat auch gleich weglassen.«

»Okay, auch keinen Spinat.«

»Vielen Dank.«

»Kein Problem.«

»Und von allem nur eine kleine Portion.«

»Natürlich.« Herr Grilic notiert. »Also einmal eine Kinderportion Nudeln ohne alles und eine Tomatensuppe.«

Schön zusammengefasst, Herr Grilic. Das hätte Tiffany auch einfacher haben können. Ich beende meine Schaukelei und bin in diesem Moment unendlich froh, mit Jana eine Frau an meiner Seite zu haben, mit der man ohne Probleme ins Restaurant gehen kann. Egal ob Fast Food oder beim Edel-Italiener um die Ecke. Sie isst und bestellt ganz normal. Es ist eine pendelarme Beziehung mit ihr.

Mundraub

Schon nach kurzer Wartezeit bringt uns Herr Grilic die georderten Speisen mit all den von Tiff gewünschten Extras. Alles wie besprochen und in bester Qualität. Mein Filet ist ein einziger Traum. Es ist zart, und die Sauce béarnaise fließt sämig über jede einzelne Fleischfaser. Das Einzige, was mich nervt, ist Tiffany. Nachdem sie ihren Kinderteller innerhalb von vier Minuten verputzt hat, scheint ihr Hungergefühl nicht wirklich gestillt zu sein. Was mich im Grunde auch nicht wundert. Ihre Frage, ob sie mir das Fleisch schneiden soll, bewerte ich aufgrund meiner Blindheit fälschlicherweise als Höflichkeit. Denn nur Sekunden später erkenne ich den wahren Beweggrund ihrer Frage. Heimlich, still und leise wandert ihre Gabel zu meinem Teller, und sie klaut sich immer wieder ein saftiges Stück Steak.

Zuerst denke ich noch, dass dies unter die Kategorie *Probieren* fällt. Doch weit gefehlt. Immer wieder verschwindet wie von Zauberhand ein weiteres Stück Rinderfilet von meinem Teller.

Das gibt's doch wohl nicht. Sie hätte sich doch auch selbst ein komplettes Stück Tier bestellen können. Und bei Rinderfilet kenne ich grundsätzlich keinerlei Pardon. Nur kann ich ja nichts sagen. Offiziell bin ich blind und sehe den Mundraub nicht einmal.

Mir bleibt nur ein Ausweg.

Ihre Gabel hat erneut den Tellerrand überschritten und ist unwiederbringlich in fremdes Land eingedrungen, als ich mich zur Gegenoffensive mittels eines Luftschlags entscheide. Mit leichtem Schwung aus dem Handgelenk lasse ich meine eigene Gabel im Sturzflug gen Teller niederfahren und lande einen Volltreffer. Mit chirurgischer Präzision bohren sich die Spitzen meines Bestecks in ihren Handrücken.

»Ahh... Fuck.« Der Aufschrei ist kurz, genügt aber, dass sich die umliegenden Tischnachbarn entrüstet zu uns umdrehen. Ihre Handarmee kapituliert und zieht sich umgehend hinter ihre eigenen Grenzen zurück. Zugleich setze ich ein verdutztes Gesicht auf, pendle wie Stevie Wonder mit dem Kopf und schaue in ihre Richtung.

»Hast du was gesagt, Tiff?«

Mit schmerzverzerrtem Gesicht reibt sie sich den Handrücken.

»Äh, nein. Nein, es ist nichts.«

Zufrieden spieße ich das zurückeroberte Stückchen Fleisch auf und kaue es genüsslich.

»Das Filet ist perfekt. Nicht zu durch und nicht zu blutig.«

Blutig ist wohl auch Tiffs Stichwort, denn sie überprüft, ob die Gabelspitzen blutende Wunden auf ihrer Hand hinterlassen haben.

»Du, ich mache mich mal kurz frisch, okay?«

»Na klar.«

Tiff steht auf und geht unter den gierigen Blicken von

siebzig Männeraugenpaaren in Richtung der Damentoilet-
ten. Ich schätze, dass etwas kaltes Wasser die kleinen Kratzer beruhigen sollte. Mir tut es ein kleines bisschen leid.
Aber nur ein kleines bisschen.

Die Model-Diät

Nach zehn Minuten kommt Tiff bereits wieder zurück. Die vier roten Pünktchen zieren noch immer den Handrücken, haben ansonsten aber keinen bleibenden Schaden verursacht. Wenn man es nicht besser wüsste, würde man denken, es sei eine allergische Reaktion. Und damit kenne ich mich bestens aus.

»So, ich bin wieder da.«

»Wow, das ging aber schnell.«

»Ja, ich habe nur kurz eine Model-Diät gemacht.«

»Du hast in der kurzen Zeit eine Diät gemacht?«

»Keine richtige. Aber eine Model-Diät, du weißt schon.«

Tiffany tut so, als ob sie sich einen Finger in den Hals steckt, und gibt leise Würgelaute von sich. Jetzt verstehe ich. Die Model-Diät besteht aus dem Erbrechen des soeben Verzehrten.

»Eine kleine Brechpause, du verstehst?«

»Machst du das immer?«

»Fuck, no.«

Erleichtert lehne ich mich zurück. Bei ihr weiß man ja nie.

»Na, Gott sei Dank. Ich dachte schon, du machst das nach jedem Essen.«

»Nein.« Tiff schüttelt energisch ihre blonde Mähne. »Nach achtzehn Uhr erbreche ich nur noch Pasta und Kohlenhydrate.«

Nach dem superleckeren Essen möchte ich mir mal gepflegt einen reinknistern. Draußen am Pooldeck reihen sich bereits einige weiß gewandete Rentner um eine Champagnerbar. Die meisten erwecken in ihrem weißen Umhang aber nur den traurigen Eindruck, dass Hui Buh, das Schlossgespenst, seine Ur-Ur-Ur-Ur-Urgroßeltern eingeladen hat. Dazu spielt sich eine Steeldrumband die Finger für das schläfrige Partyvolk wund.

Tiff und ich haben Stellung an der Cocktailbar am Pool bezogen. Auch wenn sie eine kotzende Mundräuberin ist, für das Vernichten von hochprozentigem Alkohol ist sie wie geschaffen. Ich habe schon an unserem ersten Martini-Abend erkannt, dass an ihr ein 1A-Trinkhallen-Alki verloren gegangen ist. Was hätten die Apfelweinwirtschaften in Sachsenhausen einen Spaß an ihr. Jedenfalls haben wir uns seit diesem Martini-Event einige Male an einer der vielen Bars getroffen. Wir saufen, die Männer gaffen ihr hinterher und fragen sich, was ich wohl habe, was sie nicht haben. Danach geht jeder wieder seiner Wege in die Kabine. Ich meist stark schwankend, Tiff mit der Präzision eines Drehmomentschlüssels. Trotz ihrer für jeden unübersehbaren weiblichen Attribute hat sie einen Zug wie ein russischer Kartoffelschnapsbrenner und ist zudem auch nie verlegen, einen kernigen Satz über den Ozean zu schicken. Dieser beginnt meist mit dem Wort *Fuck* und endet auch meist wieder mit diesem. Heute heißt unser alkoholischer Begleiter des Abends *White Russian*. Ein teuflisches Gemisch aus Rum und Milch, weil es so schön zum heutigen Motto passt. Wir haben bereits einige dieser weißen Plörren intus und sind in eine fachliche Diskussion über den inflationären Einsatz von Viagra in Pornos vertieft, als Tiff plötzlich mit der flachen Hand auf die Theke haut.

»Fuck...« Sie verdreht die Augen, und ich bin mir nicht sicher, ob es an meiner letzten Äußerung zu den blauen Pillen liegt oder an dem Babyphone, das sie mir entgegenstreckt. »Ich muss mal kurz in meine Kabine, Rob. Jerry ist aufgewacht.«

Kein Problem, signalisiere ich ihr und bin froh über eine kleine Alkoholpause. Sie steht auf, zieht wie immer die Blicke aller Umstehenden auf sich und verschwindet mit ihrem *White Russian* im Aufzug.

Unverzüglich nimmt ein Herr ihren Platz neben mir ein, den ich zunächst kaum beachte. Doch dann lässt mich eine Kleinigkeit beschämt zusammenzucken. Der Mann ist blind. Er hat seinen Stock neben mir abgestellt und tastet mit seinen Händen über den Tresen. Ruhig bleiben, Robert. Er kann dich ja nicht sehen. Er weiß nicht, dass du nur vorgibst, blind zu sein. Er kann es ja nicht riechen. Sei einfach ein ganz normaler Gast, trink schnell deinen Drink aus und verzieh dich. Ich setze das Glas an und kippe den weißen Inhalt in einem Zug weg. Ich stelle es zurück und bin schon fast außerhalb seiner Reichweite, als es in meiner Nase kribbelt.

Hatschi!

»Gesundheit.«

Volltreffer. Zu allem Überfluss ist er also auch noch Deutscher.

»Danke.«

»Oh, wie schön, Sie sind auch aus Deutschland?«

Ich bleibe stehen und mache auf dem Absatz kehrt. So leicht lässt er mich also nicht von der Angel.

»Ja, aus Frankfurt, um genau zu sein.«

»Ich komme aus Braunschweig. Hans-Herrmann Völker mein Name, und mit wem habe ich das Vergnügen?«

Herr Völker streckt seine Hand irgendwo ins Nichts, und ich ergreife sie. Hm. Ob das schon ein Fehler war?

»Robert Süßemilch.«

»Schön, einen Landsmann zu treffen. Sind Sie das erste Mal auf Kreuzfahrt, Herr Süßemilch?«

»Ja. Das erste Mal. Ich bin wegen der guten Seeluft hier. Das soll gut gegen meine Pollenallergie sein.«

Herr Völker lacht auf. Dann räuspert er sich und nickt.

»Ja, ist bei mir genauso. Ich mache das jedes Jahr im April.«

»Ernsthaft?«

»Aber ja. Das ist bereits meine vierzehnte Kreuzfahrt. Es gibt nichts Besseres. Hier werden Sie betreut, gefüttert und sehen noch was von der Welt. Na ja, in meinem Fall hört und schmeckt man noch etwas von der Welt.«

»Sie sind blind, oder?«, frage ich heuchlerisch.

»Ja.«

»Und hilft Ihnen das?«

»Blind zu sein?«

»Nein, hilft die Seeluft gegen die Pollen?«

»O ja. Und seit es Sonderangebote für behinderte Menschen gibt, ist es finanziell sogar fast ein Schnäppchen.«

»Was?«, rufe ich aus. »Es gibt Sonderangebote für Blinde?«

»Ja.« Herr Völker zeigt sich überrascht. »Bis zu fünfzig Prozent Ermäßigung pro Buchung. Warum überrascht Sie das so? Wollen Sie nächstes Jahr vielleicht auch blind werden?«

Herr Völker lacht und schiebt sich einige Erdnüsse in den Mund.

Ich schweige lieber.

»Wissen Sie, ich sage mir immer, wenn der Herr dir schon das Augenlicht nimmt, dann nutze wenigstens die Vorteile, die sich dadurch bieten.«

In meinem Hals bildet sich ein dicker Kloß. Wie konnte ich das nur machen? Dieses falsche Spiel spielen? Und nun schickt mir Gott höchstpersönlich diesen Mann an die Theke, um mir zu zeigen, welch ein Arschloch ich bin. Am liebsten würde ich vor Hans-Herrmann Völker auf die Knie fallen und ihn um Verzeihung bitten. Doch selbst dazu fehlt mir der Mut. Stattdessen stottere ich kläglich: »Ja, das … das sehe ich genauso.«

45

Stevies Rückkehr

In der Karaokebar versuchen sich bereits einige Passagiere an Liedgut von den Bee Gees und Elvis. Manche von ihnen erhaschen sogar etwas Applaus des spärlichen Publikums. Die meisten überzeugen jedoch mehr durch einige virtuose Tanzschritte, die wohl von den dünnen Stimmen ablenken sollen. Es gelingt ihnen nicht wirklich. Als bisheriges Highlight stellt sich eine gewisse Emma Franklin aus Baltimore heraus, die einen Tina-Turner-Song performt und dem Star zumindest altersmäßig in nichts nachsteht.

Tiffany hat es sich nicht nehmen lassen und ist, nachdem sie kurz bei Jerry war, wieder in die Partyzone des Schiffs eingetaucht. Nun sitzen wir hier bereits seit einer guten Stunde in der ersten Reihe der Fizz Lounge, wo heute das Karaokeevent stattfindet. Wir frönen weiter dem *White Russian,* und ich bin dankbar, dass er mich spürbar betäubt und mir so die Bilder von Hans-Herrmann Völker etwas aus dem Hirn spült. Mittlerweile schaut selbst Tiff etwas glasig aus ihren Augen, was daran liegen könnte, dass sie in der gleichen Zeit noch drei Bier und vier Schnäpse getrunken hat. Auch die Gespräche reduzieren sich seit etwa einer halben Stunde auf ein Minimum an gelallten Worten.

»Alles okay, Rob?«

Ich recke beide Daumen in die Höhe.

»Alles super, Tiff. Lass uns noch einen trinken.«

»Okay. Ich bestell noch eine Runde.«

Genau das mag ich an Tiffany. Nicht lang schnacken, Kopf in Nacken. Und auch mein Pegel schießt nach einigen weiteren Drinks nach oben. Die nächsten Interpreten singen genauso schlecht wie ihre Vorgänger, doch irgendwie finde ich sie alle mit einem Mal klasse und gröle jeden bekannten Refrain eifrig mit. Dann verfestigt sich ein Gedanke in mir. Ich will jetzt nur noch eins: Singen!

Schon torkele ich mit Romeo los und lalle dem DJ meinen Wunsch zu. Meine Titelwahl ist nicht gerade sehr einfallsreich, aber passend. Der DJ nickt – halb gerührt, halb besorgt – und tippt etwas auf seinen Tasten. Dann greift er zum Mikro und kündigt mich an.

»Next on stage. All the way long from Frankfurt, Germany. Robert, with the song ›I just called to say I love you‹ from Stevie Wonder.«

Romeo zieht mich die zwei Stufen zur Bühne hinauf, und ich taste nach dem Mikrofonständer. Da ich so besoffen bin, brauche ich das noch nicht einmal zu spielen. Nach zwei Fehlgriffen habe ich das Mikro gefunden und blase eine mächtige Alkoholfahne aus meinen Backen. Die ersten Töne des bekannten Songs erklingen, und mir fällt ein, dass meine gespielte Blindheit es nicht unbedingt glaubhaft erscheinen lässt, wenn ich den Text vom Karaokebildschirm ablese. Also wackele ich wie der leibhaftige Stevie mit dem Kopf hin und her, um so davon abzulenken, dass ich immer wieder Teile des Texts spicke. Und schon intoniere ich in feinstem Germanen-Englisch die ersten Zeilen.

»*No new years day to celebrate ...*«

Ich gebe nun Vollgas. Wenn ich schon so ein Lügenarschloch sein will, dann auch richtig. Nun bekommt ihr den Prototypen eines Blinden.

»No chocolate covered candy hearts to give away…«

Das wird mein großes Abschiedskonzert, und danach werde ich alles aufklären. Bei Tiffany, beim Kapitän und bei Hans-Herrmann Völker.

»No first of spring…«

Ich werde mich demaskieren.

»No song to sing…«

Und auch Jana werde ich alles beichten, und ihrem Chef und überhaupt allen…

»In fact here's just another ordinary day…«

Mir wird schwindelig, und ich drohe nach vorn in die Lautsprecherboxen zu fallen.

»I just called to say, I love you…«

Schließlich knie ich mich beim Refrain zu Romeo auf den Boden und singe ihn mit schmachtender Stimme an. Es beginnt eine Schmuseorgie, die mir die allergischen Tränen in die Augen treibt. Die restlichen gut vier Minuten ziehe ich jedoch trotz aller Tränen und Niesreizattacken routiniert wie eine alte Rampensau durch. Am Ende der Robert-Süßemilch-Show wische ich mir ein paar Tränen von der Wange und hoffe, dass mir meine Atemwege diese Entgleisung nachsehen werden. Allerdings ist mir kotzübel, als endlich der Schlussakkord erklingt und ich mich in flehender Pose auf den Knien wiederfinde.

Nun entfaltet der *White Russian* seine volle Wirkung. Das Zeug ist brachial. Gerade als ich mich zum Kotzen von der Bühne in Richtung Toilette verabschieden möchte, brandet ohrenbetäubender Applaus auf. Tatsächlich. Die Bar ist ebenso brechend voll wie ich. Während ich in meinem tranceartigen Zustand diese Jahrhundertballade geträllert habe, hat sich die Bar mit begeistert dreinblickenden Menschen gefüllt, die nun schier ausrasten. Viele sind ob der tränenreichen Liebesballade für Romeo selbst zu Tränen gerührt. Sie skandieren irgendwas, das sich in meinen Ohren wie *Catman* anhört. Dann dröhnt wieder die Stimme des DJs aus den Boxen.

»The blind catman Rob. Unbelievable. Heartbreaking. Great job, Rob!«

Volltrunken und im Rausch des Erfolgs badend werfe ich Kusshände ins Publikum und ziehe Romeo hinter mir von der Bühne. Auch Tiff ist begeistert und erhebt sich wie der Rest des Saals zu Standing Ovations. Und noch immer hallt es wie aus einer einzigen Kehle.

»*Catman, catman ...*«

Ich verneige mich vor der tobenden Menge und bin froh, dass ich mich nach fünf torkelnden Metern neben Tiff wieder in den Sessel fallen lassen kann. Ihre Schminke ist verlaufen. Ich glaube, sie hat geweint. Jedenfalls wischt sie sich unter den Augen das Make-up aus dem Gesicht und klatscht sich beinahe die Finger wund.

»Das war das Herzzerreißendste, was ich jemals gesehen habe, Rob.«

»Danke«, lalle ich in ihre Richtung.

»Wie du und Romeo ...«

»Ja, schon gut.«

»Wie ihr zwei trotz aller Schicksalsschläge ...«

»Ich hab's verstanden, Tiff.«

»Und wie du dann noch geweint hast ... also, das nenne ich wahre Liebe.«

Genervt verdrehe ich die Augen. Diese Amis… Kaum kniet man sich vor ein Haustier und singt, ist man schon reif für die *Oprah-Winfrey-Show*. Der DJ möchte derweil den nächsten Sänger ansagen, doch noch immer sind die Catman-Catman-Rufe nicht gänzlich abgeklungen.

Durch meine dunklen Gläser schaue ich Tiff an und frage: »The blind catman? Sag mal, was ist das denn für ein Scheiß?«

»Das ist kein Scheiß. So nennen sie dich hier schon seit dem ersten Tag. Wusstest du das nicht?«

»Nein. Eigentlich nicht. *Hicks.*« Wieder meldet sich der *White Russian*. »Tiff, ich muss mal kurz raus vor die Tür. Ein wenig frische Luft schnappen.«

»Okay, aber dann musst du noch ein Lied singen.«

»Mal sehen.«

Mühsam schäle ich mich aus dem Sessel und greife nach der Leine. Zu meiner Erleichterung steuert Romeo die richtige Tür an. Die anderen Gäste weichen vor mir zurück, bilden ein Spalier und klopfen mir anerkennend auf die Schulter. Dazu skandieren sie immer noch ihren Schlachtruf: »*Catman, catman.*«

46
Blindlinks

Ich halte dieses falsche Spiel nicht mehr lange aus. Wie kann ich mich feiern lassen, wenn Hans-Herrmann Völker hier an Bord tagtäglich an mir vorübergeht.

Romeo zieht mich hinaus ins Freie, und wir gehen nach links in Richtung einiger gestapelter Sonnenliegen, die dort über Nacht verstaut werden. Auf dem Außendeck ist es ansonsten stockfinster, und kein Mensch ist zu sehen. Dennoch suche ich mir lieber diese entlegene Ecke des Decks, um wenigstens mal kurz die Brille abzunehmen. Meine Augen brennen, und ich reibe mit den Fingerspitzen darüber, mit denen ich zuvor Romeo auf der Bühne angefasst hatte. Sofort beginnt meine Nase wieder zu kribbeln, und ich niese wie ein Maschinengewehr.

Hatschi!

Hatschi!

Hatschi!

Hatschi!

»Diese Scheiße!«, schreie ich in die schwarze Nacht. Ich atme den Sauerstoff tief in meine Lungen und merke, wie sich zwar meine Nase etwas beruhigt. Doch schon macht mir etwas anderes mächtig zu schaffen: der *White Russian*. Nichtsdestotrotz versuche ich, meine Gedanken zu ordnen. Was für eine Reise, welch eine Odyssee. Übermorgen wird sie ihr Ende nehmen. Wenn die Sache mit Hans-Herrmann Völker nicht wäre, würde ich vielleicht nicht so negativ denken, aber ich muss es einfach tun. Ich kann diesem Mann nicht noch einmal in die Augen schauen und im Anschluss wieder als Blinder über das Schiff laufen. Ich gehe einige Schritte und erkenne schemenhaft eine Gestalt auf einer der freien Liegen sitzen. Erst als ich näher komme, sehe ich, wie die Person einige Haufen dicker Geldscheine zählt und auftürmt. Es müssen Tausende Dollar sein. Der Mann ist so vertieft, dass er mich zuerst nicht bemerkt. Dann erst wird mir klar, dass ich ihn kenne. Der Mann ist niemand Geringeres als der vermeintlich blinde Herr Völker. Ich bin so baff und besoffen, dass ich ihn sofort anspreche.

»Herr Völker?«

Erschrocken zuckt er zusammen. Legt schützend die Hände über sein Geld und sieht verstört zu mir herauf.

»Herr Süßemilch. Ich habe ... habe Sie gar nicht kommen sehen.«

»Ja, das habe ich gemerkt.«

Sofort sucht Herr Völker nach seiner dunklen Brille, doch es ist zu spät. Er ist ertappt.

»Was, was machen Sie hier? Und warum führen Sie eine Katze mit sich? «

Ups, eine berechtigte Frage. Aber ich habe gerade die besseren Karten in der Hand und antworte für mich selbst überraschend deutlich und harsch.

»Lenken Sie nicht ab. Sie, Sie ... Sie sind gar nicht blind, nicht wahr?«

Herr Völker senkt den Kopf und streicht sich verlegen

durchs Haar. Er scheint nach einer Ausrede zu suchen, doch er findet keine und schaut stattdessen zu mir hoch.

»Ja, verdammt. Sie haben recht. Ich bin nicht blind.«

»Aber ... warum das Ganze?«

Herr Völker steht auf und kommt auf mich zu. Will er jetzt seinen einzigen Zeugen beseitigen und mich über Bord werfen?

»Hören Sie, Herr Süßemilch, ich flehe Sie an, verraten Sie mich bitte nicht. Ich schade doch niemandem. Nur dem Kasino, und die können es gut verkraften.«

»Kasino? Ich versteh kein Wort von dem, was Sie sagen. Was zur Hölle meinen Sie damit?«

»Wissen Sie, anfänglich war es nur so ein Gedanke. Ich bin nämlich tatsächlich Allergiker, aber die Preise waren so hoch. Und als ich die Angebote sah, dachte ich mir, dass es einen Versuch wert sei.«

»Und da haben Sie sich als Blinder ausgegeben.«

»Ja, so ist es. Ich weiß, eine völlig bescheuerte Idee, auf die wohl auch nur ich kommen konnte.«

»Ach, na ja, das kann man so nicht sagen ... Aber was meinten Sie damit, als Sie sagten, dass das Kasino es verkraften könne?«

»Weil es mit den Vorzügen des Blindseins so gut klappte, habe ich damit begonnen, beim Roulette in den Kessel zu schauen und zu zählen.«

»Kessel? Welcher Kessel? Ich weiß nicht, wovon Sie sprechen.«

»So nennt man das Schummeln beim Roulette. Man schaut in den Kessel, in dem sich die Kugel dreht. Wenn der Croupier die Kugel immer mit dem gleichen Tempo loslässt und man schnell noch kurzfristig setzt, kann man ungefähr sagen, wo die Kugel landen wird. Ich bin halt Mathematiker, und es hat mich gereizt, es auszuprobieren.«

»Und warum die Maskerade als Blinder?«

»Weil es auffällt, wenn man zu lange konzentriert in den Kessel starrt. Als Blinder hinter der dunklen Sonnenbrille fällt das aber keinem auf. Es tut mir leid. Es war falsch. Werden Sie mich nun verraten und anzeigen?«

Wie könnte ich das? Man würde mich ebenfalls als Betrüger entlarven. Nur kann ich das Herrn Völker natürlich nicht sagen. Aber ungeschoren möchte ich ihn auch nicht davonkommen lassen.

»Kommt drauf an.«

»Auf was? Wollen Sie einen Teil davon abhaben?«

»Nein.« Ich hebe die Hände und schüttele dazu vehement den Kopf. »Ich möchte damit nichts zu tun haben.«

»Aber zurückgeben kann ich es doch auch nicht. Man würde mich festnehmen.«

Da hat Herr Völker recht. Man würde fragen, warum er gewonnenes Geld ans Kasino zurückgeben will, und früher oder später Verdacht schöpfen. Am Ende würde seine Geschichte auffliegen. Und wahrscheinlich meine dazu.

»Ich habe eine Idee.«

»Sie zeigen mich an, oder?«

»Nein, verdammt. Aber ich möchte, dass Sie das Geld spenden. Und zwar an diese Tierschutzorganisation hier.«

Ich nehme die Visitenkarte von Raul Brandao aus dem Geldbeutel und reiche sie ihm.

»Ich verlasse mich auf Sie. Wenn ich in vierzehn Tagen dort anrufe, und Herr Brandao berichtet mir, dass keine Zahlung eingegangen ist, werde ich Sie anzeigen.«

»Sie können sich darauf verlassen. Wissen Sie, irgendwie

habe ich die ganze Zeit nur darauf gewartet, dass ich auf-
fliege.«

»Das haben Sie ja nun geschafft. Guten Abend, Herr
Völker.«

Ich ziehe Romeo zur Seite und bin beruhigt, dass er wohl
noch nie etwas vom *Blind Catman* an Bord gehört hat.

Katerstimmung

Die Bahamas. Das Hauptziel meiner Reise steht auf dem Programm. Doch bei mir geht gar nichts. Denn der heutige Tag begann mit einem ausgewachsenen Kater. Und was für einem! In meinem Kopf spielen sich seit den frühen Morgenstunden Jahrhundert-Eruptionen ab. Sowohl der Ätna als auch der Vesuv haben über Nacht ihren Standort gewechselt und sind direkt unterhalb meiner Schädeldecke eingezogen. Dazu entwickelt dieses russische Feuerwasser im menschlichen Blut eine Langzeitwirkung wie vier Kilogramm Anthrax.

Aua! *Hatschi!*

Noch mal aua!

Bei jedem Niesen klatscht mein Hirn schmerzhaft gegen die Schädeldecke und zerreißt mich beinahe. Ich versuche, mich mit einer ausgiebigen Dusche und zwei Flaschen Wasser wiederzubeleben. Es gelingt nur teilweise.

Fünf Minuten später schiebe ich mich mit einem munteren Romeo aus der Kabine hinaus auf den hell erleuchteten Gang. Selten zuvor war ich auf dieser Reise dankbarer für meine dunkle Sonnenbrille als an diesem Morgen. Ich schleiche mich in die hinterste Ecke des bordeigenen Internetcafés und checke meine Mails.

Eine ist von Hubsi.

Er hat die Gläser.

Natürlich haben sie den vollen Preis gekostet.

Auf dem Weg zum Early-Bird-Frühstück überlege ich, zur Kühlung der Vulkane direkt in den Pool zu springen. Oder gleich in den Atlantik. Ich verschiebe es auf morgen. Stattdessen treffe ich Tiffany kurz darauf quietschfidel am Buffet. Sie sieht fantastisch aus. Wie macht sie das nur? Sie hat mindestens ein halbes Dutzend weißer Russen mehr in sich hineingeschüttet als ich. Sie nimmt sich lediglich zwei Bananen und einen Apfel aus dem Obstkorb und fragt, ob sie gleich bei mir vorbeikommen soll, um Romeos tägliche Salbung vorzunehmen. Sie lässt sich da nicht lumpen. Hut ab.

Keine zwanzig Minuten später klopft Tiff an meine Kabinentür und wendet sich sogleich Romeo zu. Und sie behandelt ihn derart perfekt, dass ich mir kurz überlege, zurück nach Roatan zu segeln und mir meinen eigenen Tripper zu besorgen.

»Und was hast du heute so gemacht?«, fragt sie.

»Heute? Du meinst den Tag, nachdem die weißen Russen meinen Schädel eroberten?«

»Ja.«

»Tiff, der Tag ist doch nicht mal zwei Stunden alt. Ich bin froh, dass meine Atmung ohne Herz-Lungen-Maschine funktioniert.«

Hatschi!

»Aua!«

»Alles okay, Robert?«

»Geht schon. Was hast *du* denn heute schon gemacht? Schon an Land gewesen?«

»Nein. Ich war ein wenig im Bordshop einkaufen.«

»Aha.«

»Ach ja, und dann habe ich noch mit diesem jungen Kroaten gevögelt.«

Halluzinationen? Höre ich Stimmen? Ist das möglicherweise eine Nebenwirkung dieses Gesöffs? Ich gebe Tiff eine weitere Chance.

»Du hast was?«

»Na, der junge Kroate aus dem Restaurant. Wie hieß der noch gleich?«

»Herr Grilic?«

»Ja, genau der. Ich glaube, so hieß er.«

»Du hast mit Herrn Grilic gevögelt?«

»Klar. Ich habe ihn beim Frühsport getroffen. Er machte einen netten Eindruck. Wir haben uns über Schmetterlinge unterhalten und darüber, dass er einen neuen Job sucht…«

»Moment! Du hast mit Herrn Grilic gevögelt?«

»Ja, mein Gott. Was fragst du so?«

»Du hast mit Herrn Grilic gevögelt?«

»Meine Güte, Robert, ich habe schließlich seit meinem letzten Dreh keinen Sex mehr gehabt. Und wenn ich zurück bin, muss ich gleich weiter zu einem neuen Dreh, da spiele ich Kleopatra, die einen römischen Poolboy vernascht und…«

»Du hast mit Herrn Grilic gevögelt?«

Ich kann mich nicht beruhigen. Welch ein Glückspilz. Und alles nur, weil er die Ruhe bewahrt hat, als Madame keine Schmetterlinge essen wollte.

»Hätte ich gewusst, dass dich das so trifft, hätte ich nichts gesagt. Jedenfalls geht's mir jetzt wieder besser. Ich werde so unleidlich, wenn ich keinen Sex habe. Kennst du das?«

In meinem Kopf sammeln sich Erinnerungen über Phasen von Unleidlichkeit. Keine davon hatte meines Erachtens mit mangelndem Sex zu tun. Allerdings ist mein letzter Sex nun auch schon einige Tage her. Am Tag, als Frau Schirmer uns die Kündigung geben wollte und mich Jana mit einer extra Portion Sex beglückte.

»Ich denke, ich weiß, was du meinst.«

»Na ja, wie auch immer. Jedenfalls habe ich ihn nach dem Sport mit in meine Kabine genommen.«

»Okay.«

Tiff schraubt die Cremetube wieder zu, streichelt Romeo zum Abschluss über das Fell und steht auf.

»Und genau dahin gehe ich jetzt auch wieder zurück.«

»Ja, Jerry wartet bestimmt schon auf dich.«

»Jerry? Nein, der ist in der Kindergruppe. Herr Grilic wartet dort auf mich für die zweite Runde. Es scheint ihm gefallen zu haben. Vielleicht gehen wir später noch an Land. Die Bahamas sollen ja so tolle Strände haben.«

»Ja, ich habe davon gehört.«

»Aber könntest du mir einen Gefallen tun?«

»Klar, welchen?«

»Könntest du Jerry aus der Kindergruppe abholen und für ein, zwei Stunden auf ihn aufpassen?«

»Jerry?«

»Ja.«

»Deinen Sohn?«

»Ja, was denkst du denn, welcher Jerry?«

»Na, man weiß ja nie, wen du auf dem Weg von deiner Kabine zu mir kennengelernt hast.«

»So bin ich ja nun auch nicht. Jedenfalls wäre es toll, wenn du das machen könntest. Natürlich nur, wenn es dir nichts ausmacht. Herr Grilic und ich wären dir sehr dankbar.«

Verzweifelt versuche ich eine halbgare Ausrede.

»Ich habe ziemlich Kopfschmerzen.«

»Ich gebe dir ein Aspirin von mir.«

Das war kläglich, Robert. Hier musst du größere Geschütze auffahren.

»Aber ich bin blind.«

»Das ist egal. Er schläft wahrscheinlich sowieso erst mal 'ne Runde nach der Kindergruppe.«

Kinder sind nicht gerade mein bevorzugter Zeitvertreib. Auch wenn Jana schon ein paar Mal angedeutet hat, dass sie bei erfolgreicher Beförderung nichts gegen ein eigenes Kind hätte. Aber wie soll ich einer Frau abschlagen, eine Stunde auf ihren Sohn aufzupassen, wenn sie meinem Kater die wunden Geschlechtsteile einschmiert.

»Na dann. Klar, kein Problem.«

TEIL 5

I am what I am

48
Babysitter

Es muss ein ziemlich erbärmliches Bild sein. Stillschweigend sitzen wir da und wissen nichts miteinander anzufangen. Romeo mag Jerry nicht, Jerry mag mich nicht, und ich mag weder Romeo noch Jerry. Das Schicksal hat uns in diese undankbare Situation gebracht. Das Schicksal und Tiffs Sexualtrieb.

Aufgrund von Romeos Sonnenunverträglichkeit und meinem Jahrhundert-Kopfschmerz haben wir uns einen schattigen Platz am Pool gesucht. Der Pool ist menschenleer. Wen wundert es? Wenn man direkt vor den Bahamas ankert, ist so ein Pool nicht der Hauptgewinn, um zu schwimmen. Wir nehmen zwei Liegen und einen Stuhl ein und schweigen uns an. Jerry schmollt, weil ich seine einzige Frage nach einem Bier verneinte. Wie kommt so ein Zwerg auf solch eine Frage? Ist wohl genetisch bedingt.

Ich unterbreche die Stille alle paar Minuten, um zu niesen, was mich zusätzlich benebelt. So sitzen wir wie in einer Stummfilmkulisse und warten darauf, dass der Ton erfunden wird. Ich schließe die Augen ein wenig, um zu dösen, als mich etwas in die Seite stupst und undefinierbare Wörter in mein Ohr brabbelt.

»Eddy, du solltest doch nur gucke, ob die Mann släft.«

Ist das etwa die Tonspur zu unserem Charlie-Chaplin-Programm? »Du musst entschuldige, aber de Eddy konnte nicht mehr warten und wollte zu dich.«

»Wie? Was?«

Ich fuchtele wehrlos herum, bis ich bemerke, dass meine Disneyfamilie aufgereiht vor mir Position bezogen hat.

»Ach, Sie sind es.«

»Ja, nur wir. Die Familie mit de nervige Kindern.«

Er lacht und nimmt seine Frau in den Arm, die bisher noch nie etwas gesagt hat.

»Ja, toller Witz. Kann ich irgendwas für Sie tun?«

»Ne, aber der Eddy hat was Leckeres fur dich.«

Der kleine Eddy trägt heute nicht nur ein T-Shirt gänzlich ohne Disneymotiv, sondern auch noch eine Plastikflasche eines Energiedrink-Herstellers in seiner Hand. Er streckt sie mir entgegen, und sein Vater fordert ihn durch Anschubsen auf, seine einstudierte Textpassage vorzuführen. Und Klein Eddy gehorcht.

»Eine lecker Geschenk fur dich, lieber Mann.«

Ich nehme die Flasche des Energydrinks entgegen, taste sie blindengerecht ab und bedanke mich. Auch wenn ich nicht ganz verstehe, was ich mit dieser gummisüßen Plörre jetzt soll.

»Oh, eine Flasche. Vielen Dank für den Drink.«

»O ne.« Papa Disney winkt ab. »Das ist net eine Energydrink. Das ist die Wasser von de Bahamas-Strand. Wir komme gerade zurück von de Ausflug, und Eddy hat das lecker gefunden, was du da mit de Wasser machst, und wollte dir unbedingt dat Wasser fur de Untersuchung von de Plankton mitbringe.«

Wow, das ist wirklich eine Überraschung. Eddy nickt

noch zweimal, dann dreht er sich um, um sogleich in den Pool zu hüpfen. Ihm folgen die anderen Familienmitglieder, die allesamt vergnügt im Wasser toben und dabei unsagbar glücklich aussehen. Und das trotz Sohn und Tochter. Und ich muss zugeben, dass das wirklich wahnsinnig nett von dem kleinen Scheißer ist. Dagegen sitzt Rotzlöffel Jerry neben mir, popelt in der Nase und versucht, sein Stuhlbein auf Romeos Schwanz abzustellen.

Hm, es liegt wohl doch sehr an der Erziehung, ob es ein Scheißkind wird oder ein ganz brauchbarer Mensch.

49 Time to say goodbye

Wie hat er sich benommen?«

Eine berechtigte Frage. Ehrlich gesagt weiß ich es nicht. Eigentlich hat sich Jerry weder gut noch schlecht benommen. Er war einfach nur anwesend und hat geschmollt. Ich entscheide mich für eine salomonische Antwort.

»Wir hatten keine Probleme miteinander. Und wie lief es bei dir?«

»Super. Ich muss schon sagen, ihr Europäer habt den Amerikanern einiges voraus.«

»Ach?«

»Ja, ihr seid nicht so einfallslos wie unsere Männer. Ihr habt mehr Fantasie.«

Wenn du wüsstest, wie viel Fantasie hier gerade vor dir sitzt. Ich sage stattdessen nichts und schaue mich in ihrer Kabine um, die irgendwie aufgeräumter wirkt als zuletzt. Da hat wohl jemand schon seine Koffer gepackt.

»Schön für dich und Herrn Grilic. Aber sag mal, hast du denn schon deine Sachen gepackt? Morgen früh ist die Reise vorbei.«

Ein lautes Lachen hallt aus dem Bad.

»Ja, so ähnlich.«

»Packen muss schließlich jeder.«

»Ich nicht.«

»Warum?«

»Ich will bei unserer Ankunft in Miami noch mal richtig shoppen gehen. Daher habe ich für Jerry nur alte Sachen mitgenommen. Und die habe ich gestern Abend über Bord geworfen.«

Ich lache auf. Merke aber umgehend, dass sie dies keinesfalls als Witz meint. Daher hake ich nach.

»Du hast das nicht wirklich getan, oder?«

»Was getan?«

»Die Klamotten über Bord geworfen.«

»Doch, habe ich. Was schaust du so?«

»Aber du kannst doch nicht ... ich meine ... das geht doch nicht.«

»Warum nicht?«

»Aber das ist doch nicht richtig.«

»Ach, das merkt Jerry nicht.«

»Ich meine nicht wegen Jerry. Hast du schon mal was von Umweltverschmutzung gehört?«

»Beruhig dich, Robert. Ich habe extra draufgeschaut, es war fast alles aus reiner Wolle.«

»Und?«

»Na, das ist doch biologisch, oder?«

Da ist sie wieder, die sprichwörtliche amerikanische Wegwerfgesellschaft in ihrer Reinform. Jede weitere Diskussion würde nichts bringen. Ich gebe mich geschlagen und flüchte mich in Sarkasmus.

»Stimmt. Und wahrscheinlich schwimmt jetzt gerade irgendein Stachelrochen mit Jerrys Pullover durch den Marianengraben.«

Tiff lacht, als hätte sie Schnappatmung.

»Ja, stell dir das mal vor. Auch wenn ich nicht weiß, wer diese Marianne ist.«

»Äh ja, genau. Tja, dann ist wohl jetzt die Zeit gekommen, dass wir uns verabschieden. Ich werde heute Abend früh schlafen gehen, weil es für mich morgen noch mit dem Flieger zurück nach Deutschland geht.«

Tiffany kommt auf mich zu und drückt mich fest an ihre Silikonbrüste. Wenn ich durch sie eine Erkenntnis gewonnen habe, dann die, dass Silikon und Intelligenz auf zwei verschiedenen Planeten leben.

»Bye, Robert. Es war toll, dich kennenzulernen. Du bist zwar ein bisschen crazy, aber ich würde viel dafür geben, einen Mann wie dich zu finden.«

»Danke, Tiff. Ich wünsche dir und Jerry auch alles Gute. Vielleicht sieht man sich ja mal.«

Sie küsst mich zum Abschied auf die Wange und streichelt Romeo übers Fell. Und als wir die Kabine verlassen, ruft sie mir noch hinterher: »Ja, wenn du dir mal einen Porno ausleihst, ganz bestimmt. Sorry, war 'ne blöde Idee. Aber vielleicht ein Pornohörspiel. Gibt es so was überhaupt?«

»Ich lasse es dich wissen«, erwidere ich und denke: So etwas wie Tiff kann man nicht erfinden.

50
Miss Melinda van Carlson

Die See ist heute noch ruhiger als an den Tagen zuvor. Ich stehe auf dem obersten Außendeck und lasse meinen Blick bis zum Horizont schweifen. Was für eine Woche! Was für ein Trip! Aber letztendlich ist alles gut gegangen. Die Eilhoffs bekommen ihren Romeo mehr oder weniger wohlbehalten zurück, Jana kann sich über die Gläser für ihre Mutter freuen, und ich habe sogar einen Trickspieler überführt und somit einer südamerikanischen Tierschutzorganisation geholfen. Nur mir habe ich nicht helfen können. Ich werde wohl mit meiner Allergie leben müssen oder unsere neue Wohnung in eine Salzgrotte umbauen lassen. Ich schlendere zurück in Richtung meiner Kabine, wo ich noch packen muss. Ich habe nicht vor, Tiffanys Taktik anzuwenden. Auch die anderen Gäste an Bord wirken anders als sonst. Viele der Leute, die mir entgegenkommen, tragen ein letztes Mal ihre besten Sachen spazieren. Überhaupt kommen mir heute viel mehr Leute entgegen als an all den vergangenen Tagen. Alle strömen in Richtung des großen Theaters und wirken nervös und aufgeregt. Neugierig lese ich, was heute dort für eine Show geboten wird, doch zu meiner Verwunderung ist es keine Show, sondern ein Vortrag: *Melinda van Carlson proudly presents: »The gold magic inside you – Linderung aller körperlichen Leiden durch Selbstheilung.«*

»Kein Wunder, dass die Greise da alle hinrennen«, flüstere ich, entscheide mich aber, dem Ganzen ebenfalls beizuwohnen. Sei es auch nur für ein halbes Stündchen. Da auch die Unterrubrik allergische Reaktionen mit aufgeführt ist, mische ich mich unter die grauhaarige Zuhörerschaft. Einige schauen mich verwundert an, andere klopfen mir auf die Schulter, um mir Mut zu machen, andere zollen mir Respekt für meine Stärke und sehen mich sogar als Vorbild.

»Hi, Catman.« Ein Rentner ruft mir zu. »You will make it, believe me.«

Hatschi!

»Okay, thank you.«

Erst jetzt wird mir bewusst, dass diese Leute natürlich denken müssen, dass ich die Hoffnung in mir trage, durch diesen Vortrag und die Kraft der Selbstheilung meine Blindheit abzulegen und wieder sehen zu können. Schließlich hebt eine Fanfare an, und eine kleine, kaum einen Meter fünfzig große Dame Ende sechzig betritt die Bühne. Das Publikum feiert sie mit stürmischem Applaus.

Aus dem Off ertönt eine tiefe Männerstimme: »Ladies and Gentlemen. All the way from Santa Barbara, California. She is known from her award winning TV-Show ›*The gold magic inside you*‹. Please welcome Miss Melinda van Carlson.«

Die Massen grölen, und der Applaus wird geradezu frenetisch. So agil habe ich die Passagiere nicht ein einziges Mal auf der Reise erlebt. Miss van Carlson tanzt unter Gloria Gaynors stimmungsvollem »I am what I am« einmal von links nach rechts und wieder zurück über die Bühne. Dazu trägt sie ein Headset, in das sie beim Refrain immer wieder mit einstimmt: »I am what I am.« Viele der Gäste sind mittlerweile aus ihren Sitzen hochgeschnellt und tun es ihr gleich, klatschen rhythmisch zum Takt, recken beim Refrain ihre Fäuste in die Höhe und schmettern lauthals: »I am what I am.« Sichtlich geschockt ob der plötzlichen Energieleistungen der sonst so scheintot wirkenden Passagiere glotze ich mit offenem Mund in die tosende Menge. Ich bin dankbar dafür, dass ich angeblich blind bin, und kann getrost sitzen bleiben. Hat man sich die Kräfte für diesen letzten Abend aufgehoben? Alle Energie gebündelt, um hier und heute eine Art Carneval der Greise zu feiern? Es scheint so.

Es folgt ein halbstündiger Vortrag zum Thema *Selbstheilung*, bei dem Melinda van Carlson ihre Lebensgeschichte erzählt, wie sie durch Eigen-Urin zunächst ihre Migräne und später ihre Arthrose wegurinierte. Immer wieder braust spontaner Beifall auf. Melinda van Carlson scheint in den USA einen gewissen Kultstatus innezuhaben, jedenfalls ticken die Amis nach jedem dritten Satz aus. Sie ist eine erstklassige Entertainerin und versteht es, die Zuhörer in ihren Bann zu ziehen. Auch ich kann mich nicht davon frei machen und erliege ihrer Ausstrahlung. Sie beendet den Vortrag mit einem weiteren ohrenbetäubenden »I am what I am« und fragt ins Publikum, wer denn heute mit seiner Selbstheilung beginnen möchte. Sofort schießen diverse Greisenkörper aus ihren Samtsesseln und recken ihre bleichen Arme in die Höhe. Ein Meer aus Altersflecken schwebt über den Köpfen, und diejenigen, die am lautesten »I am what I am« grölen, werden sogleich von einem Spotlichtscheinwerfer ins rechte Licht gesetzt und mit heftigem Applaus bedacht. Eine Frau mit krampfadrigen Beinen, die mich an den Streckenverlauf des Frankfurter U-Bahn-Netzes erinnern, reckt ihre Krücken zu ihrem Schlachtruf in die Höhe, ein Mann im Rollstuhl klatscht frenetisch und stimmt in den Chor mit ein.

Und dann passiert es.

Aufgepeitscht von der hitzigen Atmosphäre im Saal klatsche auch ich mit. Sofort reagiert der Mann am Spotlichtverfolger und blendet mich mit geschätzten acht Millionen Lux. Wäre ich nicht schon blind, müsste ich es spätestens jetzt werden. Der ganze Saal schaut mich begeistert an und wartet auf meine magischen Worte, die mich zu einem von ihnen machen. Und ich möchte mein Publikum nicht enttäuschen. Also springe ich auf, recke Romeo und meinen weißen Stock in die Höhe und schreie aus voller Kehle: »I am what I am.« Sogleich brandet Applaus auf und Sprechchöre ertönen.

»Catman, catman!«

Ein wohliges Gefühl von Energie und Kraft flutet meinen Körper, und ich schmettere den Schlachtruf ein weiteres Mal ins Rund.

»I am what I am.«

Wieder huldigt mir das Publikum frenetisch: »Catman, catman!«

Es entsteht ein einzigartiger Kanon, der über mehrere Minuten hin und her schwappt. Eine Symbiose aus Selbstvertrauen und Urin. Ich befürchte aufgrund der Begeisterung im Saal, dass es nun unweigerlich zu einem Gruppenpinkeln kommen wird oder sich zumindest einige ihre Katheter aus dem Leib reißen. Doch stattdessen feiern und lieben sie mich wie einen Messias. Und ich? Ich erwidere ihre Liebe. Ich liebe meine weißhaarigen Greise und will nie wieder ohne sie sein.

51 Im Urin-Nirwana

01:45 Uhr: Zurück in der Kabine. Dank der frenetischen Huldigung bin ich immer noch so voll Adrenalin, dass ich mich im Bett von einer Seite auf die andere drehe.

02:12 Uhr: Ich finde einfach keinen Schlaf. Was, wenn Melinda van Carlson recht hat und scheinbar alles mit ein wenig Urin und Glauben möglich ist? Wenn ein wenig dieser körpereigenen Flüssigkeit genügt, um mich zu heilen? Ja, was wenn…?

02:36 Uhr: Ich schalte das Licht ein und stehe auf. Wie ein Tiger in seinem Käfig gehe ich die neun Quadratmeter meiner Kabine immer wieder auf und ab.

03:10 Uhr: Mein Flieger wird in exakt acht Stunden abheben und mich samt Kater zurück nach Frankfurt bringen. Romeo liegt in seiner Ecke und bekommt von dem Ganzen nichts mit. Wenigstens er kann schlafen.

03:11 Uhr: *Hatschi! Hatschi! Hatschi!*

03:12 Uhr: Ich dreh durch oder stürz mich gleich über die Reling. Auch ich will endlich mal wieder schlafen! Atmen und schlafen. Das ist doch nicht zu viel verlangt, oder?!

03:19 Uhr: Ich betrachte mich im Badezimmerspiegel. Zwar sind die Quaddeln an meinem Körper fast komplett abgeklungen, und auch meine Nase hat sich einigermaßen regeneriert, aber Niesen und Röcheln gehört noch immer zu meinem täglichen Überlebenskampf. Und die Aussicht auf eine zweijährige Spritzenkur löst in mir auch keine überschwängliche Freude aus. Wenn ich nur schon an die Nachmittage im Wartezimmer mit all den Sörens dieser Welt denke, wird mir schlecht.

03:51 Uhr: Wenn diese Melinda van Carlson ihre Migräne und Arthrose weguriniert hat, kann ich mein Leiden mit ein wenig Glück vielleicht auch in den Griff kriegen. Was habe ich schon zu verlieren? Okay, vielleicht ätzt mir die Harnsäure meine kompletten Schleimwände aus der Nase, aber wenn ich so wieder genug Luft bekomme, soll mir das auch recht sein.

03:57 Uhr: Die Minibar wird um ein Fläschlein Wodka erleichtert.

04:02:04 Uhr: Ich lege mich wieder ins Bett und lösche das Licht. So ein Quatsch, Urin durch die Nase laufen lassen. Pah! Das geht schon mal gar nicht... igitt.

04:02:34 Uhr: *Hatschi! Hatschi! Hatschi!*

04:02:39 Uhr: Ich entschließe mich zum Selbstversuch. Was brauche ich Salz oder Meerwasser, wenn ich doch den größten aller heilenden Schätze in mir trage? Ich stehe auf.

04:05 Uhr: Ich durchsuche meinen bereits gepackten Koffer nach der Nasendusche, öffne schließlich den kleinen Kanister und stampfe dabei ungeduldig den treibenden Rhythmus eines bekannten Gloria-Gaynor-Songs in den PVC-Boden. Wie bei einem afrikanischen Stammesritual beginne ich, mich in Trance zu tanzen.

04:16 Uhr: Ich öffne meine Hose und lasse dem goldenen Strahl seinen Lauf. Ich fülle die Nasendusche bis zur Markierung am oberen Rand.

04:17 Uhr: Ich schaue in den Spiegel. Ein leicht apathisch wirkendes Gesicht blickt mir entgegen, das danach lechzt, Freiheit zu atmen.

»Also dann, Robert«, proste ich mir zu, »du bist so weit. Du befindest dich im Urin-Nirwana.«

04:21 Uhr: Ich setze das Ventil an mein linkes Nasenloch und öffne es. Im nächsten Moment spüre ich, wie sich etwas angenehm Warmes in meinen Nasengängen ausbreitet.

04:22 Uhr: Ich flüstere mir selbst Mut zu: »I am what I am.«

52 Zurück im Glück

Die S-Bahn ist gerammelt voll, und der Typ neben mir schwitzt sich seit der Station Sportfeld ins grüne Polster-muster der VGF. Das erste Mal seit gut einer Woche kann ich tagsüber meine große Sonnenbrille abnehmen, ohne dass ich aufpassen muss, dass mich jemand enttarnt, und vor allem: Ohne ... dass ... ich ... niesen ... muss!

Ja, wirklich. Nichts.

Ich reibe mir die Nase und wische mir mit dem Hand-rücken über die müden Augen. Doch weder der anstren-gende Rückflug noch die gestressten Gesichter um mich he-rum können mein Glück und meine Freude trüben. Sogar Romeo habe ich aus seiner Reisekiste befreit und streichle ihn zur Beruhigung auf meinem Schoß. Und auch das: ohne jegliche Reaktion seitens meiner Atemwege. Nichts.

Zuerst konnte ich es kaum fassen, als ich nach Melinda van Carlsons Therapieempfehlung am nächsten Morgen zwar mit einem leichten Uringeruch in der Nase aufwachte, dafür aber endlich mal wieder so richtig Luft holen konnte. Beinahe hätte ich noch das Ausschiffen verpasst, so gut und tief habe ich geschlafen. Praktisch über Nacht war ich genesen. Kein Rasseln aus meiner Lunge, kein Pfeifen beim Atmen, keine Niesattacke. Selbst als Romeo um meine

Beine strich, verspürte ich keinerlei Kribbeln in Nase oder Rachen. Ich wiederholte das Experiment mit einem Schuss morgendlichen Mittelstrahls und weinte beinahe vor lauter Glück.

Nichts.

Nichts.

Nichts.

Nun rattert die Bahn die letzten Meter bis in unser Viertel. Wenn alles planmäßig abläuft, habe ich noch einen halben Tag Zeit, bis Jana aus Schanghai zurückkommt. Ich muss vorher aber noch unbedingt die Gläser bei Hubsi abholen, die Koffer auspacken und die Klamotten in den Schrank räumen. Ich schaue zum Fenster hinaus und sehe die Häuser an mir vorbeifliegen. Im Mülleimer steckt ein Flyer, auf dessen Rand ich lesen kann: *»Zeigen Sie Ihren Lieben Ihre schönsten Urlaubserlebnisse.«* Ich fingere ihn hervor: *Fotos: Für die schönsten Erinnerungen des Jahres. »Wir bieten neben Porträtshoots auch Reisefotografiebearbeitung. Senden Sie uns Ihre schönsten Urlaubsbilder, und wir bearbeiten sie Ihnen.*

AngelaKropp-Photography.de«

Hm, diese Frau hat recht. Um die Illusion zu perfektionieren, sollte ich einige Beweisfotos schießen. Damit könnte ich alle möglichen Zweifel ausräumen.

Also steige ich in der Innenstadt an der Hauptwache aus und besorge mir eine überteuerte Einweg-Kamera in einem Touristenshop. Es folgen spontane Fotoshoots mit mir und Romeo am Römer, am Mainufer sowie auf der Aussichtsplattform des Maintowers mit dem Hintergrundpanorama der Skyline. Alles, was man in einer gemeinsamen Woche Frankfurt nun mal so erlebt. Perfekt!

Im Anschluss statte ich Hubsi noch einen kurzen Besuch ab, um meine Gläser abzuholen. Er wohnt noch immer in Bockenheim. In dem Haus, in dem ich lange Zeit sein Nachbar war.

Ich klingele, und der Türsummer ertönt. Hubsi erwartet mich bereits in seinen Bademantel gehüllt in der Eingangstür.

»Hallo, Hubsi.«

»Ja, Robert. Hawe d'Ehre. Schaust jo wieder ganz passabel aus. Kumm eini.«

»Ja, danke.«

»Wia a gsunder Mensch. Ma hod ja meinen können, du host a Schlagerl ghabt.«

»Ein Schlagerl?«

»Na, einen Schlaganfall.«

»Dann sag das doch auch.«

»A geh. Sag, wos host da für a Viecherl dabei?«

»Das ist Romeo. Eine lange Geschichte, Hubsi.«

Wir trinken Tee, und ich erzähle Hubsi die ganze Geschichte. Angefangen von der Einladung bei den Eilhoffs bis zur Nasendusche mit Eigen-Urin.

»Da bist jetzt oiso um die hoibe Welt gereist, nur um dir daane eigene Pisse durch de Nosen strömen zu lossn? I wer deppert.«

»Ja. Aber seitdem ist alles wie verwandelt. Kein Jucken in der Nase, kein Kratzen, nichts. Ich kann es ja selbst kaum glauben.«

»Ja Wahnsinn. Vielleicht konnst dir ja dein Urin patentieren lossn. I seh scho den Werbeslogan: *Roberts gelber Wundersaft. Der hoibe Liter frisch gzapft gibt's für an Fuffzger.«*

»Sehr witzig, Hubsi.«

»Vielleicht wirst ja sogar Millionär damit.«

»Wohl kaum. Du, ich muss jetzt weiter. Ich wollte auch nur die Gläser abholen. Du hast sie doch, oder?«

»Ja, wos glaubst, wer i bin? I hob dir gsogt, i besorg dir de Glaserln. Und wos der Hubsi sogt, is Gsetz. Wart, i hol dir dös Packerl mit deine Glaserln.«

Hubsi verschwindet kurz aus der Küche und kommt sogleich mit ein paar Tüten zurück.

»So, bitt'schön, die komplette achtteilige Serie ›Schleuderstern‹. Bei dene ganzen Glaserln hätt i fast a Scheibtruhen braacht.«

»Eine was?«

»A Scheibtruhen ... eine Schubkarre.«

»Dann sag das doch auch.«

Hubsi winkt lächelnd ab und reicht mir drei Tüten mit den hart erkämpften Römergläsern.

»Da host de Sackerl.«

Ich kontrolliere den Inhalt und bin beruhigt, als ich sehe, dass alles unversehrt ist.

»Noch mal danke. Du hast mir einen großen Gefallen getan.«

»Passt schon. Hob i doch gern gmacht.«

»Was schulde ich dir denn?«

»Für die Glaserln bekomm i vierhundertfuffzg Euro.«

»Was?« Vor Schreck fallen mir beinahe die Gläser aus der Hand. »Das ist ja Wahnsinn.«

»Hob i a gsogt. Des aane Glaserl mussten die Herrschaften extra aus der Ausstellung nehmen, weil die Serie eigentlich nimmer hergstellt wird. Des kost hoit. Aber du wolltst dös ja unbedingt so. Nur umtauschen, dös geht nimmamehr.«

»Hm, ja, stimmt. Mir blieb nichts anderes mehr übrig.«

»Und für Kost und Logis musst ma no amoi vierhundert Euro gebn.«

»Aber wir haben doch ausgemacht, dass ihr höchstens ein Vier-Sterne-Hotel nehmt.«

»Dös hammer aa gmacht. Und zwar dös beste Vier-Sterne-Hotel am Platz.« Hubsi grinst breit und zuckt mit den Schultern. »Und irgendwie musst si dös ja a für mich lohnen, oder?«

Widerwillig begleiche ich meine Schulden zunächst mit den restlichen fünfhundert Euro, die ich noch bei mir habe. Für den Rest lässt sich Hubsi auf eine Ratenzahlung in den nächsten zwei Monaten ein. Damit hat allein diese Aktion mehr gekostet als der gesamte Urlaub.

Als ich wieder auf der Straße stehe, bin ich zwar nicht glücklich, aber es ist der letzte Mosaikstein in meinem ganz persönlichen Theaterstück.

53
Höhensonne

Romeos Genitalbereich ist deutlich abgeschwollen, und auch seine Kratzer im Gesicht haben keine bleibenden Spuren hinterlassen. Er ist frisch gebadet und riecht beinahe akzeptabel. Und das Beste ist, dass Penelopes Haarfärbung gehalten hat. Die Eilhoffs werden hoffentlich nichts merken. Nun muss ich noch kurz selbst unter die Dusche, bevor Jana vor der Tür steht.

Das Wasser prasselt heiß auf meinen Rücken. Meine Muskulatur entspannt sich schlagartig, und ich lasse mir das Nass über mein krustenfreies Gesicht laufen.

Ich lebe.

Das Handtuch kommt mir weicher vor als sonst, und ich blicke in den Spiegel, der mich vor einigen Tagen noch wie ein Monster aussehen ließ. Ich erkenne einen erholten, gut aussehenden Mann mit der glatten Nasenhaut eines Neugeborenen. Doch noch etwas anderes fällt mir auf, und das habe ich unter der karibischen Sonne gar nicht bemerkt. Dank meiner großen dunklen Sonnenbrille hat sich eine weiß-braune Farbkante in mein Gesicht gefräst. Es sieht aus, als hätte ich mich vierzehn Tage am Strand von Hurghada mit einer Taucherbrille gesonnt.

»Schatz?«

O Gott! Jana! Ihre Stimme klingt fröhlich. Noch. Die ge-
sunde Gesichtsfarbe könnte ich ja noch mit Besuchen im
Solarium erklären, aber nicht die Taucherbrillen-Umran-
dung.

»Bin im Bad.«

Die Tür geht auf, und Jana kommt freudestrahlend herein. Ich schaffe es gerade noch, mir ein Handtuch über den
Kopf zu werfen.

»Jana, du bist ja schon zurück.«

»Ja, Schatz, ich hab dich so vermisst. Ich konnte einen
früheren Flug nehmen, und hier bin ich.«

»Ja, das merke ich.«

»Und, ist mir die Überraschung geglückt?«

»Und wie.«

»Willst du mich denn nicht begrüßen?«

»Doch, doch ... na klar.«

Ich reiße mir das Handtuch vom Gesicht, und wir küssen
uns. Nur fünfzehn Minuten früher und sie hätte mich mit
gepackten Koffern an der Tür empfangen. Zum Glück habe
ich alles direkt in den Wäschekorb verfrachtet und den Koffer an den angestammten Platz zurückgelegt. Es ist alles
gut. Fast alles.

»Was hast du denn mit deinem Gesicht gemacht?«

»Du meinst meine Nase? Die ist wieder gut.«

»Nein, ich meine diese Ränder hier.«

Jana fährt mit ihren Fingerspitzen die Umrandungen
der Sonnenbrille nach.

»Das sieht aus wie, wie ... von einer großen Sonnenbrille
oder so.«

»Richtig. Das sieht so aus, als hätte ich mich hier zehn
Tage nur gesonnt, obwohl wir gar keine Sonne hatten.«

Ich lache. Doch weiß ich selbst nicht, worüber.

»Wo ist es dann her? Hat es was mit deiner Nase zu tun?«

Verdammt. Warum haben Frauen diesen detektivischen siebten Sinn?

»Das ist 'ne ganz verrückte Geschichte, Jana. Du wirst sie mir kaum glauben.«

»Dann erzähle sie mir.«

»Okay. Du weißt ja, dass ich solche Probleme mit meiner Nase und der Atmung hatte.«

»Deine Hautirritation.«

»Äh, ja. Genau die. Wie sich herausstellte, war es doch keine Hautirritation, sondern eine Pollenallergie.«

»Tja, wer hätte das gedacht.«

»Aber nicht nur das. Ich bin auch allergisch auf Tierhaare. Besonders Katzen.«

»Oh, Shit. Du hattest es ja schon geahnt. Und ich habe dich hier mit Romeo allein gelassen.«

»Genau. Und da musste ich einfach alle Wege ausprobieren, die es gibt. Schließlich wollte ich ja, dass du die Beförderung bekommst.«

»Du bist so süß.«

Jana küsst mich. Sosehr ich mich auch anstrenge, mir fällt keine gute Ausrede ein. Also entscheide ich mich für die Wahrheit.

»Und da habe ich …«

»Du brauchst nichts sagen, ich kann mir denken, was du getan hast. Ich bin ja nicht blöd.«

»Du weißt es …?«

»Na klar, man braucht doch nur eins und eins zusammenzuzählen.«

»Und du bist nicht sauer?«

»Nein. Warum auch?«

»Wow, das hätte ich jetzt nicht gedacht.«

»Ich hatte es dir doch sogar empfohlen.«

»Ja, stimmt, das hattest du. Du sagtest ...«

»... hol dir die Höhensonne aus dem Keller und probier sie aus. Und das hast du getan.«

»Was?«

»Na, die Höhensonne. Sieht man doch?«

Aber natürlich. Die Höhensonne. Ich habe zwar keinen blassen Schimmer, in welchem Karton im Keller das Ding überhaupt steckt, aber das ist meine Rettung. Sofort verfalle ich wieder in meine Paraderolle des leidenden Opfers.

»So ist es. Du hast es erraten. Und weil ich es so oft anwenden musste, um meine schlimmen Gesichtsschmerzen überhaupt ertragen zu können, habe ich mir zum Schutz für die Augen immer die Tauchbrille aufgesetzt. Ich hatte nichts anderes. Daher die großen Ränder.«

»Und alles nur, um meine Beförderung nicht aufs Spiel zu setzen. Schatz, du bist ein Held.«

»Na ja, man tut, was man kann ...«

»Nein, nein, das meine ich ganz ernst. Das hätten nicht viele Männer gemacht. Und weißt du was?«

»Was?«

»Ich ... habe ... den ... Job!«

»Du ... du hast die Beförderung?«

»Ja.« Jana springt mir um den Hals und drückt mich, so fest sie kann. »Ich habe auf dem Weg hierher einen Anruf von Herrn Eilhoff bekommen. Er ist überaus zufrieden mit mir und bietet mir den Job ab sofort an. Wir sollen heute zum Abendessen kommen, um die letzten Details zu besprechen und Romeo wieder nach Hause zu bringen.«

»Das ist ja Wahnsinn. Wir können also in die neue Wohnung ziehen?«

»Wir können. Wir brauchen noch nicht mal mehr unsere Eltern als Bürgen bei der Bank.«

»Apropos Eltern. Schau mal, was ich hier habe.«

Mit einer ausladenden Geste deute ich auf die aufgereihten Römergläser.

»Die Gläser! Super. Vielen Dank, Robert. Und sogar die ganze Serie. Aber die kannst du wieder zurückbringen. Mein Bruder hatte die gleiche Idee und hat schon welche beim Werksverkauf in Ingolstadt gekauft. Da waren sie noch mal reduziert.«

»Was?«

»Der Hammer, oder? Da sparen wir mindestens hundert Euro zum normalen Preis. Die anderen tauschen wir einfach hier in Frankfurt wieder um.«

»Hundert Euro?«, wiederhole ich langsam und eher für mich selbst. In Gedanken rechne ich die beinahe tausend Euro zusammen, die mich die ganze Aktion gekostet hat. Und Umtauschen ist nicht.

»Ja, hundert Euro. Wahnsinn, oder?«

»Wahnsinn, ja. Da hast du recht.«

54 Der Hundert-Quadratmeter-(T)raum

Am Tor der Eilhoffs ertönt die bekannte papierdünne Stimme der Hausherrin. Heute ist der Tag der Tage. Romeo kehrt unter den kritischen Blicken der Eilhoffs wieder zurück in seinen Privatpark, und Jana bekommt ihren Job. Kaum haben wir mit Romeo im Reisekoffer über den Kiesweg das Haus erreicht, steht der Schiefzahn schon im hölzernen Türportal.

»Romeo, mein Sonnenschein.« Sie öffnet die Tür des Katzenbehältnisses und zieht das Anthrazitknäuel heraus. »Lass dich anschauen.«

Das ist mein Stichwort. Genaues Betrachten ist wohl nicht so gut, obwohl alles gut vernarbt und gefärbt ist.

»Frau Eilhoff, ich bringe Ihnen Ihren Romeo wieder unversehrt zurück.«

Frau Eilhoff fällt tatsächlich auf meinen Trick rein und widmet sich nun mir. »Hat er sich denn gut benommen, Herr Süßemilch?«

»Natürlich.«

»Und Sie sind auch gut mit ihm ausgekommen?«

»Aber ja. Wir waren ein echtes Dream-Team. Geradezu unzertrennlich.«

»Ich hoffe, er hat Ihnen keine Umstände bereitet?«

Unweigerlich muss ich an die Straßen Roatans, Romeos beherzten Sprung auf die Gangway in letzter Sekunde und den Verlust seiner Fellfarbe denken.

»Lammfromm. Ein wahrer Sonnenschein. Wir hatten viel Spaß miteinander.«

Zum Beweis lege ich die Fotos zur Untermauerung meiner Aussage vor. Römer, Main und Hochhauspanorama wissen zu überzeugen. Frau Eilhoff ist sichtlich gerührt von den Bildern.

»Ein Herz und eine Seele. Wir wussten doch, dass das eine gute Idee war. Sie haben wirklich ein Katzenherz, Herr Süßemilch.«

»Ja, ich habe ihn gehütet wie meinen ... äh, Augapfel.«

»Das sollten Sie ja auch. Schließlich wollen wir mit Romeo noch züchten, und nur die besten Katzen sollen seine Kinder austragen. Ich bin mir jedoch nicht so ganz sicher, ob er schon geschlechtsreif ist.«

Wieder bin ich mit meinen Gedanken in den Straßen Roatans und überlege, wie viele kleine Romeos dort bald das Licht der Welt erblicken werden. Die schwulen Kater mal ausgenommen.

»Ich denke ja, Frau Eilhoff. Er scheint mir schon sehr reif für sein Alter.«

»Und Ihnen scheint es auch wieder besser zu gehen. Ihre Hautirritation ist wieder abgeklungen, wie ich sehe.«

Papst Benedikt schaut mich aus milden Augen an. Auch er wirkt zufrieden mit dem Ausgang des Ganzen und nicht böse wegen meiner kleinen Notlüge. Das beruhigt mich, und ich antworte daher ganz katholisch.

»Gottlob. Ja.«

Der Sie-Gustav tritt auf, und es folgen Küsschen für Jana

und ein martialischer Händedruck für mich. Anschließend gehen wir ins Esszimmer, wo bereits eingedeckt ist. So viel Mühe für so wenig Essen. Welch eine Verschwendung. Der erste Gang besteht erwartungsgemäß aus diversen Sprossen an geschmacksneutralem Tofu. Und auch die Juice lässt heute zu wünschen übrig.

»Jana, wie ich hörte, haben Sie Ihre Aufgabe in Schanghai ganz vorzüglich erledigt«, beginnt der Sie-Gustav. »Ich gratuliere.«

Romeo streicht mir um die Beine. Doch dank meiner Urinbehandlung macht es mir beinahe gar nichts aus. Außer dass er anscheinend wieder etwas poppig ist und damit beginnt, seine Krallen in meine Waden zu bohren. Verdammt, das hat er doch die ganzen letzten Tage nicht getan.

»Danke, Herr Eilhoff. Es hat mir große Freude bereitet.«

Aua, Romeo. Kaum bist du wieder unter der heimischen Tischplatte, fängt *das* wieder an. Ich konzentriere mich auf meine Brokkolisuppe.

»Dann wird es Sie auch sicherlich nicht verwundern, dass ich Ihnen nicht nur, wie bereits erwähnt, die vakante Position als Kundenberaterin für exklusive Privatkunden anbieten möchte, sondern Sie in den Stand eines Junior-Direktors erheben möchte. Natürlich mit allen nötigen Kompetenzen und Budgets.«

Wieder setzt Romeo seine Krallen ein. Eine Art Déjà-vu. Mit einem leichten Schmunzeln muss ich an das letzte Mal denken, als mich Romeo so mit seinen Krallen unter dem Tisch bearbeitet hat. Diese Peinlichkeit. Auch Frau Eilhoff lächelt. Ob auch sie daran denken muss? Ich hoffe nicht.

»Ist das Ihr Ernst?«, antwortet Jana fast den Tränen

nah. »Das ist fantastisch. Ich weiß gar nicht, was ich sagen soll.«

»Sagen Sie einfach Ja.«

Romeo scheint sich mit meinen Waden nicht begnügen zu wollen und rutscht in höhere Regionen. Vielleicht vermisst er Tiffanys allabendliche Behandlung.

»Ja. Natürlich gerne.«

»Dann sind wir uns einig.«

Das wird mir nun doch etwas zu intim mit Romeo. Ich bin schließlich nicht so ein schwuler Straßenkater aus Honduras.

»Es ist mir eine Ehre, Herr Eilhoff.«

Wir sind am Ziel. Jana hat ihre Beförderung, und wir bekommen unsere größere Wohnung. Nie wieder Herr Jablinski. Ich greife unter die Tischdecke, um Romeo von meinem Glied fernzuhalten, als sich zwei überraschende Dinge abspielen: Erstens entdecke ich einen Kater, der Romeo verblüffend ähnlich sieht und sich gerade vom Esszimmer durch die Katzenklappe nach außen auf die Veranda schiebt. Zweitens, die Katzenohren in meiner Hand fühlen sich erstaunlich nach menschlichen Zehen an. Alte, scharfkantige Zehen einer Vegetarierin.

Vorsichtig hebe ich die Tischdecke etwas mehr nach oben und sehe den manikürten Hammerzeh einer älteren Dame zwischen meinen Beinen. Reflexartig schaue ich zu meiner Tischnachbarin, die sich jedoch weiter mit ihrem Chef über ihren neuen Job austauscht. Dann wandert mein Blick zur Person gegenüber. Frau Eilhoffs Zungenspitze tanzt unmissverständlich um einen Strunk Brokkoli. Ich fasse es nicht und bin sprachlos. Aber was nutzt es? Dieser Kampf muss bis zum letzten Blutstropfen gefochten werden. Halte durch, Robert! Für den Hundert-Quadratmeter-Traum. Ein nazifreies Zuhause mit Parkettboden und Dachterrasse ist dein Lohn. Und schon bohren sich fünf etwas zu lange Fußnägel in meinen Schritt, gefolgt von einem viel zu deutlichen Augenzwinkern.

»Noch etwas Juice, Herr Süßemilch?«

»Ja, was soll's. Meinetwegen.«

Epilog

Obwohl es bereits weit nach Mitternacht ist, hängt die feuchte Hitze Kubas noch immer wie eine Käseglocke in unserem Zimmer. Allerdings könnte es auch an dem animalischen Sex liegen, den wir gerade hatten. Unfassbar, was mit ein wenig mehr Sauerstoff alles möglich ist.

Nach dem Umzug vor vier Wochen habe ich Jana wie versprochen in den heiß ersehnten Urlaub nach Kuba eingeladen. Es ist toll, sie so glücklich zu sehen, und sie hat sich unsagbar darüber gefreut, dass ich mir so viel Mühe damit gegeben hatte. Nur mein Spanisch sei trotz des Übens mit der *Titanic*-DVD noch stark verbesserungswürdig.

Wir haben die Suite des Grandhotels *La Kommunista* gemietet, und ich liege müde, aber zufrieden in dem flauschigen Bett, in dem schon Fidel Castro genächtigt haben soll.

Jana ist ins Bad verschwunden, und ich zappe mich durch das Fernsehprogramm, das hauptsächlich aus Familienshows in spanischer Sprache besteht. Mal sehen, was das kubanische Pay-TV so anbietet. Dreißig Sekunden sind kostenfrei. Ein neuer Will-Smith-Film mit spanischem Untertitel wird auf Kanal 1 gezeigt. Na ja… Ich zappe weiter zu den Erotikfilmen auf Kanal 8. Dort läuft das *Making of* eines Pornodrehs in Miami. Das klingt schon eher interessant. Doch nach zehn Sekunden starre ich mit offenem Mund auf eine vollbusige Schönheit, die sich mit schwarzem Pagenschnitt auf einer Poolliege räkelt. Sowohl die Brüste als auch der Rest der Frau kommen mir irgendwie bekannt vor. Und dann fällt der Groschen bei mir: Es ist Tiffany oder besser gesagt Kleopatra. Doch nicht nur das erstaunt mich. Vielmehr der Mann, der gerade vor ihren gespreizten Beinen kniet und einen römischen Poolboy spielt. Es ist Herr Grilic.

Er hat sich beruflich also tatsächlich verändert. Ob er hier immer noch so höflich ist?

Möchten Sie den Kleinen oder den Großen, Madam? Von hinten oder von vorn? Mit einem oder zwei Eiswürfeln?

»Schatz.«

»Äh, ja...« Nervös zappe ich zurück zu Will Smith.

Jana steht in der Badezimmertür. Sie sieht irgendwie seltsam aus. Dann bemerke ich die großen roten Flecken in ihrem Gesicht, und ich ahne Fürchterliches.

»Schatz, was ist los? Hat es dich jetzt erwischt? Eine allergische Reaktion auf irgendwas?«

»Nein.«

»Du, ich habe da eine ganz tolle Lösung. Sie ist vielleicht ein bisschen eklig, aber es...«

»Robert«, unterbricht mich Jana und setzt sich zu mir auf das Bett, »hörst du mir eigentlich gerade zu?«

»Ja. Also keine Allergie?«

»Nein.«

»Was dann? Stress?«

»Kann man so sagen.«

Sie atmet schwer und legt dann eine Art Thermometer auf die Bettdecke. Zunächst verstehe ich nicht...

»Bist du krank?«, frage ich.

»Schau halt genauer hin. Na, was ist das wohl?«

Aus dem einen Sichtfenster des Thermometers schielt mich ein kleiner Dinosaurier an.

»Ein Dinosaurier.«

»Bist du bescheuert?«

»Was denn ...?«

Unterhalb des Dinos schimmern zwei schwarze Streifen. Endlich dämmert es mir.

»Du ... du bist ...«

»Ja, ich bin schwanger. Und laut diesem Schnelltest sogar schon in der dreizehnten Woche. Es muss an dem Tag passiert sein, als ich nach Schanghai geflogen bin. Der Tag war so stressig, dass ich vergessen hatte, die Pille zu nehmen.«

Der Schock legt sich mit der zarten Hand eines Bulldozers über mich. Ich denke an Augenringe, vollgeschissene Windeln bis unter die speckigen Achseln, aber auch an Eddy, die kleine, holländische Disneywerbetrommel. In Gedanken sehe ich meine weißhaarige Rentnerbande, die vor mir tobt und ruft: »Catman, catman!« Dann gesellt sich auch noch Melinda van Carlson dazu und intoniert ein kräftiges: »I am what I am«.

»Robert? Hallo! Träumst du?«

»Was?«

»Na, sag was dazu. Was machen wir nun?«

»Was ich dazu sage?«

»Ja, ich weiß doch, dass du keine Kinder willst.«

»Hm.«

»Du weißt, dass ich nichts machen würde, was du nicht willst.«

»Ich habe eigentlich nur eine einzige große Bitte an dich.«

»Ich weiß, du willst, dass ich …«

Bevor Jana den Satz beenden kann, lege ich ihr meinen Finger auf den Mund.

»Also pass auf: Zwei Namen fallen raus. Wir nennen unser Kind weder Romeo noch Bridget-Mathilda.«

Jana mustert mich aus ihren großen, wunderschönen Augen. »Scheiße, du meinst das wirklich ernst? Aber du wolltest doch nie Kinder.«

»Tja, wie soll ich dir das erklären? Ich sage es mal mit biblischen Worten: Ich war blind, jetzt bin ich sehend.«

Anstatt einer ellenlangen Danksagung möchte ich allen Lesern meine ganz persönliche »Top acht« der denkwürdigsten Fragen von Gästen auf Kreuzfahrtschiffen vorstellen, von denen mir der Guest Relation Manager auf meiner Recherche-Kreuzfahrt zu diesem Buch aus erster Hand berichtete:

Platz 8: »Wie hoch sind wir hier ungefähr über dem Meeresspiegel?«

Platz 7: »Wo finde ich denn bitte das McDonald's an Bord?«

Platz 6: »Kann man vom Oberdeck aus den Äquator sehen?«

Platz 5: »Schläft die Crew eigentlich auch an Bord?«

Platz 4: »Fährt dieser Aufzug auch in den vorderen Teil des Schiffs?«

Platz 3: »Wann beginnt das Mitternachtsbuffet im Hauptrestaurant?«

Platz 2: »Was ist Kaviar?«, fragte ein Passagier auf die Menükarte deutend. »Fischeier«, antwortete der Kellner. Darauf wiederum der Gast: »Dann hätte ich gerne zwei, beidseitig gebraten, bitte!«

Platz 1: »Wir müssen uns leider beschweren. Wir hatten ausdrücklich eine Balkonkabine mit Meerblick gebucht, aber wir schauen die ganze Zeit nur genau auf die Stadt.«

(Ein entrüstetes Ehepaar aus Texas/USA an der Rezeption. Allerdings lag das Schiff noch vertäut im Hafen von Miami.)

Ich danke allen Mitreisenden an Bord, der unglaublich höflichen Crew, dem Evangelischen Blinden- und Sehbehindertendienst, Frankfurt, meiner Dermatologin, dem Erfinder der Nasendusche, dem Goldmann Verlag, meiner Lektorin und meinen geschundenen Nasenschleimhäuten.

Ich bedanke micht nicht bei dem Pflanzer der Birken vor meinem Haus, den Bienen und ihrem unbändigen Bestäubungswahn und schon gar nicht bei Ambrosia (der neuesten Ergänzung meiner Allergiepalette)…

Tim Boltz
(im Februar 2012)